中国现当代
名家散文
典藏

杨绛散文

人民文学出版社

图书在版编目（CIP）数据

杨绛散文/杨绛著. —北京：人民文学出版社，2023（2025.6重印）
（中国现当代名家散文典藏）
ISBN 978-7-02-017404-1

Ⅰ.①杨… Ⅱ.①杨… Ⅲ.①散文集—中国—当代 Ⅳ.①I267

中国版本图书馆 CIP 数据核字（2022）第 151149 号

责任编辑　**樊晓哲**
装帧设计　**陶　雷**
责任印制　**张　娜**

出版发行　**人民文学出版社**
社　　址　**北京市朝内大街 166 号**
邮政编码　**100705**

印　　刷　**河北环京美印刷有限公司**
经　　销　**全国新华书店等**

字　　数　**182 千字**
开　　本　**880 毫米×1230 毫米　1/32**
印　　张　**8.375　插页 4**
印　　数　**23001—26000**
版　　次　**2023 年 1 月北京第 1 版**
印　　次　**2025 年 6 月第 8 次印刷**

书　　号　**978-7-02-017404-1**
定　　价　**38.00 元**

如有印装质量问题,请与本社图书销售中心调换。电话:010-65233595

作者像

1936 年，于牛津大学公园。

1980 年，于三里河寓所。

《洗澡》（精装本），人民文学出版
社 2013 年 1 月首版

出版缘起

中国现代文学开启自一百多年前的一场文学革命。从此,与社会现实密切相关,普通大众可以接受、可以欣赏、可以从中得到思想启蒙和艺术享受的新文学,就如雨后春笋般生长,涌现出一篇又一篇、一部又一部影响当时、传之久远的经典作品。自"五四"新文学以来的中国现当代文学发展进程中,散文无疑是耀人眼目的明星。

散文既能直抒胸臆,又能描摹万物,因此被视为自由多样的文体;散文语言贴近日常,最易触动人们的情感,可以直接地陶冶人们的心灵。这也是经典散文被誉为美文、拥有广泛读者、历经岁月更迭仍让人捧读的原因。百余年来的中国现当代散文创作云蒸霞蔚,已莽莽如浩瀚的文学森林,人们若贸然闯入这片森林之中,时有乱花迷眼、茫然难辨之困扰。为了让广大喜爱散文的读者能够更迅捷地读到中国现当代散文的经典性作品,我们精心编选了这套"中国现当代名家散文典藏"丛书。本丛书编选过程中,我们邀请了文学界的专家学者组成编委会,在认真商讨的基础上,汇集、编选了 20 世纪以来中国现当代散文史上的名家、名作。目的就是方便广大读者感受散文经典的艺术魅力,有利于集中欣赏、比较阅读、收藏,以及进行相关研究。

在研究、讨论过程中,编委会形成了经典性的编选宗旨。卷帙浩

1

繁的现当代散文作品中,以经典作家、经典作品的筛选为编选原则,是为读者提供阅读便利的需要,也是为百余年散文创作所做的某种回顾和总结。我们深知,任何一部文学经典都并非一蹴而就,也非任由某个权威命名而成,文学经典是经过时间的淘洗,经受了社会和读者等各个方面的考验,自然形成的。这个淘洗和考验的过程就是一部文学作品被经典化的过程。经典,是经典化过程的结晶。中国现代文学是中国当代文学的前身,当代文学是活在我们身边的文学,这是一件非常有趣的事,因为这样一来,我们也许就能亲眼看到一部文学作品是如何诞生的,又是如何引起社会的热议、得到不断深入阐释的,我们对一部当代散文的喜爱,往往也是在这一过程中不断地得以强化。经典便是在这样不断被阅读、被热议、被阐释的过程中得到人们的广泛肯定从而成为大家公认的经典。当我们要编选一套现当代散文经典的丛书时,就应该考虑到当代文学的这一特点,要意识到当代文学的经典并不是凝固不变的,它仍处在不断丰富和不断成熟的经典化过程之中。这就确定了我们的基本编辑思路,即我们自觉地将"中国现当代名家散文典藏"的编选和出版,视为参与到现当代散文的经典化过程的一次积极行动。经典化,为我们的编选打通了一条通往经典性的最佳通道。我们从经典化的角度来审视现当代散文,就要更强调发展和辩证的眼光,更需要发现和辨析那些正在茁壮生长中的新现象和新作品;这也提醒我们,在经典标准的确认上不能墨守成规。我们既要关注作为文学史的经典,同时又要更看重历经岁月变幻始终在广大读者中拥有良好口碑的作品。我们认为,读者是经典化过程中不可忽视的参与者,因此也希望这次"中国现当代名家散文典藏"的编选和出版,能够为广大读者参与到现当代散文经典化进程中来提供一次良好的机会。

经典化的编选思路，自然决定了这套丛书有另一特征：开放性。中国现当代文学作为活在我们身边的文学，这就意味着它是一种具有旺盛生命力的，仍在茁壮生长的文学。回望过去的一百余年，现当代散文已经产生了不少的经典性作品；凝视当下的现实，仍有许多正行走在经典化道路上的优秀作品；放眼未来，我们相信，将会有更多的经典脱颖而出。我们这套散文典藏丛书不光要"回望"，而且还要有"凝视"和"放眼"，也就是说，我们不光要推出已有定论的经典性作品，而且还要把那些正行走在经典化道路上的，以及刚刚萌芽即将脱颖而出的优秀作品也纳入丛书的视野，因此我们必须采取开放性的编选方针。我们不是一次性地编选数十本书就宣布大功告成了，我们还要在此基础上继续延伸下去，把在经典化进程中逐渐成熟了的作家和作品吸纳进来，作为系列丛书、长期工作、"长河"计划而接连不断地出版下去。

本丛书编辑过程中，坚持优中选优原则，同时也充分尊重作家意愿和相关版权要求。在编辑"中国现当代名家散文典藏"过程中，由于版权限制等因素，使得一些名家名作还没有如期纳入丛书当中，我们也将努力创造条件，争取将更多的优秀散文佳作奉献给读者，以呈现中国现当代散文创作的整体成就和总体风貌。

感谢广大作家的支持，感谢广大读者的厚爱。

人民文学出版社

"中国现当代名家散文典藏"编辑委员会

目　录

1

导　读

　　杨绛有一本散文集叫做《将饮茶》。且问饮的什么茶。据作者在"代序"里说，乃是孟婆茶，"喝一杯，什么事都忘得一干二净了"。但她又说："我夹带着好些私货呢，得及早清理。"她的几本书——这本，还有《干校六记》《杂忆与杂写》，都是在遗忘之前给我们讲些往事。

　　杨绛所作大部分是以回忆为内容的叙事散文，放到整个现代散文的背景上看，恐怕这是她的最大贡献了，在这方面实在很少有人能与之比肩。杨绛是长于叙事的，此外她还写过一些小说，但我私心以为她的叙事散文比她的小说写得更好，因为就叙事而言，她的长处虽在于"表现"却并不在于"编造"，她的散文乃是以真的生活做底子。套用一句现成的话，杨绛是一位习惯"让事实说话"的作家。或者说她做的也只是孔子所说的"辞达而已矣"，但是这除了写得好，还得要原本的内容有分量，值得写，这是杨绛自信的地方。

　　当然她不是什么都写。她的散文大多写在晚年，是把一生过了，拣值得一说的事情说说，她不是大惊小怪的人。她的功夫在剪裁上，"笔则笔，削则削"，由此看得出轻重，其实她从来也不着意渲染。在她的散文里绝少抒情的成分，因为用不着；我们读了她的文章谁都知道她的有情。

杨绛散文是以深厚取胜，这是因为她对生活体会得深。这个深，是在感情方面，或者说人生体验方面，而不主要是强调什么观点；她写的是人生，但"人生"在她的作品中总是具体的，活生生的。所以杨绛并不是通常意义上的那种思想家，她写的也不是启示录。杨绛总是选择最能承载她的人生体会的东西写，在她的作品中我们注目的不是某一点什么，而是整体上的体会，我们从整体上体会到她对人生对社会对历史的把握，但表现起来却是通过一个个小小细节，如此她的深厚乃是及于天地万物——我觉得这就最接近于古人所谓"悲天悯人"的本义。譬如《干校六记》写一次"围猎"：

"躲在菜叶底下的那只兔子自知藏身不住，一道光似的直蹿出去。兔子跑得快，狗追不上。可是几条狗在猎人指使下分头追赶，兔子几回转折，给三四条狗团团围住。只见它纵身一跃有六七尺高，掉下地就给狗咬住。在它纵身一跃的时候，我代它心胆俱碎。"

杨绛的几本书，就文章的美而言，也是我们散文中不可多得的佳作。浮躁堆砌依然时兴，她的文章却写得何等朴素自在，今以"不可多得"称之，非是谀词，倒是一种发自内心的祝愿。说到底还是文化底蕴深厚。现在还在写散文的作者中，杨绛当属最有文化的了，而且她的文化真正是中西合璧，无论中西她承继的都是最有贵族气息的一脉：看似随意实是精心，从遣词到谋篇皆如此；崇尚质朴，反对炫耀夸饰，摒弃一切故作深

2

沉、一切高谈阔论。我们可以从纯正的意义称杨绛的散文为"贵族文学"。作者行文态度平和，但又时时有一种风趣，既不因平和失掉了风趣，也不因风趣破坏了平和，此之谓恰到火候。这原来不是刻意得到，应该说是某种感觉罢。此处所说的风趣也就是个智慧，与其说是文章的，还不如说是做人的。我因此联想到简·奥斯丁，此种智慧过去读《傲慢与偏见》与《爱玛》时仿佛曾经领略，不过杨文少一些轻快，多一些沉郁和凄婉就是了。如此好文章不可多得亦是当然，然则我们还是盼着作者且慢饮那孟婆茶，多给我们写一点儿罢。

此外她另有《春泥集》与《关于小说》两种小书，属于文学评论一类。杨绛的文学评论写得平心静气，缓缓道来，很是舒服，它不是以理论系统高深见长，说实话还是体会得深，她真知道所评论的那些作者用心之所在。"文章千古事，得失寸心知"本是说作者自己的，用来说别人则是难上加难，杨绛担得起这话。像那篇题为《有什么好？》的谈《傲慢与偏见》的文章，我们真要因此而称作者为"知奥斯丁者"了。再者这些文章也可以当作好的散文来读，因为这里面尽有前述那种文章之美。如《有什么好？》的最后一节：

"一部小说如有价值，自会有读者欣赏，不依靠评论家的考语。可是我们如果不细细品尝原作，只抓住一个故事，照着框框来评断：写得有趣就是趣味主义，写恋爱就是恋爱至上，题材平凡就是琐碎无聊，那么，一手'拿来'一手又扔了。这使我记起童年听到的故事：

洋鬼子吃铁蚕豆，吃了壳，吐了豆，摇头说：'肉薄、核大，有什么好?'洋鬼子煮茶吃，滗去茶汁吃茶叶，皱眉说：'涩而无味，有什么好?'"

说起来"散文"这概念原本是非常宽泛，大约从散文诗到应用文都可以入得其列，但不知打什么时候起我们一提到散文就只限于那些抒情之作，其实在我个人看来，所谓抒情散文往往倒是散文中最没有出息的了。我们须得把眼光放开些，要读散文的话，与其读那些空泛无聊的东西，真不如看杨绛这些文章呢。类推开来，钱锺书的《宋诗选注》和《七缀集》，以及顾随、浦江清等的论文，都是很好的散文。然而话说回来，至少杨绛写此二书时没有一点儿刻意作文的意思，一切只是风格使然；倘因其文章好便忽略了其中的意思，那可要被讥作"丢了西瓜拣芝麻"了。

止　庵
一九九四年八月二十一日改

《傅译传记五种》代序

　　我先要向读者道歉，我实在没有资格写这篇序。因为我对于这几部传记的作者以及传记里的人物，毫无研究；也缺乏分别精华和糟粕的能力，不会自信地指出该吸收什么、摈弃什么。但傅敏要我为他爸爸所译的传记作序。我出于对傅雷的友谊，没有推辞。这里，我只简约地介绍这五种传记，并介绍我所认识的这位译者。

　　传记五种，作者只三人。

　　《夏洛外传》里的夏洛，是虚构的人物——电影明星卓别林的艺术创造。夏洛是一个追寻理想的流浪者；他的手杖代表尊严，胡须表示骄傲，一对破靴象征人世间沉重的烦恼。有一位早期达达派作者以小说的体裁、童话的情趣，写了这部幻想人物的传。译者在他所处的那个"哭笑不得的时代"，介绍了这么一个令人笑、更令人哭的人物，同时也介绍了卓别林的艺术。①

　　《贝多芬传》《弥开朗琪罗传》《托尔斯泰传》同出罗曼·罗兰之手。传记里的三人，虽然一是音乐家，一是雕塑家兼画家，一是小说家，各有自己的园地，三部传记都着重记载伟大的天才，在人生忧患困顿的征途上，为寻求真理和正义，为创造能表现真、善、美的不朽杰作，献出了毕生精力。他们或由病痛的折磨，或由遭遇的悲惨，或由内心的惶惑矛盾，或三者交叠加于一身，深重的苦恼，几乎窒息了呼吸，毁灭了理智。他们所以能坚持自己艰苦的历程，

---

①　参看《夏洛外传》卷头语及译者序。

全靠他们对人类的爱、对人类的信心。贝多芬供大家享乐的音乐，是他"用痛苦换来的欢乐"。弥开朗琪罗留给后世的不朽杰作，是他一生血泪的凝聚。托尔斯泰在他的小说里，描述了万千生灵的渺小与伟大，描述了他们的痛苦和痛苦中得到的和谐，借以播送爱的种子，传达自己的信仰："一切不是为了自己，而是为了上帝生存的人"；"当一切人都实现了幸福的时候，尘世才能有幸福存在。"罗曼·罗兰把这三位伟大的天才称为"英雄"。他所谓英雄，不是通常所称道的英雄人物。那种人凭借强力，在虚荣或个人野心的驱策下，能为人类酿造巨大的灾害。罗曼·罗兰所指的英雄，只不过是"人类的忠仆"，只因为具有伟大的品格；他们之所以伟大，是因为能倾心为公众服务。

罗曼·罗兰认为在这个腐朽的社会上、鄙俗的环境里，稍有理想而不甘于庸庸碌碌的人，日常都在和周围的压力抗争。但他们彼此间隔，不能互相呼应，互相安慰和支援。他要向一切为真理、为正义奋斗的志士发一声喊："我们在斗争中不是孤军！"他要打破时代的间隔和国界的间隔——当然，他也泯灭了阶级的间隔，号召"英雄"们汲取前辈"英雄"的勇力，结成一支共同奋斗的队伍。①

《伏尔泰传》的情调，和以上三部传记不同。作者莫洛亚说，伏尔泰"一生全是热烈轻快的节奏"。但伏尔泰观察过人类的生活；他自己也生活过、奋斗过、受过苦，并看到旁人受苦。他认为这个世界是疯狂而残酷的，人的智慧却很有限；可是他主张每个人应当有所作为，干他力所及的事。"一切都是不良的，但一切都可

---

① 以上两节的引文，都出于《傅译传记五种》的本文和原序。

杨绛散文

改善。"他为了卫护真理和正义，打击愚蠢和懦怯，常不顾个人利害，奋起斗争。他那些轰轰烈烈的作为，很能振奋人心。[①]

读了这五种传记，见到了传记里的人物，对他们的作品能加深理解和鉴赏的能力，同时对传记的作者也会有所认识，不必我喋喋多言。可是传记的译者呢，除了偶一流露他翻译这几部传记的意念，始终隐而不见。而这五部传记的译文里，渗透着译者的思想感情。他辅助传记作者"打开窗子"，让我们都来"呼吸英雄气息"。我想，读者或许也愿意见见我们的译者傅雷吧？

傅雷广交游。他的朋友如楼适夷、柯灵等同志，已经发表了纪念他的文章。我只凭自己的一点认识，在别人遗留的空白上添补几笔。

抗战末期、胜利前夕，钱锺书和我在宋淇先生家初次会见傅雷和朱梅馥夫妇。我们和傅雷家住得很近，晚饭后经常到他家去夜谈。那时候知识分子在沦陷的上海，日子不好过，真不知"长夜漫漫何时旦"。但我们还年轻，有的是希望和信心，只待熬过黎明前的黑暗，就想看到云开日出。我们和其他朋友聚在傅雷家朴素幽雅的客厅里各抒己见，也好比开开窗子，通通空气，破一破日常生活里的沉闷苦恼。到如今，每回顾那一段灰黯的岁月，就会记起傅雷家的夜谈。

说起傅雷，总不免说到他的严肃。其实他并不是一味板着脸的人。我闭上眼，最先浮现在眼前的，却是个含笑的傅雷。他两手捧着个烟斗，待要放到嘴里去抽，又拿出来，眼里是笑，嘴边是笑，满脸是笑。这也许因为我在他家客厅里、坐在他对面的时候，他听

---

① 参看伏尔泰《刚第特》和传记本文。

着锺书说话，经常是这副笑容。傅雷只是不轻易笑；可是他笑的时候，好像在品尝自己的笑，觉得津津有味。

也许锺书是惟一敢当众打趣他的人。他家另一位常客是陈西禾同志。一次锺书为某一件事打趣傅雷，西禾急得满面尴尬，直向锺书递眼色；事后他犹有余悸，怪锺书"胡闹"。可是傅雷并没有发火。他带几分不好意思，随着大家笑了；傅雷还是有幽默的。

傅雷的严肃确是严肃到十分，表现了一个地道的傅雷。他自己可以笑，他的笑脸只许朋友看。在他的孩子面前，他是个不折不扣的严父。阿聪、阿敏那时候还是一对小顽童，只想赖在客厅里听大人说话。大人说的话，也许孩子不宜听，因为他们的理解不同。傅雷严格禁止他们旁听。有一次，客厅里谈得热闹，阵阵笑声，傅雷自己也正笑得高兴。忽然他灵机一动，蹑足走到通往楼梯的门旁，把门一开，只见门后哥哥弟弟背着脸并坐在门槛后面的台阶上，正缩着脖子笑呢。傅雷一声呵斥，两个孩子在登登咚咚一阵凌乱的脚步声里逃跑上楼。梅馥忙也赶了上去。在傅雷前，她是抢先去责骂儿子；在儿子前，她却是挡了爸爸的盛怒，自己温言告诫。等他们俩回来，客厅里渐渐回复了当初的气氛。但过了一会，在笑声中，傅雷又突然过去开那扇门，阿聪、阿敏依然鬼头鬼脑并坐原处偷听。这回傅雷可冒火了，梅馥也起不了中和作用。只听得傅雷厉声呵喝，夹杂着梅馥的调解和责怪；一个孩子想是哭了，另一个还想为自己辩白。我们谁也不敢劝一声，只装作不闻不知，坐着扯淡。傅雷回客厅来，脸都气青了。梅馥抱歉地为客人换上热茶，大家又坐了一会儿辞出，不免叹口气："唉，傅雷就是这样！"

阿聪前年回国探亲，锺书正在国外访问。阿聪对我说："啊呀！我们真爱听钱伯伯说话呀！"去年他到我家来，不复是顽童偷听，而是做座上客"听钱伯伯说话"，高兴得哈哈大笑。可是他立即记起他严厉的爸爸，凄然回忆往事，慨叹说："唉——那时候——我们就爱听钱伯伯说话。"他当然知道爸爸打他狠，正因为爱他深。他告诉我："爸爸打得我真痛啊！"梅馥曾为此对我落泪，又说阿聪的脾气和爸爸有相似之处。她也告诉我傅雷的妈妈怎样批评傅雷。性情急躁是不由自主的，感情冲动下的所作所为，沉静下来会自己责怪，又增添自己的苦痛。梅馥不怨傅雷的脾气，只为此怜他而为他担忧；更因为阿聪和爸爸脾气有点儿相似，她既不愿看到儿子拂逆爸爸，也为儿子的前途担忧。"文化大革命"开始时，阿聪从海外好不容易和家里挂通了长途电话。阿聪只叫得一声"姆妈"，妈妈只叫得一声"阿聪"，彼此失声痛哭，到哽咽着勉强能说话的时候，电话早断了。这是母子末一次通话——话，尽在不言中，因为梅馥深知傅雷的性格，已经看到他们夫妇难逃的命运。

有人说傅雷"孤傲如云间鹤"；傅雷却不止一次在锺书和我面前自比为"墙洞里的小老鼠"——是否因为莫洛亚曾把伏尔泰比作"一头躲在窟中的野兔"呢？傅雷的自比，乍听未免滑稽。梅馥称傅雷为"老傅"；我回家常和锺书讲究：那是"老傅"还是"老虎"，因为据他们的乡音，"傅"和"虎"没有分别，而我觉得傅雷在家里有点儿老虎似的。他却自比为"小老鼠"！但傅雷这话不是矫情，也不是谦虚。我想他只是道出了自己的真实心情。他对所有的朋友都一片至诚。但众多的朋友里，难免夹杂些不够朋友的人。误会、偏见、忌刻、骄矜，会造成人事上无数矛盾和倾轧。傅雷曾告诉我们：某某"朋友"昨天还在他家吃饭，今天却在报纸上骂他。这种事不止一遭。傅雷讲起的时候，虽然眼睛里带些气愤，嘴角上挂着讥诮，总不免感叹人心叵测、世情险恶，觉得自己

《傅译传记五种》代序

老实得可怜，孤弱得无以自卫。他满头棱角，动不动会触犯人；又加脾气急躁，制不住要冲撞人。他知道自己不善在世途上圆转周旋，他可以安身的"洞穴"，只是自己的书斋；他也像老鼠那样，只在洞口窥望外面的大世界。他并不像天上的鹤，翘首云外，不屑顾视地下的泥淖。傅雷对国计民生念念不忘，可是他也许遵循《刚第特》的教训吧？只潜身书斋，作他的翻译工作。

傅雷爱吃硬饭。他的性格也像硬米粒儿那样僵硬、干爽；软和懦不是他的美德，他全让给梅馥了。朋友们爱说傅雷固执，可是我也看到了他的固而不执，有时候竟是很随和的。他有事和锺书商量，尽管讨论得很热烈，他并不固执。他和周煦良同志合办《新语》，尽管这种事锺书毫无经验，他也不摈弃外行的意见。他有些朋友（包括我们俩）批评他不让阿聪进学校会使孩子脱离群众，不善适应社会。傅雷从谏如流，就把阿聪送入中学读书。锺书建议他临什么字帖，他就临什么字帖；锺书忽然发兴用草书抄笔记，他也高兴地学起十七帖来，并用草书抄稿子。

解放后，我们夫妇到清华大学任教。傅雷全家从昆明由海道回上海，道过天津。傅雷到北京来探望了陈叔通、马叙伦二老，就和梅馥同到我们家来盘桓三四天。当时我们另一位亡友吴晗同志想留傅雷在清华教授法语，央我们夫妇做说客。但傅雷不愿教法语，只愿教美术史。从前在上海的时候，我们曾经陪傅雷招待一个法国朋友，锺书注意到傅雷名片背面的一行法文：Critique d'Art（美术批评家）。他对美术批评始终很有兴趣。可是清华当时不开这门课，而傅雷对教学并不热心。尽管他们夫妇对清华园颇有留恋，我们也私心窃愿他们能留下，傅雷决计仍回上海，干他的翻译工作。

我只看到傅雷和锺书闹过一次别扭。一九五四年在北京召开翻译工作会议，傅雷未能到会，只提了一份书面意见，讨论翻译问题。讨论翻译，必须举出实例，才能说明问题。傅雷信手拈来，举出许多谬误的例句；他大概忘了例句都有主人。他显然也没料到这份意见书会大量印发给翻译者参考；他拈出例句，就好比挑出人家的错来示众了。这就触怒了许多人，都大骂傅雷狂傲；有一位老翻译家竟气得大哭。平心说，把西方文字译成中文，至少也是一项极繁琐的工作。译者尽管认真仔细，也不免挂一漏万；译文里的谬误，好比猫狗身上的跳蚤，很难捉拿净尽。假如傅雷打头先挑自己的错作引子，或者挑自己几个错作陪，人家也许会心悦诚服。假如傅雷事先和朋友商谈一下，准会想得周到些。当时他和我们两地间隔，读到锺书责备他的信，气呼呼地对我们沉默了一段时间，但不久就又回复书信来往。

傅雷的认真，也和他的严肃一样，常表现出一个十足地道的傅雷。有一次他称赞我的翻译。我不过偶尔翻译了一篇极短的散文，译得也并不好，所以我只当傅雷是照例敷衍，也照例谦逊一句，傅雷怫然忍耐了一分钟，然后沉着脸发作道："杨绛，你知道吗？我的称赞是不容易的。"我当时颇像顽童听到校长错误的称赞，既不敢笑，也不敢指出他的错误。可是我实在很感激他对一个刚试笔翻译的人如此认真看待。而且只有自己虚怀若谷，才会过高地估计别人。

傅雷对于翻译工作无限认真，不懈地虚心求进。只要看他翻译的这传记五种，一部胜似一部。《夏洛外传》是最早的一部。《贝多芬传》虽然动笔最早，却是十年后重译的，译笔和初译显然不同。他经常写信和我们讲究翻译上的问题，具体问题都用红笔清清楚楚录下原文。这许多信可惜都已毁了。傅雷从不自满——对工作认

7

真，对自己就感到不满。他从没有自以为达到了他所悬的翻译标准。他曾自苦译笔呆滞，问我们怎样使译文生动活泼。他说熟读了老舍的小说，还是未能解决问题。我们以为熟读一家还不够，建议再多读几家。傅雷怅然，叹恨没许多时间看书。有人爱说他狂傲，他们实在是没见到他虚心的一面。

一九六三年我因妹妹杨必生病，到上海探望。朋友中我只拜访了傅雷夫妇。梅馥告诉我她两个孩子的近况；傅雷很有兴趣地和我谈论些翻译上的问题。有个问题常在我心上而没谈。我最厌恶翻译的名字佶屈聱牙，而且和原文的字音并不相近，曾想大胆创新，把洋名一概中国化，历史地理上的专门名字也加简缩，另作"引得"或加注。我和傅雷谈过，他说"不行"。我也知道这样有许多不便，可是还想听他谈谈如何"不行"。六四年我又到上海接妹妹到北京休养，来去匆匆，竟未及拜访傅雷和梅馥。"别时容易见时难"，我年轻时只看作李后主的伤心话，不料竟是人世的常情。

我很羡慕傅雷的书斋，因为书斋的布置，对他的工作具备一切方便。经常要用的工具书，伸手就够得到，不用站起身。转动的圆架上，摊着几种大字典。沿墙的书橱里，排列着满满的书可供参考。书架顶上一个镜框里是一张很美的梅馥的照片。另有一张傅雷年轻时的照片，是他当年赠给梅馥的。他称呼梅馥的名字是法文的玛格丽特；据傅雷说，那是歌德《浮士德》里的玛格丽特。几人有幸娶得自己的玛格丽特呢！梅馥不仅是温柔的妻子、慈爱的母亲、沙龙里的漂亮夫人，不仅是非常能干的主妇，一身承担了大大小小、里里外外的杂务，让傅雷专心工作，她还是傅雷的秘书，为他做卡片，抄稿子，接待不速之客。傅雷如果没有这样的好后勤、好助手，他的工作至少也得打三四成折扣吧？

傅雷翻译这几部传记的时候，是在"阴霾遮蔽整个天空的时期"。他要借伟人克服苦难的壮烈悲剧，帮我们担受残酷的命运。他要宣扬坚忍奋斗，敢于向神明挑战的大勇主义。[①] 可是，智慧和信念所点燃的一点光明，敌得过愚昧、褊狭所孕育的黑暗吗？对人类的爱，敌得过人间的仇恨吗？向往真理、正义的理想，敌得过争夺名位权力的现实吗？为善的心愿，敌得过作恶的力量吗？傅雷连同他忠实的伴侣，竟被残暴的浪潮冲倒、淹没。可是谁又能怪傅雷呢。他这番遭遇，对于这几部传记里所宣扬的人道主义和奋斗精神，该说是残酷的讽刺。但现在这五部传记的重版，又标志着一种新的胜利吧？读者也许会得到更新的启示与鼓励。傅雷已作古人，人死不能复生，可是被遗忘的、被埋没的，还会重新被人记忆起来，发掘出来。

一九八〇年十二月

---

① 参看傅雷《贝多芬传》译者序。

《傅译传记五种》代序

干校六记

一 下放记别

中国社会科学院，以前是中国科学院哲学社会科学部，简称学部。我们夫妇同属学部；默存在文学所，我在外文所。一九六九年，学部的知识分子正在接受"工人、解放军宣传队"的"再教育"。全体人员先是"集中"住在办公室里，六、七人至九、十人一间，每天清晨练操，上下午和晚饭后共三个单元分班学习。过了些时候，年老体弱的可以回家住，学习时间渐渐减为上下午两个单元。我们俩都搬回家去住，不过料想我们住在一起的日子不会长久，不日就该下放干校了。干校的地点在纷纷传说中逐渐明确，下放的日期却只能猜测，只能等待。

我们俩每天各在自己单位的食堂排队买饭吃。排队足足要费半小时；回家自己做饭又太费事，也来不及。工、军宣队后来管束稍懈，我们经常中午约会同上饭店。饭店里并没有好饭吃，也得等待；但两人一起等，可以说说话。那年十一月三日，我先在学部大门口的公共汽车站等待，看见默存杂在人群里出来。他过来站在我旁边，低声说："待会儿告诉你一件大事。"我看看他的脸色，猜不出什么事。

我们挤上了车，他才告诉我："这个月十一号，我就要走了。我是先遣队。"

尽管天天在等待行期，听到这个消息，却好像头顶上着了一个焦雷。再过几天是默存虚岁六十生辰，我们商量好：到那天两人要吃一顿寿面庆祝。再等着过七十岁的生日，只怕轮不到我们了。可是只差几天，等不及这个生日，他就得下干校。

"为什么你要先遣呢?"

"因为有你，别人得带着家眷，或者安顿了家再走；我可以把家撂给你。"

干校的地点在河南罗山，他们全所是十一月十七日走。

我们到了预定的小吃店，叫了一个最现成的沙锅鸡块——不过是鸡皮鸡骨。我舀些清汤泡了半碗饭，饭还是咽不下。

只有一个星期置备行装，可是默存要到末了两天才得放假。我倒借此赖了几天学，在家收拾东西。这次下放是所谓"连锅端"——就是拔宅下放，好像是奉命一去不复返的意思。没用的东西、不穿的衣服、自己宝贵的图书、笔记等等，全得带走，行李一大堆。当时我们的女儿阿圆、女婿得一，各在工厂劳动，不能叫回来帮忙。他们休息日回家，就帮着收拾行李，并且学别人的样，把箱子用粗绳子密密缠捆，防旅途摔破或压塌。可惜能用粗绳子缠捆保护的，只不过是木箱铁箱等粗重行李；这些木箱、铁箱，确也不如血肉之躯经得起折磨。

经受折磨，就叫锻炼；除了准备锻炼，还有什么可准备的呢。准备的衣服如果太旧，怕不经穿；如果太结实，怕洗来费劲。我久不缝纫，胡乱把耐脏的绸子用缝衣机做了个毛毯的套子，准备经年不洗。我补了一条裤子，坐处像个布满经线纬线的地球仪，而且厚如龟壳。默存倒很欣赏，说好极了，穿上好比随身带着个座儿，随处都可以坐下。他说，不用筹备得太周全，只需等我也下去，就可以照看他。至于家人团聚，等几时阿圆和得一乡间落户，待他们迎

11 　　　　　　　　　　　　　　　　　　干校六记

养吧。

转眼到了十一号先遣队动身的日子。我和阿圆、得一送行。默存随身行李不多，我们找个旮旯儿歇着等待上车。候车室里，闹嚷嚷、乱哄哄人来人往；先遣队的领队人忙乱得只恨分身无术，而随身行李太多的，只恨少生了几双手。得一忙放下自己拿的东西，去帮助随身行李多得无法摆布的人。默存和我看他热心为旁人效力，不禁赞许新社会的好风尚，同时又互相安慰说：得一和善忠厚，阿圆有他在一起，我们可以放心。

得一捎着、拎着别人的行李，我和阿圆帮默存拿着他的几件小包小袋，排队挤进月台，挤上火车，找到个车厢安顿了默存。我们三人就下车，痴痴站着等火车开动。

我记得从前看见坐海船出洋的旅客，登上摆渡的小火轮，送行者就把许多彩色的纸带抛向小轮船；小船慢慢向大船开去，那一条条彩色的纸带先后迸断，岸上就拍手欢呼。也有人在欢呼声中落泪；迸断的彩带好似迸断的离情。这番送人上干校，车上的先遣队和车下送行的亲人，彼此间的离情假如看得见，就决不是彩色的，也不能一迸就断。

默存走到车门口，叫我们回去吧，别等了。彼此遥遥相望，也无话可说。我想，让他看我们回去还有三人，可以放心释念，免得火车驰走时，他看到我们眼里，都在不放心他一人离去。我们遵照他的意思，不等车开，先自走了。几次回头望望，车还不动，车下还是挤满了人。我们默默回家；阿圆和得一接着也各回工厂。他们同在一校而不同系，不在同一工厂劳动。

过了一两天，文学所有人通知我，下干校的可以带自己的床，不过得用绳子缠捆好，立即送到学部去。粗硬的绳子要缠捆得服帖，关键在绳子两头；不能打结子，得把绳头紧紧压在绳下。这至少得两人一齐动手才行。我只有一天的期限，一人请假在家，把自己的小木床拆掉。左放、右放，怎么也无法捆在一起，只好分别捆；而且我至少还欠一只手，只好用牙齿帮忙。我用细绳缚住粗绳头，用牙咬住，然后把一只床分三部分捆好，各件重复写上默存的名字。小小一只床分拆了几部，就好比兵荒马乱中的一家人，只怕一出家门就彼此失散，再聚不到一处去。据默存来信，那三部分重新团聚一处，确也害他好生寻找。

文学所和另一所最先下放。用部队的词儿，不称"所"而称"连"。二连动身的日子，学部敲锣打鼓，我们都放了学去欢送。下放人员整队而出；红旗开处，俞平老和俞师母领队当先。年逾七旬的老人了，还像学龄儿童那样排着队伍，远赴干校上学，我看着心中不忍，抽身先退；一路回去，发现许多人缺乏欢送的热情，也纷纷回去上班。大家脸上都漠无表情。

我们等待着下干校改造，没有心情理会什么离愁别恨，也没有闲暇去品尝那"别是一番"的"滋味"。学部既已有一部分下了干校，没下去的也得加紧干活儿。成天坐着学习，连"再教育"我们的"工人师傅"们也腻味了。有一位二十二三岁的小"师傅"嘀咕说："我天天在炉前炼钢，并不觉得劳累；现在成天坐着，屁股也痛，脑袋也痛，浑身不得劲儿。"显然炼人比炼钢费事；"坐冷板凳"也是一项苦功夫。

炼人靠体力劳动。我们挖完了防空洞——一个四通八达的地下建筑，就把图书搬来搬去。捆，扎，搬运，从这楼搬到那楼，从这处搬往那处；搬完自己单位的图书，又搬别单位的图书。有一次，我们到一个积尘三年的图书馆去搬出书籍、书柜、书架等，要腾出屋子来。有人一进去给尘土呛得连打了二十来个嚏喷。我们尽管戴着口罩，出来都满面尘土，咳吐的尽是黑痰。我记得那时候天气已经由寒转暖而转热。沉重的铁书架、沉重的大书橱、沉重的卡片柜——卡片屉内满满都是卡片，全都由年轻人狠命用肩膀扛，贴身的衣衫磨破，露出肉来。这又使我惊叹，最经磨的还是人的血肉之躯！

弱者总占便宜；我只干些微不足道的细事，得空就打点包裹寄给干校的默存。默存得空就写家信；三言两语，断断续续，白天黑夜都写。这些信如果保留下来，如今重读该多么有趣！但更有价值的书信都毁掉了，又何惜那几封。

他们一下去，先打扫了一个土积尘封的劳改营。当晚睡在草铺上还觉得燠热。忽然一场大雪，满地泥泞，天气骤寒。十七日大队人马到来，八十个单身汉聚居一间屋里，分睡在几个炕上。有个跟着爸爸下放的淘气小男孩儿，临睡常绕炕撒尿一匝，为炕上的人"施肥"。休息日大家到镇上去买吃的：有烧鸡，还有煮熟的乌龟。我问默存味道如何；他却没有尝过，只悄悄做了几首打油诗寄我。

罗山无地可耕，干校无事可干。过了一个多月，干校人员连同家眷又带着大堆箱笼物件，搬到息县东岳。地图上能找到息县，却找不到东岳。那儿地僻人穷，冬天没有燃料生火炉子，好多女同志脸上生了冻疮。洗衣服得蹲在水塘边上"投"。默存的新衬衣请当地的大娘代洗，洗完就不见了。我只愁他跌落水塘；能请人代洗，便赔掉几件衣服也值得。

在北京等待上干校的人，当然关心干校生活，常叫我讲些给他们听。大家最爱听的是何其芳同志吃鱼的故事。当地竭泽而渔，食堂改善伙食，有红烧鱼。其芳同志忙拿了自己的大漱口杯去买了一份；可是吃来味道很怪，愈吃愈怪。他捞起最大的一块想尝个究竟，一看原来是还未泡烂的药肥皂，落在漱口杯里没有拿掉。大家听完大笑，带着无限同情。他们也告诉我一个笑话，说钱锺书和丁××两位一级研究员，半天烧不开一锅炉水！我代他们辩护：锅炉设在露天，大风大雪中，烧开一锅炉水不是容易事。可是笑话毕竟还是笑话。

他们过年就开始自己造房。女同志也拉大车，脱坯，造砖，盖房，充当壮劳力。默存和俞平伯先生等几位"老弱病残"都在免役之列，只干些打杂的轻活儿。他们下去八个月之后，我们的"连"才下放。那时候，他们已住进自己盖的新屋。

我们"连"是一九七〇年七月十二日动身下干校的。上次送默存走，有我和阿圆还有得一。这次送我走，只剩了阿圆一人；得一已于一月前自杀去世。

得一承认自己总是"偏右"一点，可是他说，实在看不惯那伙"过左派"。他们大学里开始围剿"五一六"的时候，几个有"五一六"之嫌的"过左派"供出得一是他们的"组织者"，"五一六"的名单就在他手里。那时候得一已回校，阿圆还在工厂劳动；两人不能同日回家。得一末了一次离开我的时候说："妈妈，我不能对群众态度不好，也不能顶撞宣传队；可是我决不能捏造个名单害人，我也不会撒谎。"他到校就失去自由。阶级斗争如火如荼，阿圆等在厂劳动的都返回学校。工宣队领导全系每天三个单元斗得一，逼他交出名单。得一就自杀了。

阿圆送我上了火车，我也促她先归，别等车开。她不是一个脆弱的女孩子，我该可以放心撇下她。可是我看着她踽踽独归的背影，心上凄楚，忙闭上眼睛；闭上了眼睛，越发能看到她在我们那破残凌乱的家里，独自收拾整理，忙又睁开眼。车窗外已不见了她的背影。我又合上眼，让眼泪流进鼻子，流入肚里。火车慢慢开动，我离开了北京。

干校的默存又黑又瘦，简直换了个样儿，奇怪的是我还一见就认识。

我们干校有一位心直口快的黄大夫。一次默存去看病，她看他在签名簿上写上钱锺书的名字，怒道："胡说！你什么钱锺书！钱锺书我认识！"默存一口咬定自己是钱锺书。黄大夫说："我认识钱锺书的爱人。"默存经得起考验，报出了他爱人的名字。黄大夫还待信不信，不过默存是否冒牌也没有关系，就不再争辩。事后我向黄大夫提起这事，她不禁大笑说："怎么的，全不像了。"

我记不起默存当时的面貌，也记不起他穿的什么衣服，只看见他右下颔一个红包，虽然只有榛子大小，形状却峥嵘险恶：高处是亮红色，低处是暗黄色，显然已经灌脓。我吃惊说："啊呀，这是个疽吧？得用热敷。"可是谁给他做热敷呢？我后来看见他们的红十字急救药箱，纱布上、药棉上尽是泥手印，默存说他已经生过一个同样的外疹，领导上让他休息几天，并叫他改行不再烧锅炉。他目前白天看管工具，晚上巡夜。他的顶头上司因我去探亲，还特地给了他半天假。可是我的排长却非常严厉，只让我跟着别人去探望一下，吩咐我立即回队。默存送我回队，我们没说得几句话就分手了。得一去世的事，阿圆和我暂时还瞒着他，这时也未及告诉。过了一两天他来信说：那个包儿是疽，穿了五个孔。幸亏打了几针也渐渐痊愈。

我们虽然相去不过一小时的路程，却各有所属，得听指挥、服从纪律，不能随便走动，经常只是书信来往，到休息日才许探亲。

16

杨绛散文

休息日不是星期日；十天一次休息，称为大礼拜。如有事，大礼拜可以取消。可是比了独在北京的阿圆，我们就算是同在一处了。

二　凿井记劳

干校的劳动有多种。种豆、种麦是大田劳动。大暑天，清晨三点钟空着肚子就下地。六点送饭到田里，大家吃罢早饭，劳动到午时休息；黄昏再下地干到晚。各连初到，借住老乡家。借住不能久占，得赶紧自己造屋。造屋得用砖；砖不易得，大部分用泥坯代替。脱坯是极重的活儿。此外，养猪是最脏又最烦的活儿。菜园里、厨房里老弱居多，繁重的工作都落在年轻人肩上。

有一次，干校开一个什么庆祝会，演出的节目都不离劳动。有一个话剧，演某连学员不怕砖窑倒塌，冒险加紧烧砖，据说真有其事。有一连表演钻井，演员一大群，没一句台词，惟一的动作是推着钻井机团团打转，一面有节奏地齐声哼"嗯唷！嗯唷！嗯唷！嗯唷！"大伙儿转呀、转呀，转个没停——钻井机不能停顿，得日以继夜，一口气钻到底。"嗯唷！嗯唷！嗯唷！嗯唷！"那低沉的音调始终不变，使人记起曾流行一时的电影歌曲《伏尔加船夫曲》；同时仿佛能看到拉纤的船夫踏在河岸上的一只只脚，带着全身负荷的重量，疲劳地一步步挣扎着向前迈进。戏虽单调，却好像比那个宣扬"不怕苦、不怕死"的烧窑剧更生动现实。散场后大家纷纷议论，都推许这个节目演得好，而且不必排练，搬上台去现成是戏。

有人忽脱口说："啊呀！这个剧——思想不大对头吧？好像——好像——咱们都那么——那么——"

大家都会意地笑。笑完带来一阵沉默，然后就谈别的事了。

我分在菜园班。我们没用机器，单凭人力也凿了一眼井。

我们干校好运气，在淮河边上连续两年干旱，没遭逢水灾。可是干硬的地上种菜不易。人家说息县的地"天雨一包脓，天晴一片铜"。菜园虽然经拖拉机耕过一遍，只翻起满地大坷垃，比脑袋还大，比骨头还硬。要种菜，得整地；整地得把一块块坷垃砸碎、砸细，不但费力，还得耐心。我们整好了菜畦，挖好了灌水渠，却没有水。邻近也属学部干校的菜园里有一眼机井，据说有十米深呢，我们常去讨水喝。人力挖的井不过三米多，水是浑的。我们喝生水就在吊桶里掺一小瓶痧药水，聊当消毒；水味很怪。十米深的井，水又甜又凉，大太阳下干活儿渴了舀一碗喝，真是如饮甘露。我们不但喝，借便还能洗洗脚手。可是如要用来浇灌我们的菜园却难之又难。不用水泵，井水流不过来。一次好不容易借到水泵，水经过我们挖的渠道流入菜地，一路消耗，没浇灌得几畦，天就黑了，水泵也拉走了。我们撒下了菠菜的种子，过了一个多月，一场大雨之后，地里才露出绿苗来。所以我们决计凿一眼灌园的井。选定了地点，就破土动工。

那块地硬得真像风磨铜。我费尽吃奶气力，一锹下去，只筑出一道白痕，引得小伙子们大笑。他们也挖得吃力，说得用鹤嘴镐来凿。我的"拿手"是脚步快；动不了手，就飞跑回连，领了两把鹤嘴镐，扛在肩头，居然还能飞快跑回菜园。他们没停手，我也没停脚。我们的壮劳力轮流使鹤嘴镐凿松了硬地，旁人配合着使劲挖。大家狠干了一天，挖出一个深潭，可是不见水。我们的"小牛"是"大男子主义者"。他私下嘀咕说：挖井不用女人；有女人就不出水。菜园班里只两个女人，我是全连女人中最老的；阿香是最小的，年岁不到我的一半。她是华侨，听了这句闻所未闻的话又气又笑，吃吃地笑着来告诉我，一面又去和"小牛"理论，向他抗议。可是我们俩真有点担心，怕万一碰不上水脉，都怪在我们身上。幸亏没挖到二米，土就渐渐潮润，开始见水了。

干土挖来虽然吃力，烂泥的分量却更沉重。越挖越泥泞，两三个人光着脚跳下井去挖，把一桶桶烂泥往上送，上面的人接过来往旁边倒，霎时间井口周围一片泥泞。大家都脱了鞋袜。阿香干活儿很欢，也光着两只脚在井边递泥桶。我提不动一桶泥，可是凑热闹也脱了鞋袜，把四处乱淌的泥浆铲归一处。

平时总觉得污泥很脏，痰涕屎尿什么都有；可是把脚踩进污泥，和它亲近了，也就只觉得滑腻而不嫌其脏。好比亲人得了传染病，就连传染病也不复嫌恶，一并可亲。我暗暗取笑自己：这可算是改变了立场或立足点吧！

我们怕井水涌上来了不便挖掘。人工挖井虽然不像机器钻井那样得日以继夜、一气钻成，可也得加把劲儿连着干。所以我们也学大田劳动的榜样，大清早饿着肚子上菜园；早饭时阿香和我回厨房去，把馒头、稀饭、咸菜、开水等放在推车上，送往菜园。平坦的大道或下坡路上，由我推车；拐弯处，曲曲弯弯的小道或上坡路上，由阿香推。那是很吃力的；推得不稳，会把稀饭和开水泼掉。我曾试过，深有体会。我们这种不平等的合作，好在偏劳者不计较，两人干得很融洽。中午大伙回连吃饭；休息后，总干到日暮黄昏才歇工，往往是最后一批吃上晚饭的。

我们这样狠干了不知多少天，我们的井已挖到三米深。末后几天，水越多，挖来越加困难，只好借求外力，请来两个大高个儿的年轻人。下井得浸在水里。一般打井总在冬天，井底暖和。我们打井却是大暑天，井底阴冷。阿香和我担心他们泡在寒森森的冷水里会致病。可是他们兴致热烘烘的，声言不冷。我们俩不好意思表现得婆婆妈妈，只不断到井口侦察。

水渐渐没腿，渐渐没膝，渐渐齐腰。灌园的井有三米多已经够深。我说要去打一斤烧酒为他们驱寒，借此庆功。大家都很高兴。来帮忙的劳力之一是后勤排的头头，他指点了打酒的窍门儿。我就跑回连，向厨房如此这般说了个道理，讨得酒瓶。厨房里大约是防人偷酒喝，瓶上贴着标签，写了一个大"毒"字，旁边还有三个惊叹号；又画一个大骷髅，下面交叉着两根枯骨。瓶里还剩有一寸深的酒。我抱着这么个可怕的瓶子，赶到离菜园更往西二里路的"中心点"上去打酒；一路上只怕去迟了那里的合作社已关门，恨不得把神行太保拴在脚上的甲马借来一用。我没有买酒的证明，凭那个酒瓶，略费唇舌，买得一斤烧酒。下酒的东西什么也没有，可吃的只有泥块似的"水果糖"，我也买了一斤，赶回菜园。

灌园的井已经完工。壮劳力、轻劳力都坐在地上休息。大家兴冲冲用喝水的大杯小杯斟酒喝，约莫喝了一斤，瓶里还留下一寸深的酒还给厨房。大家把泥块糖也吃光。这就是我们的庆功宴。

挖井劳累如何，我无由得知。我只知道同屋的女伴干完一天活儿，睡梦里翻身常"哎呀"、"喔唷"地哼哼。我睡不熟，听了私心惭愧，料想她们准累得浑身酸痛呢。我也听得小伙子们感叹说："我们也老了"；嫌自己不复如二十多岁时筋力强健。想来他们也觉得力不从心。

等买到戽水的机器，井水已经涨满。井面宽广，所以井台更宽广。机器装在水中央；井面宽，我们得安一根很长的横杠。这也有好处：推着横杠戽水，转的圈儿大，不像转小圈儿容易头晕。小伙子们练本领，推着横杠一个劲儿连着转几十圈，甚至一百圈。偶来协助菜园劳动的人也都承认：菜园子的"蹲功"不易，"转功"也不易。

我每天跟随同伴早出晚归，干些轻易的活儿，说不上劳动。可是跟在旁边，就仿佛也参与了大伙儿的劳动，渐渐产生一种"集体感"或"合群感"，觉得自己是"我们"或"咱们"中的一员，也可说是一种"我们感"。短暂的集体劳动，一项工程完毕，大家散伙，并不产生这种感觉。脑力劳动不容易通力合作——可以合作，但各有各的成绩；要合写一篇文章，收集材料的和执笔者往往无法"劲儿一处使"，团不到一块儿去。在干校长年累月，眼前又看不到别的出路，"我们感"就逐渐增强。

我能听到下干校的人说："反正他们是雨水不淋、太阳不晒的！"那是"他们"。"我们"包括各连干活儿的人，有不同的派别，也有"牛棚"里出来的人，并不清一色。反正都是"他们"管下的。但管"我们"的并不都是"他们"；"雨水不淋、太阳不晒的"也并不都是"他们"。有一位摆足了首长架子，训话"嗯"一声、"啊"一声的领导，就是"他们"的典型；其他如"不要脸的马屁精"、"他妈的也算国宝"之流，该也算是属于"他们"的典型。"我们"和"他们"之分，不同于阶级之分。可是在集体劳动中我触类旁通，得到了教益，对"阶级感情"也稍稍增添了一点领会。

我们奉为老师的贫下中农，对干校学员却很见外。我们种的白薯，好几垅一夜间全偷光。我们种的菜，每到长足就被偷掉。他们说："你们天天买菜吃，还自己种菜！"我们种的树苗，被他们拔去，又在集市上出售。我们收割黄豆的时候，他们不等我们收完就

21

干校六记

来抢收，还骂"你们吃商品粮的！"我们不是他们的"我们"，却是"穿得破，吃得好，一人一块大手表"的"他们"。

三　学圃记闲

我们连里是人人尽力干活儿，尽量吃饭——也算是各尽所能、各取所需吧？当然这只是片面之谈，因为各人还领取不同等级的工资呢。我吃饭少，力气小，干的活儿很轻，而工资却又极高，可说是占尽了"社会主义优越性"的便宜，而使国家吃亏不小。我自觉受之有愧，可是谁也不认真理会我的歉意。我就安安分分在干校学种菜。

新辟一个菜园有许多工程。第一项是建造厕所。我们指望招徕过客为我们积肥，所以地点选在沿北面大道的边上。五根木棍——四角各竖一根，有一边加竖一棍开个门；编上秫秸的墙，就围成一个厕所。里面埋一口缸沤尿肥；再挖两个浅浅的坑，放几块站脚的砖，厕所就完工了。可是还欠个门帘。阿香和我商量，要编个干干净净的帘子。我们把秫秸剥去外皮，剥出光溜溜的芯子，用麻绳细细致致编成一个很漂亮的门帘；我们非常得意，挂在厕所门口，觉得这厕所也不同寻常。谁料第二天清早跑到菜地一看，门帘不知去向，积的粪肥也给过路人打扫一空。从此，我和阿香只好互充门帘。

菜园没有关栏。我们菜地的西、南和西南隅有三个菜园，都属于学部的干校。有一个菜园的厕所最讲究，粪便流入厕所以外的池子里去，厕内的坑都用砖砌成。可是他们积的肥大量被偷，据说干校的粪，肥效特高。

我们挖了一个长方形的大浅坑沤绿肥。大家分头割了许多草，沤在坑里，可是不过一顿饭的工夫，沤的青草都不翼而飞，大概是给拿去喂牛了。在当地，草也是稀罕物品，干草都连根铲下充燃料。

早先下放的连，菜地上都已盖上三间、五间房子。我们仓促间只在井台西北搭了一个窝棚。竖起木架，北面筑一堵"干打垒"的泥墙，另外三面的墙用秫秸编成。棚顶也用秫秸，上盖油毡，下遮塑料布。菜园西北有个砖窑是属于学部干校的，窑下散落着许多碎砖。我们拣了两车来铺在窝棚的地下，棚里就不致太潮湿；这里面还要住人呢。窝棚朝南做了一扇结实的木门，还配上锁。菜园的班长、一位在菜园班里的诗人，还有"小牛"——三人就住在这个窝棚里，顺带看园。我们大家也有了个地方可以歇歇脚。菜畦里先后都下了种。大部分是白菜和萝卜；此外，还有青菜、韭菜、雪里红、莴笋、胡萝卜、香菜、蒜苗等。可是各连建造的房子——除了最早下放的几连——都聚在干校的"中心点"上，离这个菜园稍远。我们在新屋近旁又分得一块菜地，壮劳力都到那边去整地挖沟。旧菜园里的庄稼不能没人照看，就叫阿香和我留守。

我们把不包心的白菜一叶叶顺序包上，用藤缠住，居然有一部分也长成包心的白菜，只是包得不紧密。阿香能挑两桶半满的尿，我就一杯杯舀来浇灌。我们偏爱几个"象牙萝卜"或"太湖萝卜"——就是长的白萝卜。地面上露出的一寸多，足有小饭碗那么顸。我们私下说："咱们且培养尖子！"所以把班长吩咐我们撒在胡萝卜地里的草木灰，全用来肥我们的宝贝！真是宝贝！到收获的时候，我满以为泥下该有一尺多长呢，至少也该有大半截。我使足劲儿去拔，用力过猛，扑通跌坐地下，原来泥里只有几茎须须。

干校六记

从来没见过这么扁的"长"萝卜！有几个红萝卜还像样，一般只有鸭儿梨大小。天气渐转寒冷，蹲在畦边松土拔草，北风直灌入背心。我们回连吃晚饭，往往天都黑了。那年十二月，新屋落成，全连搬到"中心点"上去；阿香也到新菜地去干活儿。住窝棚的三人晚上还回旧菜园睡觉，白天只我一人在那儿看守。

班长派我看菜园是照顾我，因为默存的宿舍就在砖窑以北不远，只不过十多分钟的路。默存是看守工具的。我的班长常叫我去借工具。借了当然还要还。同伙都笑嘻嘻地看我兴冲冲走去走回，借了又还。默存看守工具只管登记，巡夜也和别人轮值，他的专职是通信员，每天下午到村上邮电所去领取报纸、信件、包裹等回连分发。邮电所在我们菜园的东南。默存每天沿着我们菜地东边的小溪迤逦往南又往东去。他有时绕道到菜地来看我，我们大伙儿就停工欢迎。可是他不敢耽搁时间，也不愿常来打搅。我和阿香一同留守菜园的时候，阿香会忽然推我说："瞧！瞧！谁来了！"默存从邮电所拿了邮件，正迎着我们的菜地走来。我们三人就隔着小溪叫应一下，问答几句。我一人守园的时候，发现小溪干涸，可一跃而过；默存可由我们的菜地过溪往邮电所去，不必绕道。这样，我们老夫妇就经常可在菜园相会，远胜于旧小说、戏剧里后花园私相约会的情人了。

默存后来发现，他压根儿不用跳过小溪，往南去自有石桥通往东岸。每天午后，我可以望见他一脚高、一脚低从砖窑北面跑来。有时风和日丽，我们就在窝棚南面灌水渠岸上坐一会儿晒晒太阳。有时他来晚了，站着说几句话就走。他三言两语、断断续续、想到就写的信，可以亲自撂给我。我常常锁上窝棚的木门，陪他走到溪边，再忙忙回来守在菜园里，目送他的背影渐远渐小，渐渐消失。

他从邮电所回来就急要回连分发信件和报纸，不肯再过溪看我。不过我老远就能看见他迎面而来；如果忘了什么话，等他回来可隔溪再说两句。

在我，这个菜园是中心点。菜园的西南有个大土墩，干校的人称为"威虎山"，和菜园西北的砖窑遥遥相对。砖窑以北不远就是默存的宿舍。"威虎山"以西远去，是干校的"中心点"——我们那连的宿舍在"中心点"东头。"威虎山"坡下是干校某连的食堂，我的午饭和晚饭都到那里去买。西邻的菜园有房子，我常去讨开水喝。南邻的窝棚里生着火炉，我也曾去讨过开水。因为我只用三块砖搭个土灶，拣些秫秸烧水；有时风大，点不着火。南去是默存每日领取报纸信件的邮电所。溪以东田野连绵，一望平畴，天边几簇绿树是附近的村落；我曾寄居的杨村还在树丛以东。我以菜园为中心的日常活动，就好比蜘蛛踞坐菜园里，围绕着四周各点吐丝结网；网里常会留住些琐细的见闻、飘忽的随感。

我每天清早吃罢早点，一人往菜园去，半路上常会碰到住窝棚的三人到"中心点"去吃早饭。我到了菜园，先从窝棚木门旁的秫秸里摸得钥匙，进门放下随身携带的饭碗之类，就锁上门，到菜地巡视。胡萝卜地在东边远处，泥硬土瘠，出产很不如人意。可是稍大的常给人拔去；拔得匆忙，往往留下一截尾巴，我挖出来疯些井水洗净，留以解渴。邻近北边大道的白菜，一旦捏来菜心已长瓷实，就给人斫去，留下一个个斫痕犹新的菜根。一次我发现三四棵长足的大白菜根已斫断，未及拿走，还端端正正站在畦里。我们只好不等白菜全部长足，抢先收割。一次我刚绕到窝棚后面，发现三个女人正在拔我们的青菜，她们站起身就跑，不料我追得快，就一面跑一面把青菜抛掷地下。她们篮子里没有赃，不怕我追上。其实，追只是我的职责；我倒但愿她们把青菜带回家去吃一顿；我拾了什么用也没有。

她们不过是偶然路过。一般出来拣野菜、拾柴草的，往往十来个人一群，都是七八岁到十二三岁的男女孩子，由一个十六七岁的大姑娘或四五十岁的老大娘带领着从村里出来。他们穿的是五颜六色的破衣裳，一手挎着个篮子，一手拿一把小刀或小铲子。每到一处，就分散为三人一伙、两人一伙，以拣野菜为名，到处游弋，见到可拣的就收在篮里。他们在树苗林里斫下树枝，并不马上就拣；拣了也并不留在篮里，只分批藏在道旁沟边，结扎成一捆一捆。午饭前或晚饭前回家的时候，这队人背上都驮着大捆柴草，篮子里也各有所获。有些大胆的小伙子竟拔了树苗，捆扎了抛在溪里，午饭或晚饭前挑着回家。

我们窝棚四周散乱的秫秸早被他们收拾干净，厕所的五根木柱逐渐偷剩两根，后来连一根都不剩了。厕所周围的秫秸也越拔越稀，渐及窝棚的秫秸。我总要等背着大捆柴草的一队队都走远了，才敢到"威虎山"坡的食堂去买饭。

一次我们南邻的菜地上收割白菜。他们人手多，劳力强，干事又快又利索，和我们菜园班大不相同。我们班里老弱居多；我们斫呀，拔呀，搬成一堆堆过磅呀，登记呀，装上车呀，送往"中心点"的厨房呀……大家忙了一天，菜畦里还留下满地的老菜帮子。他们那边不到日落，白菜收割完毕，菜地打扫得干干净净。有一位老大娘带着女儿坐在我们窝棚前面，等着拣菜帮子。那小姑娘不时地跑去看，又回来报告收割的进程。最后老大娘站起身说："去吧！"

小姑娘说："都扫净了。"

她们的话，说快了我听不大懂，只听得连说几遍"喂猪"。那老大娘愤然说："地主都让拣！"

我就问，那些干老的菜帮子拣来怎么吃。

小姑娘说："先煮一锅水，揉碎了菜叶撒下，把面糊倒下去，一搅，可好吃哩！"

我见过他们的"馍"是红棕色的，面糊也是红棕色；不知"可好吃哩"的面糊是何滋味。我们日常吃的老白菜和苦萝卜虽然没什么好滋味，"可好吃哩"的滋味却是我们应该体验而没有体验到的。

我们种的疙瘩菜没有收成；大的像桃儿，小的只有杏子大小。我收了一堆正在挑选，准备把大的送交厨房。那位老大娘在旁盯着看，问我怎么吃。我告诉她：腌也行，煮也行。我说："大的我留，小的送你。"她大喜，连说："好！大的留给你，小的给我。"可是她手下却快，尽把大的往自己篮里拣。我不和她争。只等她拣完，从她篮里拣回一堆大的，换给她两把小的。她也不抗议，很满意地回去了。我却心上抱歉，因为那堆稍大的疙瘩，我们厨房里后来也没有用。但我当时不敢随便送人，也不能开这个例。我在菜园里拔草间苗，村里的小姑娘跑来闲看。我学着她们的乡音，可以和她们攀话。我把细小的绿苗送给她们，她们就帮我拔草。她们称男人为"大男人"；十二三岁的小姑娘，已由父母之命定下终身。这小姑娘告诉我那小姑娘已有婆家；那小姑娘一面害羞抵赖，一面说这小姑娘也有婆家了。她们都不识字。我寄居的老乡家是比较富裕的，两个十岁上下的儿子不用看牛赚钱，都上学；可是他们十七八岁的姊姊却不识字。她已由父母之命、媒妁之言，和邻村一位年貌相当的解放军战士订婚。两人从未见过面。那位解放军给未婚妻写了一封信，并寄了照片。他小学程度，相貌是浑朴的庄稼人。姑娘的父母因为和我同姓，称我为"俺大姑"；他们请我代笔回信。我举笔半天，想不出一句合适的话；后来还是同屋你一句、我一句拼凑了一封信。那位解放军连姑娘的照片都没见过。

村里十五六岁的大小子，不知怎么回事，好像成天都闲来无事的，背着个大筐，见什么，拾什么。有时七八成群，把道旁不及胳膊粗的树拔下，大伙儿用树干在地上拍打，"哈！哈！哈！"粗声吆喝着围猎野兔。有一次，三四个小伙子闯到菜地里来大吵大叫，我连忙赶去，他们说菜畦里有"猫"。"猫"就是兔子。我说：这里没有猫。躲在菜叶底下的那只兔子自知藏身不住，一道光似的直蹿出去。兔子跑得快，狗追不上。可是几条狗在猎人指使下分头追赶，兔子几回转折，给三四条狗团团围住。只见它纵身一跃有六七尺高，掉下地就给狗咬住。在它纵身一跃的时候，我代它心胆俱碎。从此我听到"哈！哈！哈！"粗哑的吆喝声，再也没有好奇心去观看。

有一次，那是一九七一年一月三日，下午三点左右，忽有人来，指着菜园以外东南隅两个坟墩，问我是否干校的坟墓。随学部干校最初下去的几个拖拉机手，有一个开拖拉机过桥，翻在河里淹死了。他们问我那人是否埋在那边。我说不是；我指向遥远处，告诉了那个坟墓所在。过了一会儿，我看见几个人在胡萝卜地东边的溪岸上挖土，旁边歇着一辆大车，车上盖着苇席。啊！他们是要埋死人吧？旁边站着几个穿军装的，想是军宣队。

我远远望着，刨坑的有三四人，动作都很迅速。有人跳下坑去挖土；后来一个个都跳下坑去。忽有一人向我跑来。我以为他是要喝水；他却是要借一把铁锹，他的铁锹柄断了。我进窝棚去拿了一把给他。

当时没有一个老乡在望，只那几个人在刨坑，忙忙地，急急地。后来，下坑的人只露出脑袋和肩膀了，坑已够深。他们就从苇席下抬出一个穿蓝色制服的尸体。我心里震惊，遥看他们把那死人埋了。

借铁锹的人来还我工具的时候，我问他死者是男是女，什么病死的。他告诉我，他们是某连，死者是自杀的，三十三岁，男。

冬天日短，他们拉着空车回去的时候，已经暮色苍茫。荒凉的连片菜地里阒无一人。我慢慢儿跑到埋人的地方，只看见添了一个扁扁的土馒头。谁也不会注意到溪岸上多了这么一个新坟。

第二天我告诉了默存，叫他留心别踩那新坟，因为里面没有棺材，泥下就是身体。他从邮电所回来，那儿消息却多，不但知道死者的姓名，还知道死者有妻有子；那天有好几件行李寄回死者的家乡。

不久后下了一场大雪。我只愁雪后地塌坟裂，尸体给野狗拖出来。地果然塌下些，坟却没有裂开。

整个冬天，我一人独守菜园。早上太阳刚出，东边半天云彩绚烂。远远近近的村子里，一批批老老少少的村里人，穿着五颜六色的破衣服成群结队出来，到我们菜园邻近分散成两人一伙、三人一伙，消失各处。等夕阳西下，他们或先或后，又成群负载而归。我买了晚饭回菜园，常站在窝棚门口慢慢地吃。晚霞渐渐暗淡，暮霭沉沉，野旷天低，菜地一片昏暗，远近不见一人，也不见一点灯光。我退入窝棚，只听得秫秸里不知多少老鼠在跳跶作耍，枯叶窸窸窣窣地响。我舀些井水洗净碗匙，就锁上门回宿舍。

人人都忙着干活儿，惟我独闲；闲得惭愧，也闲得无可奈何。

我虽然没有十八般武艺，也大有鲁智深在五台山禅院做和尚之概。

我住在老乡家的时候，和同屋伙伴不在一处劳动，晚上不便和她们结队一起回村。我独往独来，倒也自由灵便。而且我喜欢走黑路。打了手电，只能照见四周一小圈地，不知身在何处；走黑路倒能把四周都分辨清楚。我顺着荒墩乱石间一条蜿蜒小径，独自回村；近村能看到树丛里闪出灯光。但有灯光处，只有我一个床位，只有帐子里狭小的一席地——一个孤寂的归宿，不是我的家。因此我常记起曾见一幅画里，一个老者背负行囊，拄着拐杖，由山坡下一条小路一步步走入自己的坟墓；自己仿佛也是如此。

过了年，清明那天，学部的干校迁往明港。动身前，我们菜园班全伙都回到旧菜园来，拆除所有的建筑。可拔的拔了，可拆的拆了。拖拉机又来耕地一遍。临走我和默存偷空同往菜园看一眼，聊当告别。只见窝棚没了，井台没了，灌水渠没了，菜畦没了，连那个扁扁的土馒头也不知去向，只剩下满布坷垃的一片白地。

四　"小趋"记情

我们菜园班的那位诗人从砖窑里抱回一头小黄狗。诗人姓区。偶有人把姓氏的"区"读如"趋"，阿香就为小狗命名"小趋"。诗人的报复很妙：他不为小狗命名"小香"，却要它和阿香排行，叫它"阿趋"。可是"小趋"叫来比"阿趋"顺口，就叫开了。好在菜园以外的人，并不知道"小趋"原是"小区"。

我们把剩余的破砖，靠窝棚南边给"小趋"搭了一个小窝，垫的是秫秸；这个窝又冷又硬。菜地里纵横都是水渠，小趋初来就掉入水渠。天气还暖的时候，我曾一足落水，湿鞋湿袜渥了一天，怪不好受的；瞧小趋滚了一身泥浆，冻得索索发抖，很可怜它。如果窝棚四周满地的秫秸是稻草，就可以抓一把为它抹拭一下。秫秸却太硬，不中用。我们只好把它赶到太阳里去晒。太阳只是"淡水太阳"，没有多大暖气，却带着凉飕飕的风。

小趋虽是河南穷乡僻壤的小狗，在它妈妈身边，总有点母奶可吃。我们却没东西喂它，只好从厨房里拿些白薯头头和零碎的干馒头泡软了喂。我们菜园班里有一位十分"正确"的老先生。他看见用白面馒头（虽然是零星残块）喂狗，疾言厉色把班长训了一顿："瞧瞧老乡吃的是什么？你们拿白面喂狗！"我们人人抱愧，从此只敢把自己嘴边省下的白薯零块来喂小趋。其实，馒头也罢，白薯也罢，都不是狗的粮食。所以小趋又瘦又弱，老也长不大。

一次阿香满面忸怩，悄悄在我耳边说："告诉你一件事。"说完又怪不好意思地笑个不了。然后她告诉我："小趋——你知道吗？——在厕所里——偷——偷粪吃!!"

我忍不住笑了。我说："瞧你这副神气，我还以为是你在那里偷吃呢！"

阿香很担心："吃惯了，怎么办？脏死了！"

我说，村子里的狗，哪一只不吃屎！我女儿初下乡，同炕的小娃子拉了一大泡屎在炕席上；她急得忙用大量手纸去擦。大娘跑来嗔她糟蹋了手纸——也糟蹋了粪。大娘"狗"① 一声喊，就跑来一只狗，上炕一阵子舔吃，把炕席连娃娃的屁股都舔得干干净净，不用洗也不用擦。她每天早晨，听到东邻西舍"噜噜噜噜噜"呼狗的声音，就知道各家娃娃在喂狗呢。

---

① 农村的狗都没有名字，但是狗能从主妇的呼叫声中分辨出自己的主人。

我下了乡才知道为什么猪是不洁的动物；因为猪和狗有同嗜。不过猪不如狗有礼让，只顾贪嘴，全不识趣，会把蹲着的人撞倒。狗只远远坐在一旁等待，到了时候，才摇摇尾巴过去享受。我们住在村里，和村里的狗不仅成了相识，对它们还有养育之恩呢。

假如猪狗是不洁的动物，蔬菜是清洁的植物吗？蔬菜是吃了什么长大的？素食的先生们大概没有理会。

我告诉阿香，我们对"屡诫不改"和"本性难移"的人有两句老话。一是："你能改啊，狗也不吃屎了。"一是："你简直是狗对粪缸发誓！"小趋不是洋狗，没吃过西洋制造的罐头狗食。它也不如其他各连养的狗；据说他们厨房里的剩食可以喂狗，所以他们的狗养得膘肥毛润。我们厨房的剩食只许喂猪，因为猪是生产的一部分。小趋偷食，只不过是解决自己的活命问题罢了。

默存每到我们的菜园来，总拿些带毛的硬肉皮或带筋的骨头来喂小趋。小趋一见他就蹦跳欢迎。一次，默存带来两个臭蛋——不知谁扔掉的。他对着小趋"啪"一扔，小趋连吃带舔，蛋壳也一屑不剩。我独自一人看园的时候，小趋总和我一同等候默存。它远远看见默存从砖窑北面跑来，就迎上前去，跳呀、蹦呀、叫呀、拼命摇尾巴呀，还不足以表达它的欢忻，特又饶上个打滚儿；打完一滚，又起来摇尾蹦跳，然后又就地打个滚儿。默存大概一辈子也没受到这么热烈的欢迎。他简直无法向前迈步，得我喊着小趋让开路，我们三个才一同来到菜地。

我有一位同事常对我讲他的宝贝孙子。据说他那个三岁的孙子迎接爷爷回家，欢呼跳跃之余，竟倒地打了个滚儿。他讲完笑个不了。我也觉得孩子可爱，只是不敢把他的孙子和小趋相比。但我常想：是狗有人性呢？还是人有狗样儿？或者小娃娃不论是人是狗，都有相似处?

小趋见了熟人就跟随不舍。我们的连搬往"中心点"之前，我和阿香每次回连吃饭，小趋就要跟。那时候它还只是一只娃娃狗，相当于学步的孩子，走路滚呀滚的动人怜爱。我们怕它走累了，不让它跟，总把它塞进狗窝，用砖堵上。一次晚上我们回连，已经走到半路，忽发现小趋偷偷儿跟在后面，原来它已破窝而出。那天是雨后，路上很不好走，我们呵骂，它也不理。它滚呀滚地直跟到我们厨房兼食堂的席棚里。大家都爱而怜之，各从口边省下东西来喂它。小趋饱吃了一餐，跟着菜园班长回菜地。那是它第一次出远门。

我独守菜园的时候，起初是到默存那里去吃饭。狗窝关不住小趋，我得把它锁在窝棚里。一次我已经走过砖窑，回头忽见小趋偷偷儿远远地跟着我呢。它显然是从窝棚的秫秸墙里钻了出来。我呵止它，它就站住不动。可是我刚到默存的宿舍，它跟脚也来了；一见默存，快活得大蹦大跳。同屋的人都喜爱娃娃狗，争把自己的饭食喂它。小趋又饱餐了一顿。

小趋先不过是欢迎默存到菜园来，以后就跟随不舍，但它只跟到溪边就回来。有一次默存走到老远，发现小趋还跟在后面。他怕走累了小狗，捉住它送回菜园，叫我紧紧按住，自己赶忙逃跑。谁知那天他领了邮件回去，小趋已在他宿舍门外等候，跳跃着呜呜欢迎。它迎到了默存，又回菜园来陪我。

我们全连迁往"中心点"以后，小趋还靠我们班长从食堂拿回的一点剩食过日子，很不方便。所以过了一段时候，小趋也搬到"中心点"去了。它近着厨房，总有些剩余的东西可吃；不过它就和旧菜地失去了联系。我每天回宿舍晚，也不知它的窝在哪里。连里有许多人爱狗；但也有人以为狗只是资产阶级夫人小姐的玩物。所以我待小趋向来只是淡淡的，从不爱抚它。小趋不知怎么早就找到了我住的房门。我晚上回屋，旁人常告诉我："你们的小趋来找过你几遍了。"我感它相念，无以为报，常攒些骨头之类的东西喂它，表示点儿意思。以后我每天早上到菜园去，它就想跟。我喝住它，一次甚至拣起泥块掷它，它才站住了，只远远望着我。有一天下小雨，我独坐在窝棚内，忽听得"呜"一声，小趋跳进门来，高兴得摇着尾巴叫了几声，才傍着我趴下。它找到了由"中心点"到菜园的路！

我到默存处吃饭，一餐饭再加路上来回，至少要半小时。我怕菜园没人看守，经常在"威虎山"坡下某连食堂买饭。那儿离菜园只六七分钟的路。小趋来作客，我得招待它吃饭。平时我吃半份饭和菜，那天我买了正常的一份，和小趋分吃。食堂到菜园的路虽不远，一路的风很冷。两手捧住饭碗也挡不了寒，饭菜总吹得冰凉，得细嚼缓吞，用嘴里的暖气来加温。小趋哪里等得及我吃完了再喂它呢，不停的只顾蹦跳着讨吃。我得把饭碗一手高高擎起，舀一匙饭和菜倒在自己嘴里，再舀一匙倒在纸上，送与小趋；不然它就不客气要来舔我的碗匙了。我们这样分享了晚餐，然后我洗净碗匙，收拾了东西，带着小趋回"中心点"。

可是小趋不能保护我，反得我去保护它。因为短短两三个月内，它已由娃娃狗变成小姑娘狗。"威虎山"上堆藏着木材等东西，养一头猛狗名"老虎"；还有一头灰狗也不弱。它们对小趋都有爱慕之意。小趋还小，本能地怕它们。它每次来菜园陪我，归途就需我呵护，喝退那两只大狗。我们得沿河走好一段路。我走在高高的堤岸上，小趋乖觉地沿河在坡上走，可以藏身。过了桥走到河对岸，小趋才得安宁。

幸亏我认识那两条大狗——我蓄意结识了它们。有一次我晚饭吃得太慢了，锁上窝棚，天色已完全昏黑。我刚走上西边的大道，忽听得"呜"一声，又转为"吴吴吴吴"的低吼，只见面前一对发亮的眼睛，接着看见一只大黑狗，拱着腰，仰脸狰狞地对着我。它就是"老虎"，学部干校最猛的狗。我住在老乡家的时候，晚上回村，有时迷失了惯走的路，脚下偶一趔趄，村里的狗立即汪汪乱叫，四方窜来；就得站住脚，学着老乡的声调喝一声"狗！"——据说村里的狗没有各别的名字——它们会慢慢退去。"老虎"不叫一声直蹿前来，确也吓了我一跳。但我出于习惯，站定了喝一声"老虎！"它居然没扑上来，只"吴吴吴吴……"低吼着在我脚边嗅个不了，然后才慢慢退走。以后我买饭碰到"老虎"，总叫它一声，给点儿东西吃。灰狗我忘了它的名字，它和"老虎"是同伙。我见了它们总招呼，并牢记着从小听到的教导：对狗不能矮了气势。我大约没让它们看透我多么软弱可欺。

我们迁居"中心点"之后，每晚轮流巡夜。各连方式不同。我们连里一夜分四班，每班二小时。第一班是十点到十二点，末一班是早上四点到六点；这两班都是照顾老弱的，因为迟睡或早起，比打断了睡眠半夜起床好受些。各班都二人同巡，只第一班单独一人，据说这段时间比较安全，偷窃最频繁是在凌晨三四点左右。单独一人巡夜，大家不甚踊跃。我愿意晚睡，贪图这一班，也没人和我争。我披上又长又大的公家皮大衣，带个手电，十点熄灯以后，在宿舍四周巡行。巡行的范围很广：从北边的大道绕到干校放映电影的广场，沿着新菜园和猪圈再绕回来。熄灯十多分钟以后，四周就寂无人声。一个人在黑地里打转，时间过得很慢很慢。可是我有时不止一人，小趋常会"呜呜"两声，蹿到我脚边来陪我巡行几周。

小趋陪我巡夜，每使我记起清华"三反"时每晚接我回家的小猫"花花儿"。我本来是个胆小鬼；不问有鬼无鬼，反正就是怕鬼。晚上别说黑地里，便是灯光雪亮的地方，忽然间也会胆怯，不敢从东屋走到西屋。可是"三反"中整个人彻底变了，忽然不再怕什么鬼。系里每晚开会到十一二点，我独自一人从清华的西北角走回东南角的宿舍。路上有几处我向来特别害怕，白天一人走过，或黄昏时分有人做伴，心上都寒凛凛地。"三反"时我一点不怕了。那时候默存借调在城里工作，阿圆在城里上学，住宿在校，家里的女佣早已入睡，只花花儿每晚在半路上的树丛里等着我回去。它也像小趋那样轻轻地"呜"一声，就蹿到我脚边，两只前脚在我脚踝上轻轻一抱——假如我还胆怯，准给它吓坏——然后往前蹿一丈路，又回来迎我，又往前蹿，直到回家，才坐在门口仰头看我掏钥匙开门。小趋比花花儿驯服，只紧紧地跟在脚边。它陪伴着我，我却在想花花儿和花花儿引起的旧事。自从搬家走失了这只猫，我们再不肯养猫了。如果记取佛家"不三宿桑下"之戒，也就不该为一只公家的小狗留情。可是小趋好像认定了我做主人——也许只是我抛不下它。

一次，我们连里有人骑自行车到新蔡。小趋跟着车，直跑到新蔡。那位同志是爱狗的，特地买了一碗面请小趋吃；然后把它装在车兜里带回家。可是小趋累坏了，躺下奄奄一息，也不动，也不叫，大家以为它要死了。我从菜园回来，有人对我说："你们的小趋死了，你去看看它呀。"我跟他跑去，才叫了一声小趋，它认得声音，立即跳起来，汪汪地叫，连连摇尾巴。大家放心说："好了！好了！小趋活了！"小趋不知道居然有那么多人关心它的死活。

过年厨房里买了一只狗，烹狗肉吃，因为比猪肉便宜。有的老乡爱狗，舍不得卖给人吃。有的肯卖，却不忍心打死它。也有的肯亲自打死了卖。我们厨房买的是打死了的。据北方人说，煮狗肉要用硬柴火，煮个半烂，蘸葱泥吃——不知是否鲁智深吃的那种？我们厨房里依阿香的主张，用浓油赤酱，多加葱姜红烧。那天我回连吃晚饭，特买了一份红烧狗肉尝尝，也请别人尝尝。肉很嫩，也不太瘦，和猪的精肉差不多。据大家说，小趋不肯吃狗肉，生的熟的都不吃。据区诗人说，小趋衔了狗肉，在泥地上扒了个坑，把那块肉埋了。我不信诗人的话，一再盘问，他一口咬定亲见小趋叼了狗肉去埋了。可是我仍然相信那是诗人的创造。

忽然消息传来，干校要大搬家了，领导说，各连养的狗一律不准带走。我们搬家前已有一队解放军驻在"中心点"上。阿香和我带着小趋去送给他们，说我们不能带走，求他们照应。解放军战士说："放心，我们会养活它；我们很多人爱小牲口。"阿香和我告诉他，小狗名"小趋"，还特意叫了几声"小趋"，让解放军知道该怎么称呼。

我们搬家那天，乱哄哄的，谁也没看见小趋，大概它找伴儿游玩去了。我们搬到明港后，有人到"中心点"去料理些未了的事，回来转述那边人的话："你们的小狗不肯吃食，来回来回的跑，又跑又叫，满处寻找。"小趋找我吗？找默存吗？找我们连里所有关心它的人吗？我们有些人懊悔没学别连的样，干脆违反纪律，带了狗到明港。可是带到明港的狗，终究都赶走了。

默存和我想起小趋，常说："小趋不知怎样了？"

默存说："也许已经给人吃掉，早变成一堆大粪了。"

我说："给人吃了也罢。也许变成一只老母狗，拣些粪吃过日子，还要养活一窝又一窝的小狗……"

五　冒险记幸

在息县上过干校的，谁也忘不了息县的雨——灰蒙蒙的雨，笼罩人间；满地泥浆，连屋里的地也潮湿得想变浆，尽管泥路上经太阳晒干的车辙像刀刃一样坚硬，害得我们走得脚底起泡，一下雨就全化成烂泥，滑得站不住脚，走路拄着拐杖也难免滑倒。我们寄居各村老乡家，走到厨房吃饭，常有人滚成泥团子。厨房只是个席棚；旁边另有个席棚存放车辆和工具。我们端着饭碗尽量往两个席棚里挤。棚当中，地较干；站在边缘不仅泥泞，还有雨丝飕飕地往里扑。但不论站在席棚的中央或边缘，头顶上还点点滴滴漏下雨来。吃完饭，还得踩着烂泥，一滑一跌到井边去洗碗。回村路上如果打破了热水瓶，更是无法弥补的祸事，因为当地买不到，也不能由北京邮寄。唉！息县的雨天，实在叫人鼓不起劲来。

一次，连着几天下雨。我们上午就在村里开会学习，饭后只核心或骨干人员开会，其余的人就放任自流了。许多人回到寄寓的老乡家，或写信，或缝补，或赶做冬衣。我住在副队长家里，虽然也是六面泥的小房子，却比别家讲究些，朝南的泥墙上还有个一尺宽、半尺高的窗洞。我们糊上一层薄纸，又挡风，又透亮。我的床位在没风的暗角落里，伸手不见五指，除了晚上睡觉，白天待不住。屋里只有窗下那一点微弱的光，我也不愿占用。况且雨里的全副武装——雨衣、雨裤、长筒雨鞋，都沾满泥浆，脱换费事；还有一把水淋淋的雨伞也没处挂。我索性一手打着伞，一手拄着拐棍，走到雨里去。

我在苏州故居的时候最爱下雨天。后园的树木，雨里绿叶青翠欲滴，铺地的石子冲洗得光洁无尘；自己觉得身上清润，心上洁净。可是息县的雨，使人觉得自己确是黄土捏成的，好像连骨头都要化成一堆烂泥了。我踏着一片泥海，走出村子；看看表，才两点多，忽然动念何不去看看默存。我知道擅自外出是犯规，可是这时候不会吹号、列队、点名。我打算偷偷儿抄过厨房，直奔西去的大道。

连片的田里都有沟；平时是干的，积雨之后，成了大大小小的河渠。我走下一座小桥，桥下的路已淹在水里，和沟水汇成一股小河。但只差几步就跨上大道了。我不甘心后退，小心翼翼，试探着踩过靠岸的浅水；虽然有几脚陷得深些，居然平安上坡。我回头看看后无追兵，就直奔大道西去，只心上切记，回来不能再走这条路。

泥泞里无法快走，得步步着实。雨鞋愈走愈重；走一段路，得停下用拐杖把鞋上沾的烂泥拨掉。雨鞋虽是高筒，一路上的烂泥粘得变成"胶力士"，争着为我脱靴；好几次我险些把雨鞋留在泥里。而且不知从哪里搓出来不少泥丸子，会落进高筒的雨鞋里去。我走在路南边，就觉得路北边多几茎草，可免滑跌；走到路北边，又觉得还是南边草多。这是一条坦直的大道，可是将近砖窑，有二三丈路基塌陷。当初我们菜园挖井，阿香和我推车往菜地送饭的时候，到这里就得由阿香推车下坡又上坡。连天下雨，这里一片汪洋，成了个清可见底的大水塘。中间有两条堤岸；我举足踹上堤岸，立即深深陷下去；原来那是大车拱起的轮辙，浸了水是一条

39

"酥堤"。我跋涉到此，虽然走的是平坦大道，也大不容易，不愿废然而返。水并不没过靴筒，还差着一二寸。水底有些地方是沙，有些地方是草；沙地有软有硬，草地也有软有硬。我拄着拐杖一步一步试探着前行，想不到竟安然渡过了这个大水塘。

上坡走到砖窑，就该拐弯往北。有一条小河由北而南，流到砖窑坡下，稍一淳洄，就泛入窑西低洼的荒地里去。坡下那片地，平时河水蜿蜒而过，雨后水涨流急，给冲成一个小岛。我沿河北去，只见河面愈来愈广。默存的宿舍在河对岸，是几排灰色瓦房的最后一排，我到那里一看，河宽至少一丈。原来的一架四五尺宽的小桥，早已冲垮，歪歪斜斜浮在下游水面上。雨丝绵绵密密，把天和地都连成一片；可是面前这一道丈许的河，却隔断了道路。我在东岸望着西岸，默存住的房间便在这排十几间房间的最西头。我望着望着，不见一人；忽想到假如给人看见，我岂不成了笑话。没奈何，我只得踏着泥泞的路，再往回走；一面走，一面打算盘。河愈南去愈窄，水也愈急。可是如果到砖窑坡下跳上小岛，跳过河去，不就到了对岸吗？那边看去尽是乱石荒墩，并没有道路，可是地该是连着的，没有河流间隔。但河边泥滑，穿了雨靴不如穿布鞋灵便；小岛的泥土也不知是否坚固。我回到那里，伸过手杖去扎那个小岛，泥土很结实。我把手杖扎得深深地，攀着杖跳上小岛，又如法跳到对岸。一路坑坑坡坡，一脚泥、一脚水，历尽千难万阻，居然到了默存宿舍的门口。

我推门进去，默存吃了一惊。

"你怎么来了？"

我笑说："来看看你。"

默存急得直骂我，催促我回去。我也不敢逗留，因为我看过表，一路上费的时候比平时多一倍不止。我又怕小岛愈冲愈小，我就过不得河了。灰蒙蒙的天，再昏暗下来，过那片水塘就难免陷入泥里去。

恰巧有人要过砖窑往西到"中心点"去办事。我告诉他说，桥已冲垮。他说不要紧，南去另有出路。我就跟他同走。默存穿上雨鞋，打着雨伞，送了我们一段路。那位同志过砖窑往西，我就往东。好在那一路都是刚刚走过的，只需耐心、小心，不妨大着胆子。我走到我们厨房，天已经昏黑。晚饭已过，可是席棚里还有灯火，还有人声。我做贼也似的悄悄掠过厨房，泥泞中用最快的步子回屋。

我再也记不起我那天的晚饭是怎么吃的；记不起是否自己保留了半个馒头，还是默存给我吃了什么东西；也记不起是否饿了肚子。我只自幸没有掉在河里，没有陷入泥里，没有滑跌，也没有被领导抓住；便是同屋的伙伴，也没有觉察我干了什么反常的事。

入冬，我们全连搬进自己盖的新屋，军宣队要让我们好好过个年，吃一餐丰盛的年夜饭，免得我们苦苦思家。

外文所原是文学所分出来的。我们连里有几个女同志的"老头儿"（默存就是我的"老头儿"——不管老不老，丈夫就叫"老头儿"）在他们连里，我们连里同意把几位"老头儿"请来同吃年夜饭。厨房里的烹调能手各显奇能，做了许多菜：熏鱼、酱鸡、红烧猪肉、咖喱牛肉等等应有尽有；还有凉拌的素菜，都很可口。默存欣然加入我们菜园一伙，围着一张长方大桌子吃了一餐盛馔。小趋在桌子底下也吃了个撑肠挂肚；我料想它尾巴都摇酸了。记得默存六十周岁那天，我也附带庆祝自己的六十虚岁，我们只开了一罐头红烧鸡。那天我虽放假，他却不放假。放假吃两餐，不放假吃三餐。我吃了早饭到他那里，中午还吃不下饭，却又等不及吃晚饭就得回连，所以只勉强啃了几口馒头。这番吃年夜饭，又有好菜，又有好酒；虽然我们俩不喝酒，也和旁人一起陶然忘忧。晚饭后我送他一程，一路走一路闲谈，直到拖拉机翻倒河里的桥边，默存说："你回去吧。"他过桥北去，还有一半路。

那天是大雪之后，大道上雪已融化，烂泥半干，踩在脚下软软的，也不滑，也不硬。可是桥以北的小路上雪还没化。天色已经昏黑，我怕默存近视眼看不清路——他向来不会认路——干脆直把他送回宿舍。

雪地里，路径和田地连成片，很难分辨。我一路留心记住一处处的标志，例如哪个转角处有一簇几棵大树、几棵小树，树的枝叶是什么姿致；什么地方，路是斜斜地拐；什么地方的雪特别厚，那是田边的沟，面上是雪，踹下去是半融化的泥浆，归途应当回避等等。

默存屋里已经灯光雪亮。我因为时间不早，不敢停留，立即辞归。一位年轻人在旁说：天黑了，他送我回去吧。我想这是大年夜，他在暖融融的屋里，说说笑笑正热闹，叫他冲黑冒寒送我，是不情之请。所以我说不必，我认识路。默存给他这么一提，倒不放心了。我就吹牛说："这条路，我哪天不走两遍！况且我带着个很亮的手电呢，不怕的。"其实我每天来回走的路，只是北岸的堤和南岸的东西大道。默存也不知道不到半小时之间，室外的天地已经变了颜色，那一路上已不复是我们同归时的光景了。而且回来朝着有灯光的房子走，容易找路；从亮处到黑地里去另是一回事。我坚持不要人送，他也不再勉强。他送我到灯光所及的地方，我就叫他回去。

杨绛散文

我自恃惯走黑路，站定了先辨辨方向。有人说，女同志多半不辨方向。我记得哪本书上说：女人和母鸡，出门就迷失方向。这也许是侮辱了女人。但我确是个不辨方向的动物，往往"欲往城南望城北"。默存虽然不会认路，我却靠他辨认方向。这时我留意辨明方向：往西南，斜斜地穿出树林，走上林边大道；往西，到那一簇三五棵树的地方，再往南拐；过桥就直奔我走熟的大道回宿舍。

可是我一走出灯光所及的范围，便落入了一团昏黑里。天上没一点星光，地下只一片雪白；看不见树，也看不见路。打开手电，只照见远远近近的树干。我让眼睛在黑暗里习惯一下，再睁眼细看，只见一团昏黑，一片雪白。树林里那条蜿蜒小路，靠宿舍里的灯光指引，暮色苍茫中依稀还能辨认，这时完全看不见了。我几乎想退回去请人送送。可是再一转念：遍地是雪，多两只眼睛亦未必能找出路来；况且人家送了我回去，还得独自回来呢，不如我一人闯去。

我自信四下观望的时候脚下并没有移动。我就硬着头皮，约莫朝西南方向，一纳头走进黑地里去。假如太往西，就出不了树林；我宁可偏向南走。地下看着雪白，踩下去却是泥浆。幸亏雪下有些秫秸秆儿、断草绳、落叶之类，倒也不很滑。我留心只往南走，有树挡住，就往西让。我回头望望默存宿舍的灯光，已经看不见了，也不知身在何处。走了一会儿，忽一脚踩个空，栽在沟里，吓了我一大跳；但我随即记起林边大道旁有个又宽又深的沟，这时撞入沟里，不胜忻喜，忙打开手电，找到个可以上坡的地方，爬上林边的大道。

大道上没雪，很好走，可以放开步子；可是得及时往南拐弯。如果一直走，便走到"中心点"以西的邻村去了。大道两旁植树，十几步一棵。我只见树干，看不见枝叶，更看不见树的什么姿致。来时所认的标志，一无所见。我只怕错失了拐弯处，就找不到拖拉机翻身的那座桥。迟拐弯不如早拐弯——拐迟了走入连片的大田，就够我在里面转个通宵了。所以我看见有几棵树聚近在一起，就忙拐弯往南。

一离开大道，我又失去方向；走了几步，发现自己在秫秸丛里。我且直往前走。只要是往南，总会走到河边；到了河边，总会找到那座桥。

我曾听说，有坏人黑夜躲在秫秸田里；我也怕野狗闻声蹿来，所以机伶着耳朵，听着四周的动静轻悄悄地走，不拂动两旁秫秸的枯叶。脚下很泥泞，却不滑。我五官并用，只不用手电。不知走了多久，忽见前面横着一条路，更前面是高高的堤岸。我终于到了河边！只是雪地又加黑夜，熟悉的路也全然陌生，无法分辨自己是在桥东还是在桥西——因为桥西也有高高的堤岸。假如我已在桥西，那条河愈西去愈宽，要走到“中心点”西头的另一个砖窑，才能转到河对岸，然后再折向东去找自己的宿舍。听说新近有个干校学员在那个砖窑里上吊死了。幸亏我已经不是原先的胆小鬼，否则桥下有人淹死，窑里有人吊死，我只好徘徊河边吓死。我估计自己性急，一定是拐弯过早，还在桥东，所以且往西走；一路找去，果然找到了那座桥。

过桥虽然还有一半路，我飞步疾行，一会儿就到家了。

“回来了？”同屋的伙伴儿笑脸相迎，好像我才出门走了几步路。在灯光明亮的屋里，想不到昏黑的野外另有一番天地。

一九七一年早春，学部干校大搬家，由息县迁往明港某团的营房。干校的任务，由劳动改为“学习”——学习阶级斗争吧？有人不解"学部"指什么，这时才恍然："学部"就是"学习部"。

看电影大概也算是一项学习，好比上课，谁也不准逃学（默存因眼睛不好，看不见，得以豁免）。放映电影的晚上，我们晚饭后各提马扎儿，列队上广场。各连有指定的地盘，各人挨次放下马扎儿入座。有时雨后，指定的地方泥泞，马扎儿只好放在烂泥上；而且保不定天又下雨，得带着雨具。天热了，还有防不胜防的大群蚊子。不过上这种课不用考试。我睁眼就看看，闭眼就歇歇。电影只那么几部，这一回闭眼没看到的部分，尽有机会以后补看。回宿舍有三十人同屋，大家七嘴八舌议论，我只需旁听，不必泄漏自己的无知。

一次我看完一场电影，随着队伍回宿舍。我睁着眼睛继续做我自己的梦，低头只看着前人的脚跟走。忽见前面的队伍渐渐分散，我到了宿舍的走廊里，但不是自己的宿舍。我急忙退回队伍，队伍只剩个尾巴了；一会儿，这些人都纷纷走进宿舍去。我不知道自己的宿舍何在，连问几人，都说不知道。他们各自忙忙回屋，也无暇理会我。我忽然好比流落异乡，举目无亲。

抬头只见满天星斗。我认得几个星座；这些星座这时都乱了位置。我不会借星座的位置辨认方向，只凭颠倒的位置知道离自己的宿舍很远了。营地很大，远远近近不知有多少营房，里面都亮着灯。营地上纵横曲折的路，也不知有多少。营房都是一个式样，假如我在纵横曲折的路上乱跑，一会儿各宿舍熄了灯，更无从寻找自己的宿舍了。目前只有一法：找到营房南边铺石块的大道，就认识归路。放映电影的广场离大道不远，我撞到的陌生宿舍，估计离广场也不远；营房大多南向，北斗星在房后——这一点我还知道。我只要背着这个宿舍往南去，寻找大道；即使绕了远路，总能找到自己的宿舍。

我怕耽误时间，不及随着小道曲折而行，只顾抄近，直往南去；不防走进了营地的菜圃。营地的菜圃不比我们在息县的菜圃。这里地肥，满畦密密茂茂的菜，盖没了一畦畦的分界。我知道这里每一二畦有一眼沤肥的粪井；井很深。不久前，也是看电影回去，我们连里一位高个儿年轻人失足落井。他爬了出来，不顾寒冷，在"水房"——我们的盥洗室——冲洗了好半天才悄悄回屋，没闹得人人皆知。我如落井，谅必一沉到底，呼号也没有救应。冷水冲洗之厄，压根儿可不必考虑。

我当初因为跟着队伍走不需手电，并未注意换电池。我的手电昏暗无光，只照见满地菜叶，也不知是什么菜。我想学猪八戒走冰的办法，虽然没有扁担可以横架肩头，我可以横抱着马扎儿，扩大自己的身躯。可是如果我掉下半身，呼救无应，还得掉下粪井。我不敢再胡思乱想，一手提马扎儿，一手打着手电，每一步都得踢开菜叶，缓缓落脚，心上虽急，却战战兢兢，如临深渊，一步不敢草率。好容易走过这片菜地，过一道沟仍是菜地。简直像梦魇似的，走呀、走呀，总走不出这片菜地。

幸亏方向没错，我出得菜地，越过煤渣铺的小道，越过乱草、石堆，终于走上了石块铺的大路。我立即拔步飞跑，跑几步、走几步，然后转北，一口气跑回宿舍。屋里还没有熄灯，末一批上厕所的刚回房，可见我在菜地里走了不到二十分钟。好在没走冤枉路，我好像只是上了厕所回屋，谁也没有想到我会睁着眼睛跟错队伍。假如我掉在粪井里，几时才会被人发现呢？

我睡在硬邦邦、结结实实的小床上，感到享不尽的安稳。

有一位比我小两岁的同事，晚饭后乖乖地坐在马扎儿上看电影，散场时他因脑溢血已不能动弹，救治不及，就去世了。从此老年人可以免修晚上的电影课。我常想，假如我那晚在陌生的宿舍前叫喊求救，是否可让老年人早些免修这门课呢？只怕我的叫喊求救还不够悲剧，只能成为反面教材。

所记三事，在我，就算是冒险，其实说不上什么险；除非很不幸，才会变成险。

六　误传记妄

我寄寓杨村的时候，房东家的猫儿给我来了个恶作剧。我们屋里晚上点一只油盏，挂在门口墙上。我的床离门最远，几乎全在黑影里。有一晚，我和同屋伙伴儿在井边洗漱完毕，回房睡觉，忽发现床上有两堆东西。我幸未冒冒失失用手去摸，先打开手电一照，只见血淋淋一只开膛破肚的死鼠，旁边是一堆粉红色的内脏。我们谁也不敢拿手去拈。我战战兢兢移开枕被，和同伴提着床单的四角，把死鼠抖在后院沤肥的垃圾堆上。第二天，我老大清早就起来洗单子，汲了一桶又一桶的井水，洗了又洗，晒干后又洗，那血迹好像永远洗不掉。

我遇见默存，就把这桩倒霉事告诉他，说猫儿"以腐鼠'饷'我"。默存安慰我说："这是吉兆，也许你要离开此处了。死鼠内脏和身躯分成两堆，离也；鼠者，处也。"我听了大笑，凭他运用多么巧妙的圆梦术或拆字法，也不能叫我相信他为我编造的好话。我大可仿效大字报上的语调，向他大喝一声："你的思想根源，昭然若揭！想离开此地吗？休想！"说真话，他虽然如此安慰我，我们都懂得"自由是规律的认识"；明知这扇门牢牢锁着呢，推它、撞它也是徒然。

这年年底，默存到菜园来相会时，告诉我一件意外的传闻。

默存在邮电所，帮助那里的工作同志辨认难字，寻出偏僻的地名，解决不少问题，所以很受器重，经常得到茶水款待。当地人称煮开的水为"茶"，款待他的却真是茶叶沏的茶。那位同志透露了一个消息给他。据说北京打电报给学部干校，叫干校遣送一批"老弱病残"回京，"老弱病残"的名单上有他。

我喜出望外。默存若能回京，和阿圆相依为命，我一人在干校就放心释虑；而且每年一度还可以回京探亲。当时双职工在息县干校的，尽管夫妻不在一处，也享不到这个权利。

过了几天，他从邮电所领了邮件回来，破例过河来看我，特来报告他传闻的话：回北京的"老弱病残"，批准的名单下来了，其中有他。

我已在打算怎样为他收拾行李，急煎煎只等告知动身的日期。过了几天，他来看我时脸上还是静静的。我问：

"还没有公布吗?"

公布了。没有他。

他告诉我回京的有谁、有谁。我的心直往下沉。没有误传，不会妄生希冀，就没有失望，也没有苦恼。

我陪他走到河边，回到窝棚，目送他的背影渐远渐小，心上反复思忖。

默存比别人"少壮"吗? 我背诵着韩愈《八月十五夜赠张功曹》诗："赦书一日行千里……州家申名使家抑"，感触万端。

我第一念就想到了他档案袋里的黑材料。这份材料若没有"伟大的文化大革命"，我们永远也不会知道。

"文化大革命"初期，有几人联名贴出大字报，声讨默存轻蔑领导的著作。略知默存的人看了就说：钱某要说这话，一定还说得俏皮些；这语气就不像。有人向我通风报信；我去看了大字报不禁大怒。我说捕风捉影也该有个风、有个影，不能这样无因无由地栽人。我们俩各从牛棚回家后，我立即把这事告知默存。我们同拟了一份小字报，提供一切线索请实地调查；两人忙忙吃完晚饭，就带了一瓶糨糊和手电到学部去，把这份小字报贴在大字报下面。第二天，我为此着实挨了一顿斗。可是事后知道，大字报所控确有根据：有人告发钱某说了如此这般的话。这项"告发"显然未经证实就入了档案。实地调查时，那"告发"的人否认有此告发。红卫兵的调查想必彻底，可是查无实据。默存下干校之前，军宣队认为"告发"的这件事情节严重，虽然查无实据，料必事出有因，命默存写一份自我检讨。默存只好婉转其辞、不着边际地检讨了一番。我想起这事还心上不服。过一天默存到菜园来，我就说："必定是你的黑材料作祟。"默存说我无聊，事情已成定局，还管它什么作祟。我承认自己无聊：妄想已属可笑，还念念在心，洒脱不了。

回京的人动身那天，我们清早都跑到广场沿大道的那里去欢送。客里送人归，情怀另是一般。我怅然望着一辆辆大卡车载着人和行李开走，忽有女伴把我胳膊一扯说："走！咱们回去！"我就跟她同回宿舍；她长叹一声，欲言又止。我们各自回房。

回京的是老弱病残。老弱病残已经送回，留下的就死心塌地，一辈子留在干校吧。我独往菜园去，忽然转念：我如送走了默存，我还能领会"咱们"的心情吗？只怕我身虽在干校，心情已自不同，多少已不是"咱们"中人了。我想到解放前夕，许多人惶惶然往国外跑，我们俩为什么有好几条路都不肯走呢？思想进步吗？觉悟高吗？默存常引柳永的词："衣带渐宽终不悔，为伊消得人憔悴。"我们只是舍不得祖国，撇不下"伊"——也就是"咱们"或"我们"。尽管亿万"咱们"或"我们"中人素不相识，终归同属一体，痛痒相关，息息相连，都是甩不开的自己的一部分。我自惭误听传闻，心生妄念，只希望默存回京和阿圆相聚，且求独善我家，不问其它。解放以来，经过九蒸九焙的改造，我只怕自己反不如当初了。

默存过菜园，我指着窝棚说："给咱们这样一个棚，咱们就住下，行吗？"

默存认真想了一下说："没有书。"

真的，什么物质享受，全都罢得；没有书却不好过日子。他箱子里只有字典、笔记本、碑帖等等。

我问："你悔不悔当初留下不走？"

他说："时光倒流，我还是照老样。"

默存向来抉择很爽快，好像未经思考的；但事后从不游移反复。我不免思前想后，可是我们的抉择总相同。既然是自己的选择，而且不是盲目的选择，到此也就死心塌地，不再生妄想。

干校迁往明港，默存和我的宿舍之间，只隔着一排房子，来往只需五六分钟。我们住的是玻璃窗、洋灰地的大瓦房。伙食比我们学部食堂的好。厕所不复是苇墙浅坑，上厕也不需排队了。居处宽敞，箱子里带的工具书和笔记本可以拿出来阅读。阿圆在京，不仅源源邮寄食物，还寄来各种外文报刊。同伙暗中流通的书，都值得再读。宿舍四周景物清幽，可资流连的地方也不少。我们俩每天黄昏一同散步，更胜于菜园相会。我们既不劳体力，也不动脑筋，深

惭无功食禄；看着大批有为的青年成天只是开会发言，心里也暗暗
着急。

干校实在不干什么，却是不准离开。火车站只需一小时多的步
行就能到达，但没有军宣队的证明，买不到火车票。一次默存牙
痛，我病目。我们约定日子，各自请了假同到信阳看病。医院新发
明一种"按摩拔牙"，按一下，拔一牙。病人不敢尝试，都逃跑
了。默存和我溜出去游了一个胜地——忘了名称。山是一个土墩，
湖是一个半干的水塘，有一座破败的长桥，山坳里有几畦药苗。虽
然没什么好玩的，我们逃了一天学，非常快活。后来我独到信阳看
眼睛，泪道给植裂了。我要回北京医治，军宣队怎么也不答应。我
请事假回京，还须领到学部的证明，医院才准挂号。这大约都是为
了防止干校人员借看病回京，不再返回干校。

在干校生了大病，只好碰运气。我回京治了眼睛，就带阿圆来
干校探亲。我们母女到了明港，料想默存准会来接；下了火车在车
站满处找他不见，又到站外找，一路到干校，只怕默存还在车站找
我们。谁知我回京后他就大病，犯了气喘，还发烧。我和阿圆到他
宿舍附近才有人告知。他们连里的医务员还算不上赤脚医生；据她
自己告诉我，她生平第一次打静脉针，紧张得浑身冒汗，打针时结
扎在默存臂上的皮带，打完针都忘了解松。可是打了两针居然见
效，我和阿圆到干校时，他已退烧。那位医务员常指着自己的鼻
子、晃着脑袋说："钱先生，我是你的救命恩人！"真是难为她。
假如她不敢或不肯打那两针，送往远地就医只怕更糟呢。

阿圆来探过亲，彼此稍稍放松了记挂。只是饱食终日，无所用
心，人人都在焦急。报载林彪"嗝儿屁着凉"后，干校对"五一
六"的斗争都泄了气。可是回北京的老弱病残呢，仍然也只是开

会学习。

据说，希望的事，迟早会实现，但实现的希望，总是变了味的。一九七二年三月，又一批老弱病残送回北京，默存和我都在这一批的名单上。我还没有不希望回北京，只是希望同伙都回去。不过既有第二批的遣送，就该还有第三批第四批……看来干校人员都将分批遣归。我们能早些回去，还是私心窃喜。同伙为我们高兴，还为我们俩饯行。当时宿舍里炉火未撤，可以利用。我们吃了好几顿饯行的汤团，还吃了一顿荠菜肉馄饨——荠菜是野地里拣的。人家也是客中，比我一年前送人回京的心情慷慨多了。而看到不在这次名单上的老弱病残，又使我愧汗。但不论多么愧汗感激，都不能压减私心的忻喜。这就使我自己明白：改造十多年，再加干校两年，且别说人人企求的进步我没有取得，就连自己这份私心，也没有减少些。我还是依然故我。

回京已八年。琐事历历，犹如在目前。这一段生活是难得的经验，因作此六记。

一九八一年出版

　　　　　　　杨绛散文

1932 年与好友蒋恩钿摄于清华大学

回忆我的父亲

前　言

一九七九年冬，中国社会科学院近代史研究所为调查清末中国同盟会(包括其他革命团体)会员情况，给我一封信，原文如下："令尊补塘先生是江苏省最早从事反清革命活动的人物之一，参加过东京励志社，创办《国民报》《大陆杂志》，在无锡首创励志学社，著有影响……"因此要我介绍简历及传记资料等，并提出一个问题："在补塘先生一生中，有过一个重大的变化，即从主张革命转向主张立宪。这中间的原因和过程如何，是史学界所关心的，盼望予以介绍。"

我只写了一份父亲的简历，对于提出的问题，不敢乱说，没有解答。其实，我虽然不能算"知道"，却也不能说"不知道"；不仅对所提的这一转向，就连以后的转向，我即使不能说"知道"，也都有我的体会。近年来追忆思索，颇多感触，所以想尽我的理解，写一份可供参阅的资料。

日本中岛碧教授、美国李又安(Adele Rickett)教授曾分别为我查核日本和美国的资料。此文一九八三年发表后，一九九〇年上海复旦大学历史系邹振环同志提供了有关我父亲翻译工作的资料；一九九二年江苏教育学院翟国璋同志提供了有关我国现代史的资料。我已把原文相应修改。谨向他们致谢。

一九九三年二月二日

一

我父亲杨荫杭(1878—1945)，字补塘，笔名老圃，又名虎头，江苏无锡人，一八九五年考入北洋大学堂(当时称"天津中西学堂")，一八九七年转入南洋公学，一八九九年由南洋公学派送日本留学，卒业早稻田大学。他回国后因鼓吹革命，清廷通缉，筹借了一笔款子，再度出国，先回日本早稻田读得学位，又赴美留学。我是父亲留美回国后出生的，已是第四个女儿。那时候，我父亲不复是鼓吹革命的"激烈派"。他在辛亥革命后做了民国的官，成了卫护"民主法治"的"疯骑士"——因为他不过做了一个省级的高等审判厅长，为了判处一名杀人的恶霸死刑，坚持司法独立，和庇护杀人犯的省长和督军顶牛，直到袁世凯把他调任。他在北京不过是京师高等检察厅长，却让一位有贪污巨款之嫌的总长(现称部长)受到高检厅传讯，同时有检察官到总长私邸搜查证据。许多高官干预无效；司法总长请得大总统训令，立将高检长及搜查证据的检察官给以"停职"处分。《民国演义》上提到这件事，说杨某其实没错，只是官官相护。据我理解，我父亲的"立宪梦"，辞官之前早已破灭。

我说"理解"，因为都未经证实。我在父母身边的时候，对听到的话不求甚解。有些事只是传闻；也有些是父亲对我讲的，当时似懂非懂，听完又忘了；有些事是旁听父母的谈话而领会的。

我母亲唐须嫈也是无锡人。我父母好像老朋友，我们子女从小到大，没听到他们吵过一次架。旧式夫妇不吵架的也常有，不过女方会有委屈闷在心里，夫妇间的共同语言也不多。我父母却无话不谈。他们俩同年，一八九八年结婚。当时我父亲还是学生。从他们的谈话里可以听到父亲学生时代的旧事。他们往往不提名道姓而用诨名，还经常引用典故——典故大多是当时的趣事。不过我们孩子听了不准发问。"大人说话呢，'老小'（无锡土话，指小孩子）别插嘴。"他们谈的话真多：过去的，当前的，有关自己的，有关亲戚朋友的，可笑的，可恨的，可气的……他们有时嘲笑，有时感慨，有时自我检讨，有时总结经验。两人一生中长河一般的对话，听来好像阅读拉布吕耶尔（Jean de La Bruyère）《人性与世态》（*Les Caractères*）。他们的话时断时续，我当时听了也不甚经心。我的领会，是由多年不经心的一知半解积累而得。我父亲辞官后做了律师。他把每一件受理的案子都详细向我母亲叙述：为什么事，牵涉什么人等等。他们俩一起分析，一起议论。那些案件，都可补充《人性与世态》作为生动的例证。可是我的理解什么时候开始明确，自己也分辨不清。

例如我五六岁在北京的时候，家里有一张黎元洪的相片，大概是大总统发给每个下属的。那张照片先挂在客厅暗陬，不久贬入吃饭间。照片右上角有一行墨笔字："补塘检察长"。我常搬个凳子，跪在凳上仔细端详。照上的人明明不是我父亲，怎么又写着我父亲的名字？我始终没敢发问，怕问了惹笑或招骂，我不知什么时候开始明白：落款不是标签，也不知什么时候知道那人是黎元洪。可是我拿稳自己的理解没错。

我曾问父亲："爸爸，你小时候是怎么样的？"父亲说："就和普通孩子一样。"可是我叮着问，他就找出二寸来长一只陶制青底蓝花的小靴子给我，说小时候坐在他爷爷膝上，他爷爷常给他剥一靴子瓜子仁，教他背白居易诗"未能抛得杭州去，一半勾留是此

回忆我的父亲

湖"。那时候，他的祖父在杭州做一个很小的小官。我的祖父也在浙江做过一个小地方的小官。两代都是穷书生，都是小穷官。我祖父病重还乡，下船后不及到家便咽了气。家里有上代传下的住宅，但没有田产。我父亲上学全靠考试选拔而得的公费。

据我二姑母说，我父亲在北洋公学上学时，有部分学生闹风潮。学校掌权的洋人（二姑母称为"洋鬼子"）出来镇压，说闹风潮的一律开除。带头闹的一个广东人就被开除了。"洋鬼子"说，谁跟着一起闹风潮的一起开除。一伙人面面相觑，都默不作声。闹风潮不过是为了伙食，我父亲并没参与，可是他看到那伙人都缩着脑袋，就冒火了，挺身而出说："还有我！"好得很，他就陪着那个广东同学一起开除，风潮就此平息。那是一八九七年的事。

当时我父亲是个穷学生。寒素人家的子弟，考入公费学校，境遇该算不错，开除就失去公费。幸亏他从北洋开除后，立即考入南洋公学。我现在还存着一幅一九〇八年八月中国留美学生在美国马萨诸塞州开代表大会的合影。正中坐的是伍廷芳。前排学生展着一面龙旗。后排正中两个学生扯着一面旗子，大书"北洋"二字。我父亲就站在这一排。他曾指着扯旗的一人说"这是刘麻子"，又指点这人那人是谁，好像都很熟。我记得有一次他满面淘气的笑，双手叉腰说："我是老北洋。"看来他的开除，在他自己和同学眼里，只是一件滑稽的事。

我大姐从父母的谈话里，知道父亲确曾被学校开除，只是不知细节。我父亲不爱谈他自己，我们也不问。我只记得他偶尔谈起些笑话，都是他年轻时代无聊或不讲理的细事。他有个同房间是松江人，把"书"字读如"须"。父亲往往故意惹他，说要"撒一课'须'去"（上海话"尿""书"同音）。松江人怒不可遏。他同班

56

杨绛散文

有个胖子，大家笑他胖。胖子生气说："你们老了都会发胖。"我父亲跟我讲的时候，摩挲着自己发胖的肚子，忍笑说："我对他说，我发了胖，就自杀！"胖子气得咈咮咈咮。我不知道父亲那时候是在北洋或南洋，只觉得他还未脱顽童时期的幽默。二姑母曾告诉我：小哥哥（我父亲）捉了一只蛤蟆，对它喷水念咒，把它扣在空花盆底下叫它土遁；过了一星期，记起了那只蛤蟆，翻开花盆一看，蛤蟆还没死，饿成了皮包骨头。这事我也没有问过父亲。反正他早说过，他就和普通的孩子一样。

二

《中华民国史》上说："一九〇〇年春，留日学生成立励志会；一九〇〇年下半年，会员杨廷栋、杨荫杭、雷奋等创办了《译书汇编》，这是留学生自办的第一个杂志，专门译载欧美政法名著，诸如卢梭的《民约论》、孟德斯鸠的《万法精义》、穆勒的《自由原论》等书，这些译著曾在留学生和国内学生中风行一时。"[1] 冯自由《革命逸史》也说起《译书汇编》[2]："江苏人杨廷栋、杨荫杭、雷奋等主持之，以翻译法政名著为宗旨，译笔流丽典雅，于吾国青年思想之进步收效至巨。"[3] 我曾听到我父亲说："与其写空洞无物的文章，不如翻译些外国有价值的作品。"还说："翻译大有可为。"我在父亲从国外带回的书里，看到过一本英译的孟德斯鸠《万法精义》和一本原文的达尔文《物种起源》。可是我父亲从没有讲过他自

---

[1] 《中华民国史》中华书局版（一九八一）第131—132页。
[2] 鲁迅《琐记》中写他留学日本之前，曾考入矿路学堂，开始"看新书"，如《天演论》《译学汇编》等。据内容，《译学汇编》当即《译书汇编》。《鲁迅全集》中已改正。
[3] 《革命逸史》民国廿八年（一九三九）二月版第一辑第147页。

己的翻译，我也从未读过。他也从未鼓励我翻译，也从未看到我的翻译。

据《革命逸史》，[1] 一八九九年上海南洋公学派留东学生六人（我父亲是其中一个，杨廷栋、雷奋和其他三人的名字都是我经常听到的）。他们和其他各省派送的留日学生初到日本，语言不通。日本文部省特设日华学校，专教中国学生语言及补习科学。"雷奋、杨荫杭、杨廷栋三人税居早稻田附近。即当日雷等为《译书汇编》及《国民报》[2]撰文之所。留学生恒假其地作聚会集中点。"那时有某日本舍监偷吃中国留学生的皮蛋，又有个日本下女偷留学生的牙粉搽脸。我听父亲讲过"偷皮蛋舍监尝异味，搽牙粉丑婢卖风流"的趣闻。但从不知道父亲参与译书并为《国民报》撰稿的事。我大姐只知道父亲会骑自行车，因为看见过父亲扶着自行车照的相片，母亲配上小框放在桌上。

冯自由的《革命逸史》[3]和《中华民国史》[4]都提到留日学生的励志会里有激烈派和稳健派之分；激烈派鄙视稳健派，两派"势如水火"。我父亲属于激烈派，他的一位同窗老友属于稳健派。他们俩的私交却并不"势如水火"。我记得父亲讲他们同班某某是留学生监督的女婿，一九〇〇年转送到美国留学。同班学生不服气。我父亲撺掇他那位稳健派朋友提出申请，要求调往美国，理由是同窗杨某（父亲自指）一味鼓吹革命，常和他一起不免受他"邪说"的影响。我不知道那位朋友是否真的提出了要求，反正他们的捣鬼没

---

① 《革命逸史》民国廿八年（一九三九）二月版第一辑第 191 页。
② 《国民报》是最早提倡颠覆清王朝的刊物，它以鼓吹天赋人权、自由平等而具特色——《中华民国史》第 132 页。
③ 《革命逸史》民国廿八年（一九三九）二月版第一辑第 151 页。
④ 《中华民国史》中华书局版（一九八一）第 132 页。

有成功。

《中华民国史》上说："江苏地方革命小团体发生最早，一九〇一年夏留学生杨荫杭回到家乡无锡，聚集同志，创设了励志学会。他们借讲授新智识之机，宣传排满革命……"① 据说这段历史没有错。我不明白他怎么卒业前一年回乡，不知有何确实的凭据。

我父亲一九〇二年在日本早稻田大学（当时称"东京专门学校"）本科卒业②，回国后和雷奋、杨廷栋同被派往译书院译书③。最近我有一位朋友在北京图书馆找到一本我父亲编译的《名学教科书》（一九〇三年再版）。想就是那个时期编译的。孙宝瑄光绪二十八年十二月二十九日（一九〇三年）日记里曾提到这部书："观《名学》，无锡杨荫杭述。余初不解东文哲学书中'内容'、'外延'之理，今始知之。"④

译书馆因经费支绌，一九〇三年停办。我父回到家乡，和留日学生蔡文森、顾树屏在无锡创办了"理化研究会"，提倡研究理化并学习英语。我母亲形容父亲开夜车学理化，用功得背上生了一个"搭手疽"，吃了多少"六神丸"。我记得父亲晚年，有一次从上海回到苏州，半开玩笑半认真地和我母亲讲"理化会的大成就"。有一个制造"红丸"（即"白面"）的无锡人，当年曾是"理化会"的成员，后来在上海法租界居住，在他家花园的假山洞里制造"红丸"（有法租界巡捕房保护）。他制成的毒品用铅皮密封在木箱

---

① 《中华民国史》中华书局版（一九八一）第293页。
② 见房兆楹辑《史料丛刊》之一（台湾中央研究院近代研究所出版，一九六〇）内《日本留学生题名录·卒业留学生附录》。
③ 见西南交通大学出版社《交通大学校史资料选编》（一）第72页。据邹振环先生提供的资料，译书院属交通大学，主持者是张元济，派送雷奋等去译书院的是盛宣怀。
④ 见《忘山庐日记》上海古籍出版社一九八三年版上册第609页。

里，运到法国海岸边，抛入海里，然后由贩毒商人私运入欧洲。那个人成了大富翁。我父亲慨叹说："大约那是我们惟一的成绩吧？"

东京《国民报》以英国人"经塞尔"名义发行。"经塞尔"其实是冯自由的父亲冯镜如的外国名字，借此避免清公使馆的干涉。报中文字由某某等执笔，其中有我父亲。后来因资本告罄停版。

抗战胜利后，我在上海，陈衡哲先生请我喝茶，会见胡适。他用半上海话对我说："我认识你的姑母，认识你的叔叔，你老娘家（苏沪土语'尊大人'的意思）是我的先生。"① 锺书对我说，胡适决不肯乱认老师，他也不会记错。我想，大概我父亲由译书院回南后在上海工作。曾在澄衷学校、务本女校、中国公学教课；不知在哪个学校教过胡适。听说我父亲暑假回无锡，在俟实中学公开鼓吹革命，又拒绝对祠堂里的祖先叩头，同族某某等曾要驱逐他出族。我记得父亲笑着讲无锡乡绅——驻意大利钦差许珏曾愤然说："此人（指我父亲）该枪毙。"反正他的"革命邪说"招致清廷通缉，于是他筹借了一笔款子（一半由我外祖父借助），一九〇六年初再度出国。

我大姐说，父亲一九〇六年到美国求学。但据日本早稻田大学的学籍簿，他一九〇六年九月入该校研究科，专研法律；一九〇七年七月毕业，寄寓何处等等都记载分明。料想我父亲在清廷通缉令下，潜逃日本是最便捷的途径。早稻田大学本科卒业不授学位；考入研究科，通过论文，便获得法学士学位。随后他就到美国去了。

父亲告诉我，他初到美国，住在校长（不知什么学校）家里学习英语，同住宿的还有几个美国青年。他要问字典上查不到的家常

---

① 胡适到过我家苏州寓所，只是我没见过。他《四十自述》中提到他的老师杨志洵（景苏）先生是我父亲的族叔亦好友。

字（如大小便之类），同学不敢回答，特地问得校长准许，才敢教他。

父亲从未提及他的学位和论文。我只偶尔拣得一张父亲在宾夕法尼亚大学一九〇九——一九一〇年的注册证。倒是锺书告诉我："爸爸的硕士论文收入宾夕法尼亚大学法学丛书第一辑，书名是《日本商法》（*Commercial Code of Japan*）。"我只记得大姐讲，父亲归国途中游历了欧洲其他国家，还带回好几份印好的论文。我问锺书："你怎么会知道？"锺书说："我看见的——爸爸书房里的书橱最高层，一本红皮书。我还问过爸爸，他说是他的硕士论文——现在当然找不到了。"我写信给美国友人宾夕法尼亚大学的李又安（Adele Rickett）教授，托她找找有没有这本书。据她回信，锺书一点也没记错。那本书一找就见，在法学院图书馆。承她还为我复制了封面几页和一篇卢易士（Draper Lewis）教授写的序文。据那张注册证，他是当时的法学院长。全书三百一十九页，我父亲离校后一九一一年出版。从序文看来，这本书大概是把日本商法和它所依据的德国商法以及它所采用的欧洲大陆系统的商法作比较，指出特殊的地方是为了适合日本的国情，由比较中阐明一般商法的精神。序文对这本书很称赏，不过我最感亲切的是卢易士先生形容我父亲写的英文："虽然完全正确，却有好些别致的说法；而细读之下，可以看出作者能用最简洁的文字，把日本商法的原意，确切地表达出来。"我想这是用很客气的话，说我父亲写的英文有点中国味道吧？

我猜想，父亲再次出国四年多，脱离了革命，埋头书本，很可能对西方的"民主法治"产生了幻想。他原先的"激烈"，渐渐冷静下来。北伐胜利后，我经常听到父亲对母亲挖苦当时自称的

61

回忆我的父亲

"廉洁政府"。我在高中读书的时候，一九二七或一九二八年，我记得父亲曾和我谈过"革命派"和"立宪派"的得失。他讲得很仔细，可是我不大懂，听完都忘了，只觉得父亲倾向于改良。他的结论是"改朝换代，换汤不换药"。不过父亲和我讲这番话的时候，他的"立宪梦"早已破灭了。我当时在父母的庇荫之下，不像我父亲年轻时候，能看到革命的迫切。我是脱离实际的后知后觉或无知无觉，只凭抽象的了解，觉得救国救民是很复杂的事，推翻一个政权并不解决问题，还得争求一个好的制度，保障一个好的政府。

我不信父亲对清室抱有任何幻想。他称慈禧为祸国殃民的无识"老太婆"。我也从未听他提到光绪有任何可取。他回国后由张謇推荐，在北京一个法政学校教课。那时候，为宣统"辅政"的肃亲王善耆听到我父亲是东西方法律的行家，请他晚上到王府讲授法律课。我父亲的朋友包天笑在一部以清末民初为背景的小说里曾提起这事，锺书看到过，但是记不起书名，可能是《留芳记》。听说这个肃亲王是较为开明而毫无实权的人。我父亲为他讲法律只是为糊口计，因为法政学校的薪水不够维持生活。

辛亥革命前夕，我父亲辞职回南，肃亲王临别和他拉手说："祝你们成功。"拉手祝贺，只表示他有礼貌，而"你们"两字却很有意思，明白点出东家和西席之间的不同立场。"祝你们成功"这句话是我父亲着重和我讲的。

我父亲到了上海，在申报馆任编辑，同时也是上海律师公会创始人之一。当律师仍是为糊口计。我是第四个女儿，父母连我就是六人，上面还有祖母。父亲有个大哥在武备学校学习，一次试炮失事，轰然一声，我大伯父就轰得不知去向，遗下大伯母和堂兄堂姊

杨绛散文

各一。一家生活之外，还有大小孩子的学费。我的二姑母当时和我堂姊同在上海启明女校读书，三姑母在苏州景海女校读书，两位姑母的学费也由我父亲供给。我有个叔叔当时官费在美国留学，还没有学成。整个大家庭的负担全在我父亲一人身上。

三

据我大姐讲，我父亲当律师，一次和会审公堂的法官争辩。法官训斥他不规规矩矩坐着，却翘起了一条腿。我父亲故意把腿翘得高高地，侃侃而辩。第二天上海各报都把这事当作头条新闻报道，有的报上还画一个律师，翘着一条腿。从此我父亲成了"名"律师。不久，由张謇推荐，我父亲做了江苏省高等审判厅长兼司法筹备处处长，驻苏州。我父母亲带了我们姊妹，又添了一个弟弟，搬到苏州。

我不知道父亲和张謇是什么关系，只记得二姑母说，张謇说我父亲是"江南才子"。锺书曾给我看张謇给他父亲的信，称他父亲为"江南才子"。这使我不禁怀疑："江南才子"是否敷衍送人的；或者我特别有缘，从一个"才子"家到又一个"才子"家！我记得我们苏州的住宅落成后，大厅上"安徐堂"的匾额还是张謇的大笔，父亲说那是张謇一生中末一次题的匾。

一九一三年秋，熊希龄出任国务总理，宣称要组成"第一流经验与第一流人才之内阁"。当时名记者黄远庸在《记新内阁》（民国二年九月十一日）一文里说："有拟杨荫杭（即老圃者）〔长司〕法部者，此语亦大似商量饭菜单时语及园圃中绝异之新蔬，虽不必下箸而已津津有味矣。然梁任公即长法部，识者谓次长一席终须此

63

圈。此圈方为江苏法官，不知其以老菜根佳耶，抑上此台盘佳也。"① 显然我父亲是啃"老菜根"而不上"台盘"的。

我父亲当了江苏省高等审判厅长，不久国家规定，本省人回避本省的官职，父亲就调任浙江省高等审判厅长，驻杭州。恶霸杀人的案件，我从父母的谈话里只听到零星片断。我二姑母曾跟我讲，那恶霸杀人不当一回事，衙门里使些钱就完了。当时的省长屈映光（就是"本省长向不吃饭"的那一位），督军朱某（据说他和恶霸还有裙带亲）都回护凶犯。督军相当于前清的抚台，省长相当于藩台，高等审判厅长算是相当于臬台，通称"三大宪"；臬台当然是最起码的"大宪"，其实是在督军省长的辖治之下。可是据当时的宪法，三权分立，督军省长不能干预司法。这就造成僵局，三权分立而分裂——至少分裂为二。我父亲坚持司法独立，死不让步。我不知双方僵持多久，约一九一五年袁世凯称帝前夕，屈映光到北京晋见袁世凯，我父亲就调任了。

我曾听到父母闲话的时候，惊诧那些走门路的人无孔不入，无缝不钻。我外祖父偶从无锡到杭州探望女儿，立刻就被包围了。我的外祖父是个忠厚的老好人，我不知道他听了谁的调唆，向我父亲说了什么话。我父亲不便得罪老丈人，只默不作声。外祖父后来悄悄问我母亲："怎么回事？三拳打不出他一个闷屁？"这句话成了父母常引用的"典故"。

我父亲去世以后，浙江兴业银行行长叶景葵先生在上海，郑重其事地召了父亲的子女讲这件恶霸判处死刑的事。大致和我二姑母讲的相同，不过他着重说，那恶霸向来鱼肉乡民，依仗官方的势力

---

① 全文见《远生遗著》——民国九年（一九二〇）版第三册189—193页。这是锺书提供的资料。

杨 绛 散 文

横行乡里；判处了死刑大快人心。他说："你们老人家大概不和你们讲吧？我的同乡父老至今感戴他。你们老人家的为人，做儿女的应该知道。"

屈映光有个秘书屈伯刚先生，上海孤岛时期在圣约翰大学当国文教授，也在振华女中(沪校)兼课，和我同事。屈先生是苏州人，一次他一口纯苏白对我说，"唔笃老太爷直头硬！嘻，直头硬个！"我回家学给父亲听。父亲笑了，可是没讲自己如何"硬"，只感叹说："朝里无人莫做官。"屈映光晋见袁世凯，告了我父亲一状，说"此人顽固不灵，难与共事"。袁世凯的机要秘书长张一麐(仲仁)先生恰巧是我父亲在北洋大学的同窗老友，所以我父亲没吃大亏。我父亲告诉我说，袁世凯亲笔批了"此是好人"四字，他就调到北京。

我问父亲："那坏人后来就放了吗？"父亲说："地方厅长张××(我忘了名字)是我用的人。案子发回重审，他维持原判。"父亲想起这事，笑着把拳头一攥说："这是我最得意的事！"

"坏人就杀了？"

父亲摇头说："关了几时，总统大赦，减为徒刑，过几年就放了。"我暗想，这还有什么可得意的呢？证明自己判决得不错？证明自己用的人不错？这些笨话我都没问，慢慢地自己也领会了。

地方厅长张先生所受的威胁利诱，不会比我父亲所受的轻。当时实行的是"四级三审"制。每个案件经过三审就定案。到高等厅已是第二审，发回重审就是第三审，不能再向大理院上诉。凶犯家属肯定对地方厅长狠加压力。高等厅长已调任，地方厅长如果不屈从当地权势，当然得丢官。张先生维持原判，足见为正义、为公道不计较个人利害得失的，自有人在！我至今看到报上宣扬的好人好事，常想到默默无闻的好人好事还不知有多少，就记起父亲一攥拳头的得意劲儿，心上总感到振奋——虽然我常在疑虑，甚至悲观。

我想，父亲在北京历任京师高等审判厅长，京师高等检察长、司法部参事等职。他准看透了当时的政府。"宪法"不过是一纸空文。他早想辞官不干了。他的"顽固不灵"，不论在杭州，在北京，都会遭到官场的"难与共事"。我记得父母讲到传讯一位总长的那一夜，回忆说："一夜的电话没有停。"都是上级打来的。第二天，父亲就被停职了。父亲对我讲过："停职审查"虽然远不如"褫职查办"严重，也是相当重的处分；因为停职就停薪。我家是靠薪水过日子的。[1]

我当时年幼，只记得家里的马车忽然没有了，两匹马都没有了，大马夫、小马夫也走了。想必是停薪的结果。

我父亲在大暑天和一位爱作诗的植物学家同乡黄子年同上百花山去采集标本，去了大约一星期，回家来一张脸晒成了紫糖色，一个多星期后才慢慢退白。父亲对植物学深有兴趣，每次我们孩子到万牲园(现称"动物园")去看狮子老虎，父亲总一人到植物园去，我不懂植物有什么好看。那次他从百花山回来，把采集的每一棵野花野草的枝枝叶叶，都用极小极整齐的白纸条加固在白而厚的大张橡皮纸上，下面注明什么科(如茄科、菊科、蔷薇科等)植物，什么名字。中文下面是拉丁文。多年后，我曾看到过那些标本。父亲做标本的时候，我自始至终一直站在旁边仔仔细细地看着，佩服父亲干活儿利索，剪下的小白纸条那么整齐，写的字那么好看，而且

---

[1] 据民初司法惩戒处分，停职三个月以上，一年以下，并停止俸给。

杨绛散文

从不写错。每张橡皮纸上都蒙上一张透明的薄纸，积成厚厚的一大叠，就用一对木夹子上下夹住，使劲用脚踩扁，用绳子紧紧捆住。这几捆标本带到无锡，带到上海，又带到苏州，后来有一次家里出垃圾，给一个中学收买去做教材了。父亲有闲暇做植物标本，想必是在停职期间。

我家租居陈璧的房子。大院南边篱下有一排山桃树。一九一九年我拣桃核的时候，三姐对我说："别拣了，咱们要回南了。"我不懂什么叫"回南"。姐姐跟我讲了，然后说，母亲的行李限得很严，桃核只能拣最圆整的带几颗。我着急说："那么我的泥刻子呢？"姐姐说泥刻子南边没用，南边没有黄土。我在箱子间的外间屋里，看见几只整理了一半的网篮，便偷偷儿撒了两把桃核进去，后来那些桃核都不知去向了。从不出游的母亲游了颐和园、香山等名胜，还买了好些北京的名药如紫金锭、梅花点舌丹之类，绢制的宫花等等，准备带回南方送人的。

据我国近代史料："×××受贿被捕，在一九一七年五月。国务会议认为×××没有犯罪的证据，反要追究检察长杨荫杭的责任；×××宣告无罪，他随即辞去交通部长的职务。"① 我想，父亲专研法律，主张法治，坚持司法独立；他区区一个京师检察长——至多不过是一个"中不溜"的干部，竟胆敢传讯在职的交通部总长，并派检察官到他寓所搜查证据，一定是掌握了充分的罪证，也一定明确自己没有逾越职权。

据一九一七年五月二十五、二十六日《申报》要闻："高检长杨荫杭因传讯×××交付惩戒，杨已向惩戒会提出《申辩书》，会中对

---

① 陶菊隐《北京军阀统治时期史话》第三册第 111 页(一九五七年三联版)；《中华民国史资料丛稿·人物传记》第二十辑第 75 页(一九八四年中华书局版)。

回忆我的父亲

于此事，已开过调查会一次，不日当有结果。兹觅得司法部请交惩戒之原呈及杨检长之《申辩书》并录于下。此案之是非曲直，亦可略见一斑矣。"①

《申辩书》共十二条。前十条说明自己完全合法。后二条指控司法总长不合法，且有袒护之嫌。

《申辩书》不仅说明问题，还活画出我父亲当时的气概。特附在本文之末，此案只是悬案，所以我把有嫌贪污巨贿的总长姓名改为×××。

据我推断，父亲停职期很短。他只有闲暇上百花山采集花草，制成标本；并未在家闲居。他上班不乘马车，改乘人力车，我家只卖了马车、马匹，仍照常生活，一九一九年秋才回南。可见父亲停职后并未罢官，还照领薪水。他辞职南归，没等辞职照准②。

一九一九年秋季，我上初小三年级。忽有一天清早，我跟着父母一家人回南了。路上碰见一个并不要好的同学，我恨不能叫她给我捎句话给同学，说我"回南"了，心上很怅然。

火车站上为我父亲送行的有一大堆人——不是一堆，是一大片人，谁也没有那么多人送，我觉得自己的父亲与众不同，很有自豪感。火车快开了，父亲才上车。有个亲戚末了一分钟赶到，从车窗里送进一蒲包很甜的玫瑰香。可见我们离开北京已是秋天了。

在家里，我们只觉得母亲是万能的。可是到了火车上，母亲晕车呕吐，弱得可怜。父亲却镇定从容地照看着一家大小和许多行李。我自以为第一次坐火车，其实我在北京出生不久就回南到上

---

① 此系南京江苏教育学院翟国璋先生提供。
② 一九二〇年五月间上海《申报》《杨荫杭律师启事》一则，说："阅报得知"辞职获准，现重操律师旧业。

杨绛散文

海，然后我家迁居苏州，又迁居杭州又回到北京，这次又回南，父亲已经富有旅行的经验了。

几年前我家在上海的时候，大姐二姐都在上海启明女校上学。她们寄宿学校，只暑假回家。一九一七年张勋复辟，北京乱糟糟，两个姐姐没能够到北京，只好回到无锡老家去过了一个暑假。姊妹俩想家得厉害。二姐回校不久得了副伤寒，住在医院里。当时天津大水，火车不通。母亲得知二姐生病，忙乘轮船赶到上海，二姐目光已经失散，看不清母亲的脸，只拉着母亲的手哭。她不久去世，还不到十五岁。二姐是我们姊妹里最聪明的一个，我父母失去了她是一生中的大伤心事。我母亲随即带了大姐同回北京。一九一九年我家离北京南归，我只有大姐和三姐了，下面却添了两个弟弟和我的七妹。我家由北京到天津，住了一二天客栈，搭"新铭"轮船到上海。我父亲亲自抱着七妹，护着一家人，押着大堆行李上船下船。我记得父母吩咐，"上海码头乱得很，'老小'要听话"。我们很有秩序地下了轮船又上"拖船"。"拖船"是由小火轮拖带的小船，一只火轮船可以拖带一大串小船。我们家预先包好一只"拖船"，行李堆在后舱，一家人都坐在前舱，晚上把左右两边座位中间的空处搭上木板，就合成一只大床。三姐着急说："我的脚往哪儿垂呀？"父亲说她"好讲究！脚还得往下垂吗？"大家都笑。我们孩子觉得全家睡一只大床很好玩。

我父母亲在无锡预先租下房子，不挤到老家去住。那宅房子的厨房外面有一座木桥，过了桥才是后门。我可以不出家门，而站在桥上看来往的船只，觉得新奇得很。我父母却对这宅房子不满意，只是一时也找不到合适的。

我还是小孩子，不懂得人生疾苦。我父亲正当壮年，也没估计到自己会病得几乎不起。据说租住那所房子的几个住户都得了很重的伤寒症，很可能河水有问题。我父亲不久就病倒了。他地道是那个时期的留学生，只信西医，不信中医。无锡只有一个西医，是外国人。他每次来就抽一点血，拿一点大便，送往上海化验，要一个星期才有结果。检查了两次查不出病因，病人几星期发高烧，神志都昏迷了。我母亲自作主张，请了一位有名的中医来，一把脉就说"伤寒"。西医又过了一星期才诊断是伤寒。父亲已经发烧得只说昏话了。他开始说的昏话还是笑话。他看我母亲提了玻璃溺壶出去，就说："瞧瞧，她算做了女官了，提着一口印上任去了！"可是昏话渐渐变为鬼话，说满床都是鬼。家里用人私下说："不好了，老爷当了城隍老爷了，成日成夜在判案子呢。"

我记得有一夜已经很晚了，家里好像将出大事，大家都不睡，各屋都亮着灯，许多亲友来来往往。我母亲流着泪求那位名医处方，他摇头断然拒绝。医生不肯处方就是病人全没指望了。我父亲的老友华实甫先生也是有名的中医，当晚也来看望。他答应我母亲的要求"死马当活马医"，开了一个药方。那是最危急的一夜，我父亲居然挣扎过来。我母亲始终把华实甫先生看作救命恩人。西医却认为我父亲自己体力好，在"转换期"（crisis）战胜了病魔。不过无论中医西医，都归功于我母亲的护理。那年大除夕，我父亲病骨支离，勉强能下床行走几步。他一手扶杖，一手按着我的头，慢慢儿走到家人团坐的饭桌边。椅里垫上一条厚被，父亲象征性地和我们同吃了年夜饭。

父亲病情最危急的那一晚，前来探望的人都摇头喟叹说："唉，要紧人呀！""要紧人"就是养家人，我们好大一家人全靠父亲抚养。我叔叔在美国学统计，学成回国，和订婚多年的婶婶结婚，在审计院工作。不久肺病去世，遗下妻女各一。我老家就添了我一位寡婶和一个堂妹。我们小家庭里，父母子女就有八口人。我常想，假如我父亲竟一病不起，我如有亲戚哀怜，照应我读几年书，也许可以做个小学教员。不然，我大概只好去做女工，无锡多得是工厂。

我父亲满以为回南可以另找工作，没想到生了那么一场重病。当时的社会，病人哪有公费治疗呢！连日常生活的薪水都没个着落呀。我父亲病中，经常得到好友陈光甫先生和杨廷栋（翼之）先生的资助。他们并不住在无锡，可是常来看望。父亲病中见了他们便高兴谈笑，他们去后往往病又加重。我虽是孩子，经常听到父母谈到他们，也觉得对他们感激。近代史所调查的问题之一是问到杨廷栋的后人是谁。惭愧得很，我虽然常常听到杨翼之的名字，却从未见过面，更不知他的后人——我实在很想见到他们，表达我们的感激。①

四

我父亲病后就到上海申报馆当"主笔"（这是我大姐的话，据日本人编的参考资料②，我父亲是"上海申报社副编辑长"）。那时候，我已经和三姐跟随大姐同在上海启明女校读书，寄宿在校。老家仍在无锡，我们那个小家一九二〇年秋搬到上海，租居两上两下一宅弄堂房子。暑假里，有一天，我父亲的老友接我们到他家去

---

① 一九九二年，我得到杨翼之先生外孙女的信，欣知遥寄的感激已经寄到。
② 《亚洲问题讲座》第十二卷，尾崎秀实主编《亚洲人名辞典》，昭和十五年（一九四〇）创元社刊。

玩。那位朋友就是和我父亲同窗的"稳健派"，后来参与了和日本人订"二十一条"的章宗祥。我父母讲到"二十一条"的时候，总把这位同窗称为"嘴巴"。据我猜想，大约认为他不是主脑，只起了"嘴巴"的作用（我从没问过，但想来猜得不错）。我记得父亲有一次和我讲到这件事，愤愤地说："他们喊喊喊喊喊喊，只瞒我一个！打量我都不知道吗！"我想，"嘴巴"是不愿听我父亲的劝阻或责备吧？我们家最初到北京，和他们家好像来往较多，以后就很疏远了。我记得在上海只到他们家去过一次，以后只我二姑母带着七妹妹去了一次，父母亲没再去过。

他们是用汽车来接我们一家的，父亲母亲带了两三个女儿同去。我还是个小土包子，没坐过汽车。车穿过闹市，开进一个幽静的地区。街道两旁绿树成荫，只听得一声声悠长的"知了"、"知了"。进门就看见大片的绿草地，疏疏落落的大树，中间一座洋房显得矮而小；其实房子并不小，只因为四周的园地很大，衬得房子很小。我看见他们家的女儿在树荫下的草坪上玩，觉得她们真舒服。我父亲平时从不带孩子出去拜访人，只偶尔例外带我。我觉得有些人家尽管比我家讲究得多，都不如这一家的气派。那天回家后，大姐盛称他们家的地毯多厚，沙发多软。父亲意味深长地慨叹一声说："生活程度（现在所谓'生活水平'）不能太高的。"他只说了这么一句。可是这句话我父亲在不同的场合经常反复说，尽管语气不同，表情不同，我知道指的总是同一回事。父亲藏有这位朋友的一张照片，每次看了总点头喟叹说："绝顶聪明人……"言下无限惋惜。到如今，我看到好些"聪明人"为了追求生活的享受，或个人的利益，不惜出卖自己，也不顾国家的体面，就常想到我父亲对这位老友的感慨和惋惜。

我父亲病后身体渐渐复元，在申报馆当副主编的同时，又重操律师旧业。他承认自己喜欢说偏激的话。他说，这个世界上（指当时社会）只有两种职业可做，一是医生，二是律师（其实是指"自由职业"）。他不能做医生，只好当律师。他嫌上海社会太复杂，决计定居苏州。我们家随即又迁到苏州。可是租赁的房子只能暂时安身，做律师也得有个事务所。我母亲说，我家历年付的房租，足以自己盖一所房子了。可是我父亲自从在北京买了一辆马车，常半开玩笑半认真地说，有了"财产"，"从此多事矣"。他反对置买家产。

　　可是有些事不由自主。我家急需房子，恰恰有一所破旧的大房子要出卖。那还是明朝房子，都快倒塌了。有一间很高大的厅也已经歪斜，当地人称为"一文厅"。据说魏忠贤党人到苏州搜捕东林党人，民情激奋，引起动乱。魏党奏称"苏州五城（一说五万人）造反"。"徐大老爷"将"五城"（一说五万人）改为"五人"。苏州人感其恩德，募款为他建一楠木大厅。一人一文钱，顷刻而就，故名"一文厅"。张謇为我父亲题的匾上，"安徐堂"三个大字之外，有几行小字，说明房子是"明末宰相徐季鸣先生故居"①。据王佩净《平江府志》，魏党毛一鹭曾为魏忠贤造生祠于虎邱。魏失势后，苏州士绅在魏阉生祠原址立"五人墓碑"，张溥作《五人墓碑记》②。

　　我自从家里迁居苏州，就在当地的振华女中上学，寄宿在校，

---

①　我弟弟杨保俶记下的。据专攻文献的田奕女士提供资料：徐如珂，字季鸣，吴县人，万历二十三年进士，除刑部主事，历郎中、太仆少卿，转左通政（宰相之职）。

②　吴楚材、吴调候选《古文观止》卷下末一篇。文章里只说"中丞以吴民之乱请于朝，按诛五人"。五人是自愿代"五城"或"五万人"死的义士。

　　　　　　　　　回忆我的父亲

周末回家，见过那一大片住满了人的破房子。全宅二三十家，有平房，也有楼房。有的人家住得较宽敞，房子也较好。最糟的是"一文厅"，又漏雨，又黑暗，全厅分隔成三排，每排有一个小小的过道和三间房，每间还有楼上楼下。总共就是十八间小房，真是一个地道的贫民窟，挑担的小贩常说："我们挑担子的进了这个宅子，可以转上好半天呢。"

我父亲不精明，买下了这宅没人要的破房子，修葺了一部分，拆掉许多小破房子，扩大了后园，添种了花树，一面直说："从此多事矣！"据他告诉我，买房子花掉了他的一笔人寿保险费，修建是靠他做律师的收入。因为买房以后，祖母去世，大伯母一家基本上能自立，无锡老家的负担已逐渐减轻。房子费了两年左右才修建完毕。

我常挂念原先的二三十户人家到了哪里去。最近，有个亲戚偶来看我，说他去看了我们苏州的房子（我们已献给公家），现在里面住了五十来户。我大为惊诧，因为许多小破房子全都拆了，哪来那么多房间呢？不过小房子既能拆掉，也能一间间再搭上。一条宽走廊就能隔成几间房呢。许多小户合成一个大宅，一个大宅又分成许多小户，也是"分久必合，合久必分"的"天下大势"。

我父亲反对置买家产不仅是图省事，他还有一套原则。对本人来说，经营家产耗费精力，甚至把自己降为家产的奴隶；对子女来说，家产是个大害。他常说，某家少爷假如没有家产，可以有所作为，现成可"吃家当"，使他成了废物，也使他不图上进。所以我父亲明明白白地说过："我的子女没有遗产，我只教育他们能够自立。"我现在常想：靠了家产不图上进的大少爷即使还有，也不多了，可是捧着铁饭碗吃大锅饭而不求上进的却又那么多；"吃家当"是不行了，可是吃国家的财产却有多种方式。我父亲知道了又将如何感慨。

我在中学的时候，听父亲讲到同乡一位姓陆的朋友有两个在交通大学读书的儿子，"那两个孩子倒是有志气的，逃出去做了共产党。"① 我弟弟在上海同济读书的时候，带了一个同学到我家来。我听弟弟转述那人的议论，很像共产主义的进步思想。我父亲说那孩子是"有志气的"。但妙的是弟弟忽然私下对我说："你觉得吗，咱们爸爸很腐朽。"我断定这是他那位朋友的话，因为他称我弟弟为"安徐堂"的"少爷"。在他眼里，我父亲是一个大律师，住一宅宽廊大院的大宅子，当然是"腐朽的资产阶级"。我没有搬嘴，只觉得很滑稽，因为"腐朽的爸爸"有一套言论，和共产主义的口号很相近，我常怀疑是否偶合。例如我父亲主张自食其力，不能不劳而食。这和"不劳动者不得食"不是很相近吗？

我们搬入新居——只是房主自己住的一套较好的房子略加修葺，前前后后的破房子还没拆尽，到处都是鼻涕虫②和蜘蛛；阴湿的院子里，只要扳起一块砖，砖下密密麻麻的爬满了鼻涕虫。父亲要孩子干活儿，悬下赏格，鼻涕虫一个铜板一个，小蜘蛛一个铜板三个，大蜘蛛三个铜板一个。这种"劳动教育"其实是美国式的鼓励孩子赚钱，不是教育"劳动光荣"。我周末回家，发现弟弟妹妹连因病休学在家的三姐都在"赚钱"。小弟弟捉得最多，一百条鼻涕虫硬要一块钱（那时的一元银币值270—290铜板）。我听见母亲对父亲说："不好了，你把'老小'教育得惟利是图了。"可是物质刺激很有效，不多久，弟弟妹妹把鼻涕虫和蜘蛛都捉尽。母亲对"惟利是图"的孩子也有办法。钱都存在她手里，十几元也罢，

---

① 指陆定一同志兄弟。
② 软体动物，像没壳的蜗牛而较肥大。

75 　　　　　　　　　　　　　回忆我的父亲

几十元也罢，过些时候，存户忘了讨账，"银行"也忘了付款，糊涂账渐渐化为乌有。就像我们历年的压岁钱一样。因为我们不必有私产，需钱的时候可以问母亲要。

假如我们对某一件东西非常艳羡，父亲常常也只说一句话："世界上的好东西多着呢……"意思是：得你自己去争取。也许这又是一项"劳动教育"，可是我觉得更像鼓吹"个人奋斗"。我私下的反应是，"天下的好东西多着呢，你能样样都有吗？"

我父亲又喜欢自称"穷人"。他经常来往的几个朋友一是"老人"，一是"苦人"（因为他开口就有说不尽的苦事），一是"忙人"（因为他社会活动较多），一是父亲自称的"穷人"。我从父母的谈话里听来，总觉得"穷人"是对当时社会的一种反抗性的自诩，仿佛是说，"我是穷人，可是不羡慕你们富人。"所谓"穷"，无非指不置家产，"自食其力"。不过我父亲似乎没有计较到当时社会上，"自食其力"是没有保障的；不仅病不得，老不得，也没有自由支配自己的时间，干自己喜爱或专长的事。

我父亲不爱做律师。他当初学法律，并不是为了做律师。律师的"光荣任务"是保卫孤弱者的权益，可是父亲只说是"帮人吵架"。民事诉讼十之八九是为争夺财产；便是婚姻问题，底子里十之八九还是为了财产。我父亲有时忘了自己是律师而当起法官来，有时忘了自己是律师而成了当事人。

一次有老友介绍来一个三十来岁的人，要求我父亲设法对付他异母庶出的小妹妹，不让她承袭遗产。那妹妹还在中学读书。我记得父亲怒冲冲告诉母亲说，"那么个又高又大的大男人，有脸说出这种话来！"要帮着欺负那个小妹妹也容易，或者可以拒不受理这种案件。可是我父亲硬把那人训了一顿，指出他不能胜诉（其实不

76

是"不能"而是"不该"），结果父亲主持了他们分家。

有时候我父亲为当事人气愤不平，自己成了当事人，躺在床上还撇不开。他每一张状子都自己动笔，悉心策划，受理的案件一般都能胜诉。如果自己这一方有弱点，就和对方律师劝双方和解。父亲常说，"女太太"最奇怪，打赢了官司或者和解得称心，就好像全是辩护律师的恩惠。父亲认为那不过是按理应得的解决罢了。有许多委任他做辩护律师的当事人，事后就像我家的亲戚朋友一样，经常来往。有两个年轻太太曾一片至诚对我母亲叩头表示感谢；多年后还对我们姊妹像姊妹一样。

有些事不论报酬多高，我父亲决不受理。我记得那时候有个驻某国领事高瑛私贩烟土出国的大案件，那领事的亲信再三上门，父亲推说不受理刑事案。其实那是诳话。我祖母的丫头嫁一农民，她儿子酒后自称某革命组织的"总指挥"，法院咬定他是共产党，父亲出尽力还是判了一年徒刑。我记得一次大热天父亲为这事出庭回家，长衫汗湿了半截，里面的夏布短褂子汗湿得滴出水来。父亲已经开始患高血压症，我接过那件沉甸甸的湿衣，心上也同样的沉重。他有时到上海出庭，一次回来说，又揽了一件刑事案。某银行保险库失窃。父亲说，明明是经理监守自盗，却冤枉两个管库的老师傅。那两人叹气说，我们哪有钱请大律师呢。父亲自告奋勇为他们义务辩护。我听侦探小说似的听他向我母亲分析案情，觉得真是一篇小说的材料。可惜我到清华上学了，不知事情是怎样了局的。[①]

---

① 《当代》一九八三年五、六两期刊载了我回忆父亲的这篇文章，一九八四年八月六日，宁夏银川市一位财经部退休干部林壮志同志来信说，他对这件失窃案深知内情。他说我父亲"对案情的分析是正确的，那是一件监守自盗案"。他已写了《五十五年前无锡银行保险库失窃巨案真相》一文，"揭破半个世纪前这个疑案之谜"。据说那两个老师傅宣告无罪释放，案子"不了了之"。

　　　　回忆我的父亲

那时苏州的法院贿赂公行。有的律师公然索取"运动费"（就是代当事人纳贿的钱）。"两支雪茄"就是二百元。"一记耳光"就是五百元。如果当事人没钱，可以等打赢了官司大家分肥，这叫做"树上开花"。有个"诗酒糊涂"的法官开庭带着一把小茶壶，壶里是酒。父亲的好友"忙人"也是律师，我记得他们经过仔细商量，合写了一个呈文给当时的司法总长（父亲从前的同学或朋友）。这些时，地方法院调来一个新院长。有人说，这人在美国坐过牢。父亲说："坐牢的也许是政治犯——爱国志士。"可是经调查证实，那人是伪造支票而犯罪的。我记得父亲长叹一声，没话可说。在贪污腐败的势力面前，我父亲始终是个失败者。

　　他有时伏案不是为当事人写状子。我偶尔听到父亲告诉母亲说："我今天放了一个'屁'。"或"一个大臭屁"或"恶毒毒的大臭屁"。过一二天，母亲就用大剪子从《申报》或《时报》上剪下这个"屁"。我只看见一个"评"字，上面或许还有一个"时"字吧？父亲很明显地不喜欢我们看，所以我从没敢偷读过。母亲把剪下的纸粘连成长条，卷成一大卷，放在父亲案头的红木大笔筒里。日寇占领苏州以后，我们回家，案上的大笔筒都没有了。那些"评"或许有"老圃"的签名，可是我还无缘到旧报纸上去查看。①

---

① 承华东师范大学阚绪良同志抄给我看徐铸成先生《报海旧闻》11页上一段文字："我那时比较欣赏老圃的短文章，谈的问题小，而言之有物，文字也比较隽永。"

　　一九九二年，我的朋友们发现了大量署名"老圃"的文章，一九九三年将出版《老圃遗文辑》。

杨绛散文

五

　　我父亲凝重有威，我们孩子都怕他，尽管他从不打骂。如果我们不乖，父亲只会叫急，喊母亲把淘气的孩子提溜出去训斥。锺书初见我父亲也有点怕，后来他对我说，"爸爸是'望之俨然，接之也温'。"我们怕虽怕，却和父亲很亲。他喜欢饭后孩子围绕着一起吃点甜食，常要母亲买点好吃的东西"放放焰口"。我十一岁的暑假，在上海，看见路上牵着草绳，绳上挂满了纸做的小衣小裤，听人家说"今天是盂兰盆会，放焰口"。我大惊小怪，回家告诉父母，惹得他们都笑了。可是"放焰口"还是我家常用的辞儿，不论吃的、用的、玩的，都可以要求"爸爸，放焰口！"

　　我家孩子多，母亲好像从没有空闲的时候。我们唱的儿歌都是母亲教的，可是她很少时间陪我们玩。我记得自己四五岁的时候，有一次在小木碗里剥了一堆瓜子仁，拉住母亲求她"真的吃"——因为往常她只做个姿势假吃。那一次她真吃了，我到今忘不了当时的惊喜和得意，料想她是看了我那一脸的快活而为我吃尽的。我六岁的冬天，有一次晚饭后，外面忽然刮起大风来。母亲说："啊呀，阿季的新棉裤还没拿出来。"她叫人点上个洋灯，穿过后院到箱子间去开箱子。我在温暖的屋里，背灯站着，几乎要哭，却不懂自己为什么要哭。这也是我忘不了的"别是一般滋味"。

　　我父亲有个偏见，认为女孩子身体娇弱，不宜用功。据说和他同在美国留学的女学生个个短寿，都是用功过度，伤了身体。他常对我说，他班上某某每门功课一百分，"他是个低能！"反正我很

79

少一百分，不怕父亲嘲笑。我在高中还不会辨平仄声。父亲说，不要紧，到时候自然会懂。有一天我果然四声都能分辨了，父亲晚上常踱过廊前，敲窗考我某字什么声。我考对了他高兴而笑，考倒了他也高兴而笑。父亲的教育理论是孔子的"大叩则大鸣，小叩则小鸣"。我对什么书表示兴趣，父亲就把那部书放在我书桌上，有时他得爬梯到书橱高处去拿；假如我长期不读，那部书就不见了——这就等于谴责。父亲为我买的书多半是诗词小说，都是我喜爱的。

对有些事父亲却严厉得很。我十六岁，正念高中。那时北伐已经胜利，学生运动很多，常要游行、开群众大会等。一次学生会要各校学生上街宣传——掇一条板凳，站上向街上行人演讲。我也被推选去宣传。可是我十六岁看来只像十四岁，一着急就涨红了脸。当时苏州风气闭塞，街上的轻薄人很会欺负女孩子。如果我站上板凳，他们准会看猴儿似的拢上来看，甚至还会耍猴儿。我料想不会有人好好儿听。学校里有些古板人家的"小姐"，只要说"家里不赞成"，就能豁免一切开会、游行、当代表等等。我周末回家就向父亲求救，问能不能也说"家里不赞成"。父亲一口拒绝。他说，"你不肯，就别去，不用借爸爸来挡。"我说，"不行啊，少数得服从多数呀。"父亲说："该服从的就服从；你有理，也可以说。去不去在你。"可是我的理实在难说，我能说自己的脸皮比别人薄吗？

父亲特向我讲了一个他自己的笑话。他当江苏省高等审判厅长的时候，张勋不知打败了哪位军阀胜利入京。江苏士绅联名登报拥戴欢迎。父亲在欢迎者名单里忽然发现了自己的名字。那是他属下某某擅自干的，以为名字既已见报，我父亲不愿意也只好罢了。可

杨绛散文

是我父亲怎么也不肯欢迎那位"辩帅",他说"名与器不可以假人",立即在报上登了一条大字的启事,声明自己没有欢迎。他对我讲的时候自己失笑,因为深知这番声明太不通世故了。他学着一位朋友的话说:"唉,补塘,声明也可以不必了。"但是父亲说:"你知道林肯说的一句话吗? Dare to say no! 你敢吗?"

我苦着脸说"敢"! 敢,可惜不是为了什么伟大的目标,只是一个爱面子的女孩子不肯上街出丑罢了。所以我到校实在说不出一个充分的理由,只坚持"我不赞成,我不去"。这当然成了"岂有此理"。同学向校长告状,校长传我去狠狠训斥了一顿。我还是不肯,没去宣传。被推选的其他三人比我年长些,也老练些。她们才宣传了半天,就有个自称团长的国民党军官大加欣赏,接她们第二天到留园去宣传,实际上是请她们去游园吃饭。校长事后知道了大吃一惊,不许她们再出去宣传。我的"岂有此理"也就变为"很有道理"。

我父亲爱读诗,最爱杜甫诗。他过一时会对我说"我又从头到底读了一遍"。可是他不作诗。我记得他有一次悄悄对我说:"你知道吗? 谁都作诗! 连××(我们父女认为绝不能作诗的某亲戚)都在作诗呢!"父亲钻研的是音韵学,把各时代的韵书一字字推敲。我常取笑说:"爸爸读一个字儿、一个字儿的书。"抗战时期,我和锺书有时住在父亲那边。父亲忽发现锺书读字典,大乐,对我说:"哼哼,阿季,还有个人也在读一个字、一个字的书呢!"其实锺书读的不是一个个的字,而是一串串的字,但父亲得意,我就没有分辩。

有时候父亲教我什么"合口呼""撮口呼",我不感兴趣,父亲说我"喜欢词章之学",从不强我学他的一套。每晚临睡,他朗声读诗，我常站在他身边，看着他的书旁听。

自从我家迁居苏州，我就在苏州上学，多半时候住校，中间也有一二年走读。我记忆里或心理上，好像经常在父母身边；一回家就像小狗跟主人似的跟着父亲或母亲。我母亲管着全家里里外外的杂事，用人经常从前院到后园找"太太"，她总有什么事在某处绊住了脚。她难得有闲，静静地坐在屋里，做一会儿针线，然后从搁针线活儿的藤匾里拿出一卷《缀白裘》边看边笑，消遣一会儿。她的卧房和父亲的卧房相连；两只大床中间隔着一个永远不关的小门。她床头有父亲特为她买的大字抄本八十回《石头记》，床角还放着一只台灯。她每晚临睡爱看看《石头记》或《聊斋》等小说，她也看过好些新小说。一次她看了几页绿漪女士的《绿天》，说："这个人也学着苏梅的调儿。"我说："她就是苏梅呀。"很佩服母亲怎能从许多女作家里辨别"苏梅的调儿"。

我跟着父亲的时候居多。他除非有客，或出庭辩护，一上午总伏案写稿子，书案上常放着一叠裁着整整齐齐的竹帘纸充稿纸用，我常拣他写秃的长锋羊毫去练字。每晨早饭后，我给父亲泡一碗酽酽的盖碗茶。父亲饭后吃水果，我专司削皮；吃风干栗子、山核桃等干果，我专司剥壳。中午饭后，"放焰口"完毕，我们"小鬼"往往一哄而散，让父亲歇午。一次父亲叫住我说："其实我喜欢有人陪陪，只是别出声。"我常陪在旁边看书。冬天只我父亲屋里生个火炉，我们大家用煨炭结子的手炉和脚炉。火炉里过一时就需添煤，我到时轻轻夹上一块。姐姐和弟弟妹妹常佩服我能加煤不出声。

有一次寒假里，父亲歇午，我们在火炉里偷烤一大块年糕。不小心，火夹子掉在炉盘里，年糕掉在火炉里，乒乒乓乓闹得好响。

82

我们闯了祸不顾后果，一溜烟都跑了。过些时偷偷回来张望，父亲没事人似的坐着工作。我们满处找那块年糕不见，却不敢问。因为刚刚饭后，远不到吃点心的时候呢。父亲在忍笑，却虎着脸。年糕原来给扔在字纸篓里了。母亲知道了准会怪我们闹了爸爸，可是父亲并没有戳穿我们干的坏事。他有时还帮我们淘气呢。记得有一次也是大冬天，金鱼缸里的水几乎连底冻了。一只只半埋在泥里的金鱼缸旁边都堆积着凿下的冰块。我们就想做冰淇淋，和父亲商量——因为母亲肯定不赞成大冬天做冰淇淋。父亲说，你们自己会做，就做去。我家有一只旧式的做冰淇淋的桶，我常插一手帮着做，所以也会，只是没有材料。我们胡乱偷些东西做了半桶，在"旱船"（后园的厅）南廊的太阳里摇了半天。木桶里的冰块总也不化，铁桶里的冰淇淋总也不凝，白赔了许多盐。我们只好向父亲求主意。父亲说有三个办法：一是冰上淋一勺开水；二是到厨房的灶仓里去做，那就瞒不过母亲了；三是到父亲房间里的火炉边摇去。我们采用了第三个办法，居然做成。只是用的材料太差，味道不好。父亲助兴尝了一点点，母亲事后知道也就没说什么。

一次，我们听父亲讲叫花子偷了鸡怎么做"叫花鸡"，我和弟弟妹妹就偷了一个鸡蛋，又在冻冰的咸菜缸里偷些菜叶裹上，涂了泥做成一个"叫花蛋"。这个泥蛋我们不敢在火炉子里烤，又不敢在厨房大灶的火灰里烤，只好在后园冒着冷风，拣些枯枝生个火，把蛋放在火里烧。我们给烟熏出来的眼泪险些冻冰。"叫花蛋"倒是大成功，有腌菜香。可惜一个蛋四人分吃，一口两口就吃光了，吃完才后悔没让父母亲分尝。

我父亲晚年常失眠。我们夏天为他把帐子里的蚊子捉尽。从前有一种捕蚊灯，只要一凑上，蚊子就吸进去烧死了。那时我最小的

回忆我的父亲

妹妹杨必①已有八九岁，她和我七妹两个是捉蚊子的先锋，我是末后把关的。珠罗纱的蚊帐看不清蚊子在里在外，尤其那种半透明的瘦蚊子。我得目光四扫，把帐子的五面和空中都巡看好几遍，保证帐子里没一只蚊子。

家里孩子逐渐长大，就不觉热闹而渐趋冷清。我大姐②在上海启明教书，她是校长嬷嬷(修女)宠爱的高足，一直留校教法文等课。我三姐最美而身体最弱，结婚较早，在上海居住。我和两个弟弟和七妹挨次只差一岁半，最小的八妹小我十一岁。他们好像都比我小得多。我已经不贪玩而贪看书了。父亲一次问我："阿季，三天不让你看书，你怎么样？"我说："不好过。""一星期不让你看书呢？"我说："一星期都白活了。"父亲笑说："我也这样。"我觉得自己升做父亲的朋友了。暑假里，乘凉的时候，门房每天给我送进几封信来。父亲一次说："我年轻的时候也有很多朋友。"他长吟"故人笑比中庭树，一日秋风一日疏"。我忽然发现我的父亲老了，虽然常有朋友来往，我觉得他很疲劳，也很寂寞。父亲五十岁以后，一次对我说："阿季，你说一个人有退休的时候吗？——我现在想通了，要退就退，不必等哪年哪月。"我知道父亲自觉体力渐渐不支，他的血压在升高，降压灵之类的药当时只是神话。父亲又不信中药，血压高了就无法叫它下降。他所谓"退休"，无非减少些工作，加添些娱乐，每日黄昏，和朋友出去买点旧书、古董或小玩意儿。他每次买了好版子的旧书，自己把蜷曲或破残的书角补好，叫我用预的白丝线双线重订。他爱整齐，双线只许平行，不许

---

① 杨必，《剥削世家》和《名利场》(人民文学版)的译者。
② 杨寿康，曾翻译法国布厄端(P. Bourget)《死亡的意义》(商务版，一九四〇年)。

杨绛散文

交叉，结子也不准外露。父亲的小玩意儿玩腻了就收在一只红木笔筒里。我常去翻弄。我说："爸爸，这又打入'冷宫'了？给我吧。"我得的玩意儿最多。小弟弟有点羡慕，就建议"放焰口"，大家就各有所得。

父亲曾花一笔钱买一整套古钱，每一种都有配就的垫子和红木或楠木盒子。一次父亲病了，觉得天旋地转，不能起床，就叫我把古钱一盒盒搬到床上玩弄，一面教我名称。我却爱用自己的外行名字如"铲刀钱""裤子钱"之类。我心不在焉，只想怎样能替掉些父亲的心力。

我考大学的时候，清华大学刚收女生，但是不到南方来招生。我就近考入东吴大学。上了一年，大学得分科，老师们认为我有条件读理科。因为我有点像我父亲嘲笑的"低能"，虽然不是每门功课一百分，却都平均发展，并无特长。我在融洽而优裕的环境里生长，全不知世事。可是我很严肃认真地考虑自己"该"学什么。所谓"该"，指最有益于人，而我自己就不是白活了一辈子。我知道这个"该"是很夸大的，所以羞于解释。父亲说，没什么该不该，最喜欢什么，就学什么。我却不放心。只问自己的喜爱，对吗？我喜欢文学，就学文学？爱读小说，就学小说？父亲说，喜欢的就是性之所近，就是自己最相宜的。我半信不信，只怕父亲是纵容我。可是我终究不顾老师的惋惜和劝导，文理科之间选了文科。我上的那个大学没有文学系，较好的是法预科和政治系。我选读法预，打算做我父亲的帮手，借此接触到社会上各式各样的人，积累了经验，可以写小说。我父亲虽说随我自己选择，却竭力反对我学法律。他自己不爱律师这个职业，坚决不要我做帮手，况且我能帮他干什么呢？我想父亲准看透我不配——也不能当女律师（在当时

回忆我的父亲

的社会上，女律师还是一件稀罕物儿）。我就改入政治系。我对政治学毫无兴趣，功课敷衍过去，课余只在图书馆胡乱看书，渐渐了解：最喜爱的学科并不就是最容易的。我在中学背熟的古文"天下一致而百虑，同归而殊途"还深印在脑里。我既不能当医生治病救人，又不配当政治家治国安民，我只能就自己性情所近的途径，尽我的一份力。如今我看到自己幼而无知，老而无成，当年却也曾那么严肃认真地要求自己，不禁愧汗自笑。不过这也足以证明：一个人没有经验，没有学问，没有天才，也会有要好向上的心——尽管有志无成。

那时候的社会风尚，把留学看得很重，好比"宝塔结顶"，不出国留学就是功亏一篑——这种风尚好像现在又恢复了。父亲有时跟我讲，某某亲友自费送孩子出国，全力以赴，供不应求，好比孩子给强徒虏去做了人质，由人勒索，因为做父母的总舍不得孩子在国外穷困。父亲常说，只有咱们中国的文明，才有"清贫"之称。外国人不懂什么"清贫"，穷人就是下等人，·就是坏人。要赚外国人的钱，得受尽他们的欺侮。我暗想这又是父亲的偏见，难道只许有钱人出国，父亲自己不就是穷学生吗？也许是他自己的经验或亲眼目睹的情况吧。孩子留学等于做人质的说法，只道出父母竭力供应的苦心罢了。我在大学三年的时候，我母校振华女中的校长为我请得美国韦尔斯利女子大学的奖学金。据章程，自备路费之外，每年还需二倍于学费的钱，作假期间的费用和日常的零用。但是那位校长告诉我，用不了那么多。我父母说，我如果愿意，可以去。可是我有两个原因不愿去。一是记起"做人质"的话，不忍添我父亲的负担。二是我对留学自有一套看法。我系里的老师个个都是留学生，而且都有学位。我不觉得一个洋学位有什么了不起。我想，

杨绛散文

如果到美国去读政治学(我得继续本大学的课程)，宁可在本国较好的大学里攻读文学。我告诉父母亲我不想出国读政治，只想考清华研究院攻读文学。后来我考上了，父母亲都很高兴。母亲常取笑说："阿季脚上拴着月下老人的红丝呢，所以心心念念只想考清华。"

可是我离家一学期，就想家得厉害，每个寒假暑假都回家。第一个暑假回去，高兴热闹之后，清静下来，父亲和我对坐的时候说："阿季，爸爸新近闹个笑话。"我一听口气，不像笑话。原来父亲一次出庭忽然说不出话了。全院静静地等着等着，他只是开不出口，只好延期开庭。这不是小小的中风吗？我只觉口角抽搐，像小娃娃将哭未哭的模样，忙用两手捂住脸，也说不出话，只怕一出声会掉下泪来。我只自幸放弃了美国的奖学金，没有出国。

父亲回身搬了许多大字典给我看。印地文的，缅甸文的，印尼文的，父亲大约是要把邻近民族的文字和我国文字——尤其是少数民族的文字相比较。他说他都能识字了。我说学这些天书顶费脑筋。父亲说一点不费心。其实自己觉得不费心，费了心自己也不知道。母亲就那么说。

我父亲忙的时候，状子多，书记来不及抄，就叫我抄。我得工楷录写，而且不许抄错一个字。我的墨笔字非常恶劣，心上愈紧张，错字愈多，只好想出种种方法来弥补。我不能方方正正贴补一块，只好把纸摘去不整不齐的一星星，背后再贴上不整不齐的一小块，看来好像是状纸的毛病。这当然逃不过我父亲的眼睛，而我的错字往往逃过我自己的眼睛。父亲看了我抄的状子就要冒火发怒，我就急得流泪——这也是先发制人，父亲就不好再责怪我。有一次我索性撒赖不肯抄了。我说："爸爸要'火冒'(无锡话'发怒')

的。"父亲说："谁叫你抄错？"我说没法儿不错。父亲教我交了卷就躲到后园去。我往往在后园躲了好一会回屋，看看父亲脸上还余怒未消。但是他见了我那副做贼心虚的样儿，忍不住就笑了。我才放了心又哭又笑。

父亲那次出庭不能开口之后，就结束了他的律师事务。他说还有一个案件未了，叫我代笔写个状子。他口述了大意，我就写成稿子。父亲的火气已经消尽。我准备他"火冒"，他却一句话没说，只动笔改了几个字，就交给书记抄写。这是我惟一一次做了父亲的帮手。

我父亲当律师，连自己的权益也不会保障。据他告诉我，该得的公费，三分之一是赖掉了。父亲说，也好，那种人将来打官司的事还多着呢，一次赖了我的，下次就不敢上门了。我觉得这是"酸葡萄"论，而且父亲也太低估了"那种人"的老面皮。我有个小学同班，经我大姐介绍，委任我父亲帮她上诉争遗产。她赢了官司，得到一千多亩良田，立即从一个穷学生变为阔小姐，可是她没出一文钱的公费。二十年后，抗战期间，我又碰见她。她通过我又请教我父亲一个法律问题。我父亲以君子之心度人，以为她从前年纪小，不懂事，以后觉得惭愧，所以借端又来请教，也许这番该送些谢仪了。她果然送了。她把我拉到她家，请我吃一碗五个汤团。我不爱吃，她殷勤相劝，硬逼我吃下两个。那就是她送我父亲的酬劳。

我常奇怪，为什么有人得了我父亲的帮助，感激得向我母亲叩头，终身不忘。为什么有人由我父亲的帮助得了一千多亩好田，二十年后居然没忘记她所得的便宜；不顾我父亲老病穷困，还来剥削他的脑力，然后用两个汤团来表达她的谢意。为什么人与人之间的差异竟这么大？

我们无锡人称"马大哈"为"哈鼓鼓"，称"化整为零"式的花钱为"摘狗肝"。我父亲笑说自己"哈鼓鼓"（如修建那宅大而无当的住宅，又如让人赖掉公费等），又爱"摘狗肝"（如买古钱、古玩、善本书之类）；假如他精明些，贪狠些，至少能减少三分之二的消耗，增添三分之一的收入。但是他只作总结，并无悔改之意。他只管偷工夫钻研自己喜爱的学问。

我家的人口已大为减少。一九三〇年，我的大弟十七岁，肺病转脑膜炎去世。我家有两位脾气怪僻的姑太太——我的二姑母和三姑母，她们先后搬入自己的住宅。小弟弟在上海同济上学。我在清华大学研究院肄业。一九三五年锺书考取英庚款赴英留学，我不等毕业，打算结了婚一同出国①，那年我只有一门功课需大考，和老师商量后也用论文代替，我就提早一个月回家。

我不及写信通知家里，立即收拾行李动身。我带回的箱子铺盖都得结票，火车到苏州略过午时，但还要等货车卸下行李，领取后才雇车回去，到家已是三点左右。我把行李撇在门口，如飞地冲入父亲屋里。父亲像在等待。他"哦！"了一声，一掀帐子下床说"可不是来了！"他说，午睡刚合眼，忽觉得我回家了。听听却没有声息，以为在母亲房里呢，跑去一看，阒无一人，想是怕搅扰他午睡，躲到母亲做活儿的房间里去了，跑到那里，只见我母亲一人在做活。父亲说："阿季呢？"母亲说："哪来阿季？"父亲说："她不是回来了吗？"母亲说："这会子怎会回来。"父亲又回去午睡，左睡右睡睡不着。父亲得意说："真有心血来潮这回事。" 我笑说：

---

① 清华研究院各系毕业生都送出国留学，只有外语系例外，毕业也不得出国。

回忆我的父亲

"一下火车，心已经飞回家来了。"父亲说："曾母啮指，曾子心痛，我现在相信了。"父亲说那是第六觉，有科学根据。

我出国前乘火车从无锡出发，经过苏州，火车停在月台旁，我忽然泪下不能抑制，父亲又该说是第六觉了吧？——感觉到父母正在想我，而我不能跳下火车，跑回家去再见他们一面。有个迷信的说法：那是预兆，因为我从此没能再见到母亲。

六

有一次，我旁观父母亲说笑着互相推让。他们的话不知是怎么引起的，我只听见母亲说："我死在你头里。"父亲说："我死在你头里。"我母亲后来想了一想，当仁不让说："还是让你死在我头里吧，我先死了，你怎么办呢。"当时他们好像两人说定就可以算数的；我在一旁听着也漠然无动，好像那还是很遥远的事。

日寇第一次空袭苏州，一架日机只顾在我们的大厅上空盘旋，大概因为比一般民房高大，怀疑是什么机构的建筑。那时候法币不断跌价，父母亲就把银行存款结成外汇，应弟弟的要求，打发他出国学医。七妹在国专上学，也学国画，她刚在上海结婚。家里只有父母亲和大姐姐小妹妹。她们扶着母亲从前院躲到后园，从后园又躲回前院。小妹妹后来告诉我说，"真奇怪，害怕了会泻肚子。"她们都泻肚子，什么也吃不下。第二天，我父母亲带着大姐姐小妹妹和两个姑母，逃避到香山一个曾委任我父亲为辩护律师的当事人家里去。深秋天，我母亲得了"恶性疟疾"——不同一般疟疾，高烧不退。苏州失陷后，香山那一带准备抗战，我父母借住的房子前面挖了战壕，那宅房子正在炮火线里。邻近人家已逃避一空。母亲病危，奄奄一息，父亲和大姐打算守着病人同归于尽。小妹妹才十五岁，父亲叫她跟着两个姑母逃难。可是小妹妹怎么也不肯离开，所以她也留下了。香山失陷的前夕，我母亲去世。父亲事先用几担白米换得一具棺材，第二天，父女三个把母亲入殓，找人在濛濛阴雨中把棺材送到借来的坟地上。那边我国军队正在撤退，母亲的棺材在兵队中穿过。当天想尽办法，请人在棺材外边砌一座小屋，厝在坟地上。据大姐讲，我父亲在荒野里失声恸哭，又在棺木上、瓦上、砖上、周围的树木上、地下的砖头石块上——凡是可以写字的地方写满自己的名字。这就算连天兵火中留下的一线联系，免得抛下了母亲找不回来。然后，他不得不舍下四十年患难与共的老伴儿，带了两个女儿到别处逃生。

他们东逃西逃，有的地方是强盗土匪的世界，有的已被敌军占领，无处安身，只好冒险又逃回苏州。苏州已是一座死城，街上还有死尸。家里却灯火通明，很热闹。我大姐姐说，看房子的两人（我大弟的奶妈家人）正伙同他们的乡亲"各取所需"呢。主人回来，出于意外，想必不受欢迎。那时家里有存米，可吃白饭。看房子的两人有时白天出去，伺敌军抢劫后，拾些劫余。一次某酱园被劫，他们就提回一桶酱菜，一家人下饭吃。日本兵每日黄昏吹号归队以后，就挨户找"花姑娘"。姐姐和妹妹在乡下的时候已经剃了光头，改成男装。家里还有一个跟着逃难的女佣。每天往往是吃晚饭的时候，日本兵就接二连三的来打门。父亲会日语，单独到门口应付。姐姐和妹妹就躲入柴堆，连饭碗筷子一起藏起来。那女佣也一起躲藏。她愈害怕呼吸愈重，声如打鼾。大姐说，假如敌人进屋，准把她们从柴堆里拉出来。那时苏州成立了维持会，原为我父亲抄写状子的一个书记在里面谋得了小小的差使。父亲由他设法，

回忆我的父亲

传递了一个消息给上海的三姐。三姐和姐夫由一位企业界知名人士的帮助，把父亲和大姐姐小妹妹接到上海。三人由苏州逃出，只有随身的破衣服和一个小小的手巾包。

一九三八年十月，我回国到上海，父亲的长须已经剃去，大姐姐小妹妹也已经回复旧时的装束。我回国后父亲开始戒掉安眠药，神色渐渐清朗，不久便在震旦女子文理学院教一门《诗经》，聊当消遣。不过他挂心的是母亲的棺材还未安葬。他拿定厝棺的地方只他一人记得，别人谁也找不到。那时候乡间很不安宁，有一种盗匪专虏人勒赎，称为"接财神"。父亲买得灵岩山"绣谷公墓"的一块墓地，便到香山去找我母亲的棺材。有一位曾对我母亲磕头的当事人特到上海来接我父亲到苏州，然后由她家人陪我父亲挤上公共汽车下乡。父亲摘掉眼镜，穿上一件破棉袍，戴上一顶破毡帽。事后听陪去的人笑说，化装得一点不像，一望而知是知识分子，而且像个大知识分子。父亲完成了任务，平安回来。母亲的棺材已送到公墓的礼堂去上漆了。

一九四〇年秋，我弟弟回国。父亲带了我们姐妹和弟弟同回苏州。我二姑母买的住宅贴近我家后园，有小门可通。我们到苏州，因火车误点，天已经很晚。我们免得二姑母为我们备晚饭，路过一家饭馆，想进去吃点东西，可是已过营业时间。店家却认识我们，说我家以前请客办酒席都是他们店里承应的，殷勤招待我们上楼。我们虽然是老主顾，却从未亲身上过那家馆子。我们胡乱各吃一碗面条，不胜今昔之感。

我们在二姑母家过了一宵，天微亮，就由她家小门到我家后园。后园已经完全改了样。锺书那时在昆明。他在昆明曾寄我《昆明舍馆》七绝四首。第三首"苦爱君家好巷坊，无多岁月已沧桑，绿槐恰在朱栏外，想发浓荫覆旧房"。他当时还没见到我们劫后的家。

我家房子刚修建完毕，母亲应我的要求，在大杏树下竖起一个很高的秋千架，悬着两个秋千。旁边还有个荡木架。可是荡木用的木材太顸，下圆上平，铁箍铁链又太笨重，只可充小孩的荡船用。我常常坐在荡木上看书，或躺在荡木上，仰看"天澹云闲"。春天，闭上眼只听见四周蜜蜂嗡嗡，睁眼能看到花草间蝴蝶乱飞。杏子熟了，接下等着吃樱桃、枇杷、桃子、石榴等。橙子黄了，橘子正绿。锺书吃过我母亲做的橙皮果酱，我还叫他等着吃熟透的脱核杏儿，等着吃树上现摘的桃儿。可是想不到父亲添种的二十棵桃树全都没了。因为那片地曾选作邻近人家共用的防空洞，平了地却未及挖坑。秋千、荡木连架子已都不知去向。玉兰、紫薇、海棠等花树多年未经修剪，都变得不成模样。篱边的玫瑰、蔷薇都干死了。紫藤架也歪斜了，山石旁边的芭蕉也不见了。记得有一年，三棵大芭蕉各开一朵"甘露花"。据说吃了"甘露"可以长寿。我们几个孩子每天清早爬上"香梯"（有架子能独立的梯）去摘那一叶含有"甘露"的花瓣，"献"给母亲进补——因为母亲肯"应酬"我们，父亲却不屑吃那一滴甜汁。我家原有许多好品种的金鱼；幸亏已及早送人了。干涸的金鱼缸里都是落叶和尘土。我父亲得意的一丛方竹已经枯瘁，一部分已变成圆竹。反正绿树已失却绿意，朱栏也无复朱颜。"旱船"廊下的琴桌和细磁鼓凳一无遗留，里面的摆设也全都没有了。我们从荒芜的后园穿过月洞门，穿过梧桐树大院，转入内室。每间屋里，满地都是凌乱的衣物，深可没膝。所有的抽屉都抽出原位，颠横倒竖，半埋在什物下。我把母亲房里的抽屉一一归纳原处，地下还拣出许多零星东西：小银匙，小宝石，小象牙梳子之类。母亲整理的一小网篮古磁器，因为放在旧网篮里，

回忆我的父亲

居然平平安安躲在母亲床下。堆箱子的楼上，一大箱古钱居然也平平安安躲在箱子堆里，因为箱子是旧的，也没上锁，打开只看见一只只半旧的木盒。凡是上锁的箱子都由背后划开，里面全是空的。我们各处看了一遍，大件的家具还在，陈设一无留存。书房里的善本书丢了一部分，普通书多半还在。天黑之后，全宅漆黑，据说电线年久失修，供电局已切断电源。

　　父亲看了这个劫后的家，舒了一口气说，幸亏母亲不在了，她只怕还想不开，看到这个破败的家不免伤心呢。我们在公墓的礼堂上，看到的只是漆得乌光锃亮的棺材。我们姐妹只能隔着棺木抚摩，各用小手绢把棺上每一点灰尘都拂拭干净。想不到棺材放入水泥圹，倒下一筐筐的石灰，棺材全埋在石灰里，随后就用水泥封上。父亲对我说，水泥最好，因为打破了没有用处；别看石板结实，如逢乱世，会给人撬走。这句话，父亲大概没和别人讲。胜利前夕我父亲突然在苏州中风去世，我们夫妇、我弟弟和小妹妹事后才从上海赶回苏州，葬事都是我大妹夫经管的。父亲的棺材放入母亲墓旁同样的水泥圹里，而上面盖的却是两块大石板。临时决不能改用水泥。我没说什么，只深深内疚，没有及早把父亲的话告诉别人。我也一再想到父母的戏言："我死在你头里"；父亲周密地安葬了我母亲，我们儿女却是漫不经心。多谢红卫兵已经把墓碑都砸了。但愿我的父母隐藏在灵岩山谷里早日化土，从此和山岩树木一起，安静地随着地球运转。

七

　　自从我回国，父亲就租下两间房，和大姐姐小妹妹同住。我有时住钱家，有时住父亲那边。锺书探亲回上海，也曾住在我父亲那边。三姐姐和七妹妹经常回娘家。父亲高兴说："现在反倒挤在一处了！"不像在苏州一家人分散几处。我在钱家住的时候，也几乎每天到父亲那里去转一下。我们不论有多少劳瘁辛苦，一回家都会从说笑中消散。抗战末期，日子更艰苦了。锺书兼做补习老师，得了什么好吃的，总先往父亲那儿送，因为他的父母都不在上海了。父亲常得意说："爱妻敬丈人。"（无锡土话是"爱妻敬丈姆"）有时我们姊妹回家，向父亲诉苦："爸爸，肚子饿。"因为虽然塞满了仍觉得空虚。父亲就带了我们到邻近的锦江饭店去吃点心。其实我们可以请父亲吃，不用父亲再"放焰口"。不过他带了我们出去，自己心上高兴，我们心理上也能饱上好多天。抗战胜利前夕父亲特回苏州去卖掉了普通版的旧书，把书款向我们"放焰口"——那是末一遭的"放焰口"。

父亲在上海的朋友渐渐减少。他一次到公园散步回家说，谣传杨某（父亲自指）眼睛瞎掉了。我吃惊问怎会有这种谣言。原来父亲碰到一个新做了汉奸的熟人，没招呼他，那人生气，骂我父亲眼里无人。有一次我问父亲，某人为什么好久不来。父亲说他"没脸来了"，因为他也"下海"了。可是抗战的那几年，我父亲心情还是很愉快的，因为愈是在艰苦中，愈见到自己孩子对他的心意。他身边还有许多疼爱的孙儿女——父亲不许称"外孙"或"外孙女"，他说，没什么"内孙""外孙"。他也不爱"外公"之称。我的女儿是父亲偏宠的孙女之一，父亲教她称自己为"公"而不许称"外公"。缺憾是母亲不在，而这又是惟一的安慰，母亲可以不用再操心或劳累。有时碰到些事，父亲不在意，母亲料想不会高兴，父亲就说，幸亏母亲不在了。

　　　　　　　回忆我的父亲

我们安葬了母亲之后，有同乡借住我家的房子。我们不收租，他们自己修葺房子，并接通电线。那位乡绅有好几房姨太太，上辈还有老姨太，恰好把我们的房子住满。我父亲曾带了大姐和我到苏州故居去办手续。晚上，房西招待我们在他卧房里闲谈。那间房子以前是我的卧房。他的床恰恰设在我原先的床位上。电灯也在原处。吃饭间里，我母亲设计制造的方桌、圆桌都在——桌子中间有个可开可合的圆孔，下面可以放煤油炉，汤锅炖在炉上，和桌上的碗碟一般高低，不突出碍手。我们的菜橱也还在原处。我们却从主人变成了客人，恍然如在梦中。

这家搬走后，家里进驻了军队，耗掉了不知多少度的电，我们家还不起，电源又切断了。胜利前夕，上海有遭到"地毯轰炸"的危险，小妹妹还在震旦女子文理学院上学，父亲把她托给我，他自己带着大姐和三姐的全家到苏州小住。自从锺书沦陷在上海，父亲把他在震旦教课的钟点让了给锺书，自己就专心著书。他曾高兴地对我说："我书题都想定了，就叫《诗骚体韵》。阿季，传给你！"他回苏州是带了所需的书走的。

父亲去世后，我末一次到苏州旧宅。大厅上全堂红木家具都已不知去向。空荡荡的大厅上，停着我父亲的棺材。前面搭着个白布幔，挂着父亲的遗容，幔前有一张小破桌子。我像往常那样到厨下去泡一碗酽酽的盖碗茶，放在桌上，自己坐在门槛上傻哭，我们姐妹弟弟一个个凄凄惶惶地跑来，都只有门槛可坐。

开吊前，搭丧棚的人来缠结白布。大厅的柱子很粗，远不止一抱。缠结白布的人得从高梯上爬下，把白布绕过柱子，再爬上梯去。这使我想起我结婚时缠结红绿彩绸也那么麻烦，联想起三姐结婚时的盛况，联想起新屋落成、装修完毕那天，全厅油漆一新，陈

《干校六记及将饮茶等篇》，台湾时报出版公司版

设得很漂亮。厅上悬着三盏百支光的扁圆大灯，父亲高兴，叫把全宅前前后后大大小小的灯都开亮。苏州供电有限，全宅亮了灯，所有的灯光立即减暗了。母亲说，快别害了人家；忙关掉一部分。我现在回想，盛衰的交替，也就是那么一刹那间，我算是亲眼看见了。

我父亲去世以后，我们姐妹曾在霞飞路（现淮海路）一家珠宝店的橱窗里看见父亲书案上的一个竹根雕成的陈抟老祖像。那是工艺品，面貌特殊，父亲常用"棕老虎"（棕制圆形硬刷）给陈抟刷头皮。我们都看熟了，绝不会看错。又一次，在这条路上另一家珠宝店里看到另一件父亲的玩物，隔着橱窗里陈设的珠钻看不真切，很有"是耶非耶"之感。我们忍不住在一家家珠宝店的橱窗里寻找那些玩物的伴侣，可是找到了又怎样呢？我们家许多大铜佛给大弟奶妈家当金佛偷走，结果奶妈给强盗拷打火烫，以致病死，偷去的东西大多给抢掉，应了俗语所谓"汤里来，水里去"。父亲留着一箱古钱，准备充小妹妹留学的费用。可是她并没有留学。日寇和家贼劫余的古磁、古钱和善本书籍，经过红卫兵的"抄"，一概散失，不留痕迹。财物的聚散，我也亲眼见到了。

我父亲根本没有积累家产的观念，身外之物，人得人失，也不值得挂念。我只伤心父亲答应传给我的《诗骚体韵》遍寻无着，找到的只是些撕成小块的旧稿。我一遍比一遍找得仔细，咽下大量拌足尘土的眼泪，只找出旧日记一捆。我想从最新的日记本上找些线索，只见父亲还在上海的时候，记着"阿×来，馈××"。我以为他从不知道我们送了什么东西去，因为我们只悄悄地给父亲装在瓶儿罐儿里，从来不说。我惊诧地坐在乱书乱纸堆里，发了好一会呆。我常希望梦见父亲，可是我只梦见自己蹲在他的床头柜旁，拣看里面的瓶儿罐儿。我知道什么是他爱吃而不吃的，什么是不爱吃而不吃的。我又一次梦见的是我末一次送他回苏州，车站上跟在背后走，看着他长袍的一角在掀动。父亲的脸和那部《诗骚体韵》的稿子，同样消失无踪了。

我父亲在上海经常晤面的一位老友有挽词五首和附识一篇，我附在后面。因为读了他的"附识"，可约略知道《诗骚体韵》的内容。

读他的挽词，似乎惋惜我父亲的子女不肖，不能继承父学；他读了我的回信，更会叹恨我们子女无知，把父亲的遗稿都丢失了。"附识"中提到的《释面》《释笑》等类小文一定还有，可是我连题目都不知道。父亲不但自己不提，而且显然不要我看；我也从未违反他没有明说的意思。《诗骚体韵》一书，父亲准是自己不满意而毁了，因为我记得他曾说过，他还想读什么什么书而不可得。假如他的著作已经誊清，他一定会写信告诉我。毁掉稿子当是在去世前不久，他给我的信上一字未提起他的书，我两个姐姐都一无所知。父亲毁掉自己的著作，罪过还在我们子女。一个人精力有限，为子女的成长教育消耗了太多的精力，就没有足够的时间写出自己满意的作品来。

我读了《堂吉诃德》，总觉得最伤心的是他临终清醒以后的话："我不是堂吉诃德，我只是善人吉哈诺。"我曾代替父亲说："我不是堂吉诃德，我只是《诗骚体韵》的作者。"我如今只能替我父亲说："我不是堂吉诃德，我只是你们的爸爸。"

我常和锺书讲究，我父亲如果解放后还在人间，他会像"忙人"一样，成为被"统"的"开明人士"呢，还是"腐朽的资产阶级"呢？父亲末一次离开上海的时候，曾对我卖弄他从商店的招牌上认识的俄文字母，并对我说："阿季，你看吧，战后的中国是俄文世界。"我不知道他将怎样迎接战后的新中国，料想他准会骄傲得意。不过，像我父亲那样的人，大概是会给红卫兵打死的。

我有时梦想中对父亲说："爸爸，假如你和我同样年龄，《诗骚体韵》准可以写成出版。"但是我能看到父亲虎着脸说："我只求出版自己几部著作吗？"

像我父亲那样的知识分子虽然不很普遍，却也并不少。所以我试图尽我的理解，写下有关我父亲的这一份资料。

一九八三年发表

附录 补塘兄挽词五首

同学小弟侯士绾皋生

华年卓荦笑拘虚，两渡沧瀛穷地舆。返国久亲三尺法，闭门更读五车书。养痾暂止悬河口，投老欣逢滨海居。四十年来各奔走，幸今略补旧交疏。

扰扰粗才窥管天，纷纷俗子耘心田。心期独洽刘原父，腹笥交推边孝先。大小钟鸣随杵叩，浅深水澈得犀燃。俞章绝业今谁继，俯仰乾坤一泫然。

谁省人间万窍号，权衡今古析秋毫。法言切韵寻源远，神瞽调音造诣高。早岁准绳循段孔，暮年金玉在诗骚（兄著《诗骚声势》待刊）。太玄传后差堪必，心力宁为覆瓴劳。

六书原委极钻磨，愧我青编轻读过。欲向楚金愧叔重，反同海岳哭东坡。茅亭质证成陈迹，水榭追随感逝波。自古儒林多大耋，于君独靳奈天何。

相期共待泰阶平，旧学商量娱此生。匝月偶逢生鄙吝，踵门一见说归程。方夸元亮幽居乐，遽听彦龙蒿里声。任昉不堪思惜别，悲怀未叙泪先倾。

补塘兄深于说文音韵之学，余与在大兴公园晤谈最多，四五年如一日。余尝为言我国语言文学音节之美，实在双声叠韵，而善于运用者，莫若司马相如《大人赋》，惜昭明寡识，《文选》失收。兄谓《诗经》一书，实为古时音韵谱，节奏尤美，殆均经瞽矇审定，所用双声叠韵，配列甚匀，多为对偶，如周南《卷耳》二章之崔嵬虺隤，三章之高冈玄黄，尤为显著。尝推本许氏《说文》声母通假，求得同声同韵之字，视前为多，再依据孔广森阴阳声对转之说，求得对转通韵之字，愈益加多，以此周颂《清庙》，历来音韵家称为无韵者，均能有韵。兹正将《诗经》逐字逐句加注音韵，颇多创获。予谓兄言诗之成韵不仅在句尾，有在句中者，如曹风《下泉》前三章之彼我两字，早经揭示，又各章往往仅有少数换韵之字不同，余皆同句同字，此相同之字虽不在一章，亦自然成韵，如周南《樛木》三章，仅有首章之纍绥、次章之荒将、三章之萦成换字换韵，其余字句皆同，皆应成韵。余藏丁以此著《毛诗正韵》，照此求韵，所得较前人大为增多。见丞索观，旋为余言丁书甚精辟，大堪参究，尤嘉其遇不得解处能虚怀阙疑，惟不知采用阴阳声对转之说，致所收成韵之字仍多遗漏。后为余言《诗经音韵》已注就，并草成凡例，又以屈子《离骚》音调差堪比美，亦为加注如前，盖历久而两书始成，合名之曰《诗骚声势》[1]，……据称系用铅笔缮写，仍时加校正……此书稿本似应在苏寓……望善为保存，将来设法刊行，以传绝学……又余曾见兄署名"老圃"在《新闻报》登载《释面》《释笑》《自称》三篇，文字征引既博，树义亦精，不知关于此类著述以及其它，府上存否稿本……如能搜集，亦希保存，俟他日刊印论丛等书，以广其传，实为余区区所深望也。三十四年（一九四五）八月十二日侯皋生附识。

---

[1] 我父亲后来改为《诗骚体韵》。

回忆我的姑母

中国社会科学院近代史所给我的信里说:"令姑母荫榆先生也是人们熟知的人物,我们也想了解她的生平。荫榆先生在日寇陷苏州时骂敌遇害,但许多研究者只知道她在女师大事件中的作为,而不了解她晚节彪炳,这点是需要纠正的。如果您有意写补塘先生的传记,可一并写入其中。"

杨荫榆是我的三姑母,我称"三伯伯"。我不大愿意回忆她,因为她很不喜欢我,我也很不喜欢她。她在女师大的作为以及骂敌遇害的事,我都不大知道。可是我听说某一部电影里有个杨荫榆,穿着高跟鞋,戴一副长耳环。这使我不禁哑然失笑,很想看看电影里这位姑母是何模样。认识她的人愈来愈少了。也许正因为我和她感情冷漠,我对她的了解倒比较客观。我且尽力追忆,试图为她留下一点比较真实的形象。

我父亲兄弟姊妹共六人。大姑母最大,出嫁不久因肺疾去世。大伯父在武备学校因试炮失事去世。最小的三叔叔留美回国后肺疾去世。二姑母(荫枌)和三姑母都比我父亲小,出嫁后都和夫家断绝了关系,长年住在我家。

听说我的大姑母很美,祖父母十分疼爱。他们认为二姑母三姑母都丑。两位姑母显然从小没人疼爱,也没人理会;姊妹俩也不要好。

我的二姑夫名裘剑岑,是无锡小有名气的"才子",翻译过麦考莱(T. B. Macaulay)的《约翰生传》(*Life of Johnson*)①，这个译本锺书曾读过，说文笔很好。据我父亲讲，二姑母无声无息地和丈夫分离了，错在二姑母。我听姐姐说，二姑母嫌丈夫肺病，夫妇不和。反正二姑母对丈夫毫无感情，也没有孩子，分离后也从无烦恼。她的相貌确也不美。三姑母相貌和二姑母完全不像。我堂姐杨保康曾和三姑母同在美国留学，合照过许多相片，我大姐也曾有几张三姑母的小照，可惜这些照片现在一张都没有了。三姑母皮肤黑黝黝的，双眼皮，眼睛炯炯有神，笑时两嘴角各有个细酒涡，牙也整齐。她脸型不错，比中等身材略高些，虽然不是天足，穿上合适的鞋，也不像小脚娘。我曾注意到她是穿过耳朵的，不过耳垂上的针眼早已结死，我从未见她戴过耳环。她不令人感到美，可是也不能算丑。我听父母闲话中讲起，祖母一次当着三姑母的面，拿着她的一张照片说："瞧她，鼻子向着天。"（她鼻子有上仰的倾向，却不是"鼻灶向天"。）三姑母气呼呼地说："就是你生出来的！就是你生出来的!! 就是你生出来的!!!"当时家里人传为笑谈。我觉得三姑母实在有理由和祖母生气。即使她是个丑女儿，也不该把她嫁给一个低能的"大少爷"。当然，定婚的时候只求门当户对，并不知对方的底细。据我父亲的形容，那位姑爷老嘻着嘴，露出一颗颗紫红的牙肉，嘴角流着哈拉子。三姑母比我父亲小六岁，甲申（一八八四）年生，小名申官。她是我父亲留学日本的时期由祖母之命定亲结婚的。我母亲在娘家听说过那位蒋家的少爷，曾向我祖母反对这门亲事，可是白挨了几句训斥，祖母看重蒋家的门户相当。

---

① 中英对照，在商务印书馆出版的《英文杂志》(*English Student*)第一卷第一期起连载，后由商务出单行本。

我不知道三姑母在蒋家的日子是怎么过的。听说她把那位傻爷的脸皮都抓破了，想必是为自卫。据我大姐转述我母亲的话，她回了娘家就不肯到夫家去。那位婆婆有名的厉害，先是抬轿子来接，然后派老妈子一同来接，三姑母只好硬给接走。可是有一次她死也不肯再回去，结果婆婆亲自上门来接。三姑母对婆婆有几分怕惧，就躲在我母亲的大床帐子后面。那位婆婆不客气，竟闯入我母亲的卧房，把三姑母揪出来。逼到这个地步，三姑母不再示弱，索性撕破了脸，声明她怎么也不再回蒋家。她从此就和夫家断绝了。那位傻爷是独子，有人骂三姑母为"灭门妇"；大概因为她不肯为蒋家生男育女吧？我推算她在蒋家的日子很短，因为她给婆婆揪出来的时候，我父亲还在日本。一九〇二年我父亲回国，在家乡同朋友一起创立理化会，我的二姑母三姑母都参加学习。据说那是最早有男女同学的补习学校；尤其两个姑母都不坐轿子，步行上学，开风气之先。三姑母想必已经离开蒋家了。那时候，她不过十八周岁。

　　三姑母由我父亲资助，在苏州景海女中上学。我亲戚家有一位小姐和她同学。那姑娘有点"着三不着两"，无锡土话称为"开盖"（略似上海人所谓"十三点"，北方人所谓"二百五"）。她和蒋家是隔巷的街坊，可是不知道我三姑母和蒋家的关系，只管对她议论蒋家的新娘子："有什么好看呀！狠巴巴的，小脚鞋子拿来一剁两段。"末一句话全无事实根据。那时候的三姑母还很有幽默，只笑着听她讲，也不点破，也不申辩。过了些时候，那姑娘回家弄清底里，就对三姑母骂自己："开盖货！原来就是你们！"我记得三姑母讲的时候，细酒涡儿一隐一显，乐得不得了。

　　她在景海读了两年左右，就转学到上海务本女中，大概是务本毕业的。我母亲那时曾在务本随班听课。我偶尔听到她们谈起那时

杨绛散文

候的同学，有一位是章太炎夫人汤国梨。三姑母一九○七年左右考得官费到日本留学，在日本东京女子高等师范学校（现"茶水女子大学"的前身）毕业，并获得奖章。我曾见过那枚奖章，是一只别针，不知是金的还是铜的。那是在一九一三年①。她当年就回国了，因为据苏州女师的校史，我三姑母一九一三至一九一四年曾任该校教务主任，然后就到北京工作。

我听父亲说，三姑母的日文是科班出身。日本是个多礼的国家，妇女在家庭生活和社交里的礼节更为繁重；三姑母都很内行。我记得一九二九年左右，苏州市为了青阳地日本租界的事请三姑母和日本人交涉，好像双方对她都很满意。那年春天三姑母和我们姐妹同到青阳地去看樱花，路过一个日本小学校，校内正开运动会。我们在短篱外略一逗留，观看小学生赛跑，不料贵宾台上有人认识三姑母，立即派人把我们一伙人都请上贵宾台。我看见三姑母和那些日本人彼此频频躬身行礼的样儿，觉得自己成了挺胸凸肚的野蛮人。

三姑母一九一四年到北京，大约就是在女高师工作。我五周岁（一九一六年）在女高师附小上一年级，开始能记忆三姑母。她那时是女高师的"学监"，我还是她所喜欢的孩子呢。我记得有一次我们小学生正在饭堂吃饭，她带了几位来宾进饭堂参观。顿时全饭堂肃然，大家都专心吃饭。我背门而坐，饭碗前面掉了好些米粒儿。三姑母走过，附耳说了我一句，我赶紧把米粒儿拣在嘴里吃了。后来我在家听见三姑母和我父亲形容我们那一群小女孩儿，背后看去都和我相像，一个白脖子，两撅小短辫儿；她们看见我拣吃

———————————

① 日本友人中岛碧教授据该校保存的资料查明是1913年。

了米粒儿，一个个都把桌上掉的米粒儿拣来吃了。她讲的时候笑出了细酒涡儿，好像对我们那一群小学生都很喜欢似的。那时候的三姑母还一点不怪僻。

女高师的学生有时带我到大学部去玩。我看见三姑母忙着写字，也没工夫理会我。她们带我打秋千，登得老高，我有点害怕，可是不敢说。有一次她们开恳亲会，演戏三天，一天试演，一天请男宾，一天请女宾，借我去做戏里的花神，把我的牛角小辫儿盘在头顶上，插了满头的花，衣上也贴满金花。又一次开运动会，一个大学生跳绳，叫我钻到她身边像卫星似的绕着她周围转着跳。老师还教我说一套话。运动场很大，我站在场上自觉渺小，细声儿把那套话背了一遍，心上只愁跳绳绊了脚。那天总算跳得不错。事后老师问我："你说了什么话呀？谁都没听见。"

我现在回想，演戏借我做"花神"，运动会叫我和大学生一同表演等等，准是看三姑母的面子。那时候她在校内有威信，学生也喜欢她。我决不信小学生里只我一个配做"花神"，只我一个灵活，会钻在大学生身边围绕着她跳绳。、

一九一八年，三姑母由教育部资送赴美留学。她特叫大姐姐带我上车站送行。大姐姐告诉我，三伯伯最喜欢我。可是我和她从来不亲。我记得张勋复辟时，我家没逃离北京，只在我父亲的一个英国朋友波尔登（Bolton）先生家避居几天。我母亲给我换上新衣，让三姑母带我先到波尔登家去，因为父亲还没下班呢。三姑母和波尔登对坐在他书房里没完没了的说外国话，我垂着短腿坐在旁边椅上，看看天色渐黑，不胜焦急，后来波尔登笑着用北京话对我说："你今天不回家了，住在这里了。"我看看外国人的大菱角胡子，看看三姑母的笑脸，不知他们要怎么摆布我，愁得不可开交，幸亏

父母亲不久带着全家都到了。我总觉得三姑母不是我家的人，她是学校里的人。

那天我跟着大姐到火车站，看见三姑母有好些学生送行。其中有我的老师。一位老师和几个我不认识的大学生哭得抽抽噎噎，使我很惊奇。三姑母站在火车尽头一个小阳台似的地方，也只顾拭泪。火车叫了两声（汽笛声），慢慢开走。三姑母频频挥手，频频拭泪。月台上除了大哭的几人，很多人也在擦眼泪。我虽然早已乘过多次火车，可是我还小，都不记得。那次是我记忆里第一次看到火车，听到"火车叫"。我永远把"火车叫"和哭泣连在一起，觉得那是离别的叫声，听了心上很难受。

我现在回头看，那天也许是我三姑母生平最得意、最可骄傲的一天。她是出国求深造，学成归来，可以大有作为。而且她还有许多喜欢她的人为她依依惜别。据我母亲说，很多学生都送礼留念；那些礼物是三姑母多年来珍藏的纪念品。

三姑母一九二三年回苏州看我父亲的时候，自恨未能读得博士，只得了美国哥伦比亚大学的硕士学位。我父亲笑说："别'博士'了，头发都白了，越读越不合时宜了。"我在旁看见她头上果然有几茎白发。

一九二四年，她做了北京女子师范大学的校长，从此打落下水，成了一条"落水狗"。

我记得她是一九二五年冬天到苏州长住我家的。我们的新屋刚落成，她住在最新的房子里。后园原有三间"旱船"，形似船，大小也相同。新建的"旱船"不在原址，面积也扩大了，是个方厅（苏州人称"花厅"），三面宽廊，靠里一间可充卧房，后面还带个厢房。那前后两间是父亲给三姑母住的。除了她自买的小绿铁床，

回忆我的姑母

家具都现成。三姑母喜欢绿色，可是她全不会布置。我记得阴历除夕前三四天，她买了很长一幅白"十字布"，要我用绿线为她绣上些竹子做帐围。"十字布"上绣花得有"十字"花的图样。我堂兄是绘画老师。他为三姑母画了一幅竹子，上面还有一弯月亮，几只归鸟。我不及把那幅画编成图案，只能把画纸钉在布下，照着画随手绣。"十字布"很厚，我得对着光照照，然后绣几针，很费事。她一定要在春节前绣好，怕我赶不及，扯着那幅长布帮我乱绣，歪歪斜斜，针脚都不刺在格子眼儿里，许多"十"字只是"一"字，我连日成天在她屋里做活儿，大除夕的晚饭前恰好赶完。三姑母很高兴，奖了我一支自来水笔。可惜那支笔写来笔画太粗。背过来写也不行。我倒并不图报，只是看了她那歪歪扭扭的手工不舒服。

她床头挂一把绿色的双剑——一个鞘里有两把剑。我和弟弟妹妹要求她舞剑，她就舞给我们看。那不过是两手各拿一把剑，摆几个姿势，并不像小说里写的一片剑光，不见人影。我看了很失望。那时候，她还算是喜欢我的，我也还没嫌她，只是并不喜欢她，反正和她不亲。

我和二姑母也不亲，但比较接近。二姑母上海启明女校毕业，曾在徐世昌家当过家庭教师，又曾在北京和吉林教书。我家房子还没有全部完工的时候，我曾有一二年和她同睡一屋。她如果高兴，或者我如果问得乖巧，她会告诉我好些有趣的经验。不过她性情孤僻，只顾自己，从不理会旁人。三姑母和她不一样。我记得小时候在北京，三姑母每到我们家总带着一帮朋友，或二三人，或三四人，大伙儿热闹说笑。她不是孤僻的。可是一九二五年冬天她到我们家的时候，她只和我父亲有说不完的话。我旁听不感兴趣，也不大懂，只觉得很烦。她对我母亲或二姑母却没几句话。大概因为我母亲是家庭妇女，不懂她的事，而二姑母和她从来说不到一块儿。她好像愿意和我们孩子亲近，却找不到途径。

有一次我母亲要招待一位年已半老的新娘子。三姑母建议我们孩子开个欢迎会，我做主席致辞，然后送上茶点，同时演个节目助兴。我在学校厌透了这一套，可是不敢违拗，勉强从命。新娘是苏州旧式小姐，觉得莫名其妙，只好勉强敷衍我们。我父亲常取笑三姑母是"大教育家"，我们却不爱受教育，对她敬而远之。

家庭里的细是细非确是"清官难断"，因为往往只是个立场问题。三姑母爱惜新房子和新漆的地板，叫我的弟弟妹妹脱了鞋进屋。她自己是"解放脚"，脱了鞋不好走路，况且她的鞋是干净的。孩子在后园玩，鞋底不免沾些泥土，而孩子穿鞋脱鞋很方便，可是两个弟弟不服，去问父亲："爸爸，到旱船去要脱鞋吗？"我父亲不知底里，只说"不用"。弟弟便嘀咕："爸爸没叫我们脱鞋。她自己不脱，倒叫我们脱！"他们穿着鞋进去，觉得三姑母不欢迎，便干脆不到她那边去了。

三姑母准觉得孩子不如小牲口容易亲近。我父亲爱猫，家里有好几只猫。猫也各有各的性格。我们最不喜欢一只金银眼的纯白猫，因为它见物不见人，最无情；好好儿给它吃东西，它必定作势用爪子一抢而去。我们称它为"强盗猫"。我最小的妹妹杨必是全家的宝贝。她最爱猫，一两岁的时候，如果自个儿一人乖乖地坐着，动都不动，一脸称心满意的样儿，准是身边偎着一只猫。一次她去抚弄"强盗猫"，挨了猫咪一巴掌，鼻子都抓破，气得伤心大哭。从此"强盗猫"成了我们的公敌。三姑母偏偏同情这只金银眼儿，常像抱女儿似的抱着它，代它申诉委屈似的说："咱们顶标致的！"她出门回来，便抱着"强盗猫"说："小可怜儿，给他们

回忆我的姑母

欺负得怎样了?"三姑母就和"强盗猫"同在一个阵营,成了我们的敌人。

三姑母非常敏感,感觉到我们这群孩子对她不友好。也许她以为我是头儿,其实我住宿在校,并未带头,只是站在弟弟妹妹一边。那时大姐在上海教书,三姐病休在家。三姑母不再喜欢我,她喜欢三姐姐了。

一九二七年冬,三姐订婚,三姑母是媒人。她一片高兴,要打扮"新娘"。可是三姑母和二姑母一样,从来不会打扮。我母亲是好皮肤,不用脂粉,也不许女儿搽脂抹粉。我们姐妹没有化妆品,只用甘油搽手搽脸。我和三姐刚刚先后剪掉辫子,姐妹俩互相理发,各剪个童化头,出门换上"出客衣服",便是打扮了。但订婚也算个典礼,并在花园饭店备有酒席。订婚礼前夕,三姑母和二姑母都很兴头,要另式另样地打扮三姐。三姑母一手拿一支簪子,一手拿个梳子,把三姐的头发挑过来又梳过去,挑出种种几何形(三姑母是爱好数理的):正方形、长方形、扁方形、正圆形、椭圆形,还真来个三角形,末了又饶上一个桃儿形,好像要梳小辫儿似的。挑了半天也不知怎么办。二姑母拿着一把剪子把三姐的头发修了又修,越修越短。三姐乖乖地随她们摆布,毫不抗议。我母亲也不来干涉,只我站在旁边干着急。姐姐的头发实在给剪得太短了;梳一梳,一根根直往上翘。还亏二姑母花样多。当时流行用黑色闪光小珠子钉在衣裙的边上,或穿织成手提袋。二姑母教我们用细铜丝把小黑珠子穿成一个花箍,箍在发上。幸亏是三姐,怎么样儿打扮都行。她戴上珠箍,还顶漂亮。

三姐结婚,婚礼在我家举行,新房也暂设我家。因为姐夫在上海还没找妥房子。铺新床按老规矩得请"十全"的"吉利人",像

110

杨绛散文

我两位姑母那样的"畸零人"得回避些。我家没有这种忌讳。她们俩大概由于自己的身世，对那新房看不顺眼，进去就大说倒霉话。二姑母说窗帘上的花纹像一滴滴眼泪。三姑母说新床那么讲究，将来出卖值钱。事后我母亲笑笑说："她们算是怄我生气的。"

我母亲向来不尖锐，她对人事的反应总是慢悠悠的。如有谁当面损她，她好像不知不觉，事后才笑说："她算是骂我的。"她不会及时反击，事后也不计较。

我母亲最怜悯三姑母早年嫁傻子的遭遇，也最佩服她"个人奋斗"的能力。我有时听到父母亲议论两个姑母。父亲说："籹官（二姑母的小名）'莫知莫觉'（指对人漠无感情），申官'细腻恶心'（指多心眼儿）。"母亲只说二姑母"独幅心思"，却为三姑母辩护，说她其实是贤妻良母，只为一辈子不得意，变成了那样儿。我猜想三姑母从蒋家回娘家的时候，大约和我母亲比较亲密。她们在务本女中也算是同过学。我觉得母亲特别纵容三姑母。三姑母要做衬衣——她衬衣全破了，我母亲怕裁缝做得慢，为她买了料子，亲自裁好，在缝衣机上很快地给赶出来。三姑母好像那是应该的，还嫌好道坏。她想吃什么菜，只要开一声口，母亲特地为她下厨。菜端上桌，母亲说，这是三伯伯要吃的，我们孩子从不下筷。我母亲往往是末后一个坐下吃饭，也末后一个吃完；她吃得少而慢。有几次三姑母饭后故意回到饭间去看看，母亲忽然聪明说："她来看我吃什么好菜呢。"说着不禁笑了，因为她吃的不过是剩菜。可是她也并不介意。

我们孩子总觉得两个姑母太自私也太自大了。家务事她们从不过问。三姑母更有一套道理。她说，如果自己动手抹两回桌子，她们(指女佣)就成了规矩，从此不给抹了。我家佣人总因为"姑太

111

太难伺候"而辞去，所以我家经常换人。这又给我母亲添造麻烦。我们孩子就嘀嘀咕咕，母亲听见了就要训斥我们："老小（小孩子）勿要刻薄。"有一次，我嘀咕说，三姑母欺负我母亲。母亲一本正经对我说："你倒想想，她，怎么能欺负我？"当然这话很对。我母亲是一家之主（父亲全听她的），三姑母只是寄居我家。可是我和弟弟妹妹心上总不服气。

有一次，我们买了一大包烫手的糖炒热栗子。我母亲吃什么都不热心，好的要留给别人吃，不好的她也不贪吃，可是对这东西却还爱吃。我们剥到软而润的，就偷偷儿揣在衣袋里。大家不约而同的"打偏手"，一会儿把大包栗子吃完。二姑母并没在意，三姑母却精细，她说："这么大一包呢，怎么一会儿就吃光了？"我们都呆着脸。等两个姑母回房，我们各掏出一把最好的栗子献给母亲吃。母亲责备了我们几句，不过责备得很温和。她只略吃几颗，我们乐呵呵地把剩下的都吃了，绝没有为三姑母着想。她准觉得吃几颗栗子，我们都联着帮挤她。我母亲训我们的话实在没错，我们确是刻薄了，只觉得我们好好一个家，就多了这两个姑母。而在她们看来，哥哥的家就是她们自己的家，只觉得这群侄儿女太骄纵，远不像她们自己的童年时候了。

二姑母自己会消遣，很自得其乐。她独住一个小院，很清静。她或学字学画，或读诗看小说，或做活儿，或在后园拔草种花。她有方法把鸡冠花夹道种成齐齐两排，一棵棵都杆儿矮壮，花儿肥厚，颜色各各不同，有洋红、橘黄、苹果绿等等。她是我父亲所谓"最没有烦恼的人"。

三姑母正相反。她没有这种闲情逸致，也不会自己娱乐。有时她爱看个电影，不愿一人出去，就带着我们一群孩子，可是只给我们买半票。转眼我十七八岁，都在苏州东吴大学上学了，她还给买半票。大弟长得高，七妹小我五岁，却和我看似双生。这又是三姑母买半票的一个理由，她说我们只是一群孩子。我们宁可自己买票，但是不敢说。电影演到半中间，查票员命令我们补票，三姑母就和他争。我们都窘得很，不愿跟她出去，尤其是我。她又喜欢听说书。我家没人爱"听书"，父亲甚至笑她"低级趣味"。苏州有些人家请一个说书的天天到家里来说书，并招待亲友听书。有时一两家合请一个说书的，轮流做东。三姑母就常到相识的人家去听书。有些联合做东的人家并不欢迎她，她也不觉得，或是不理会。她喜欢赶热闹。

她好像有很多活动，可是我记不清她做什么工作。一九二七年左右她在苏州女师任教。一九二九年，苏州东吴大学聘请她教日语，她欣然应聘，还在女生宿舍要了一间房，每周在学校住几天。那时候她养着几只猫和一只小狗；狗和猫合不到一处，就把小狗放在宿舍里。这可激怒了全宿舍的女学生，因为她自己回家了，却把小狗锁在屋里。狗汪汪地叫个不停，闹得四邻学生课后不能在宿舍里温习功课，晚上也不得安静。寒假前大考的时候，有一晚大雪之后，她叫我带她的小狗出去，给它"把屎"。幸亏我不是个"抱佛脚"的，可是我实在不知道怎样"把屎"，只牵着狗在雪地里转了两圈，回去老实说小狗没拉屎。三姑母很不满意，忍住了没说我。管女生的舍监是个美国老姑娘，她到学期终了，请我转告三姑母：宿舍里不便养狗。也许我应该叫她自己和我姑母打交道，可是我觉得这话说不出口。我不记得自己是怎样传话的，反正三姑母很恼火，把怨毒都结在我身上，而把所传的话置之不理。春季开学不久，她那只狗就给人毒死了。

不久学校里出了一件事。大学附中一位美国老师带领一队学生到黑龙潭（一个风景区）春游，事先千叮万嘱不许下潭游泳，因为水深湍急，非常危险。有个学生偷偷跳下水去，给卷入急湍。老师得知，立即跳下水去营救。据潭边目击的学生说：老师揪住溺者，被溺者拖下水去；老师猛力挣脱溺者，再去捞他，水里出没几回，没有捞到，最后力竭不支，只好挣扎上岸。那孩子就淹死了。那位老师是个很老实的人，他流涕自责没尽责任，在生死关头一刹那间，他想到了自己的妻子儿女，没有舍生忘死。当时舆论认为老师已经尽了责任，即使赔掉性命，也没法救起溺者。校方为这事召开了校务会议，想必是商量怎样向溺者家长交代。参与会议的大多是洋人，校方器重三姑母，也请她参加了。三姑母在会上却责怪那位老师没舍命相救，会后又自觉失言。舍生忘死，只能要求自己，不能责求旁人；校方把她当自己人，才请她参与会议，商量办法，没要她去苛责那位惶恐自愧的老师。

　　她懊悔无及，就想请校委会的人吃一顿饭，大概是表示歉意。她在请客前一天告诉我母亲"明天要备一桌酒"，在我家请客；她已约下了客人。一桌酒是好办的，可是招待外宾，我家不够标准。我们的大厅高大，栋梁间的积尘平日打扫不到，后园也不够整洁。幸亏我母亲人缘好，她找到本巷"地头蛇"，立即雇来一群年富力强的小伙子，只半天工夫便把房子前前后后打扫干净。一群洋客人到了我家，对我父母大夸我；回校又对我大夸我家。我觉得他们和三姑母的关系好像由紧张又缓和下来。

　　三姑母请客是星期六，客散后我才回家，走过大厅后轩，看见她一人在厅上兜兜转，嘴里喃喃自骂："死开盖！""开盖货！"骂得咬牙切齿。我进去把所见告诉母亲。母亲叹气说："嘻！我叫她

114

杨绛散文

请最贵的，她不听。"原来三姑母又嫌菜不好，简慢了客人。其实酒席上偶有几个菜不如人意，也是小事。说错话、做错事更是人之常情，值不当那么懊恼。我现在回头看，才了解我当时看到的是一个伤残的心灵。她好像不知道人世间有同情，有原谅，只觉得人人都盯着责备她，人人都嫌弃她，而她又老是那么"开盖"。

学校里接着又出一件事。有个大学四年级的学生自称"怪物"，有意干些怪事招人注意。他穿上戏里纨绔少爷的花缎袍子，镶边马褂，戴着个红结子的瓜皮帽，跑到街上去挑粪；或叫洋车夫坐在洋车上，他拉着车在闹市跑。然后又招出一个"二怪物"。"大怪物"和大学的门房交了朋友，一同拉胡琴唱戏。他违犯校规，经常夜里溜出校门，半夜门房偷偷放他进校。学校就把"大怪物"连同门房一起开除。三姑母很可能吃了"怪物"灌她的"米汤"而对这"怪物"有好感，她认为年轻人胡闹不足怪，四年级开除学籍就影响这个青年的一辈子。她和学校意见不合，就此辞职了。

那时我大弟得了肺结核症。三姑母也许是怕传染，也许是事出偶然，她"典"①了一个大花园里的两座房屋，一座她已经出租，另一座楠木楼留着自己住。我母亲为大弟的病求医问药忙得失魂落魄，却还为三姑母置备了一切日常用具，而且细心周到，还为她备了煤油炉和一箱煤油。三姑母搬入新居那天，母亲命令我们姐妹和小弟弟大伙儿都换上漂亮的衣服送搬家。我认为送搬家也许得帮忙，不懂为什么要换漂亮衣裳。三姑母典的房子在娄门城墙边，地方很偏僻。听说原来的园主为建造那个花园惨淡经营，未及竣工，

---

① 即活买，期满卖主可用原价赎回。

他已病危，勉强坐了轿子在园内游览一遍便归天去了。花园确还像个花园，有亭台楼阁，有假山，有荷池，还有个湖心亭，有一座九曲桥。园内苍松翠柏各有姿致，相形之下，才知道我们后园的树木多么平庸。我们回家后，母亲才向我们讲明道理。三姑母是个孤独的人，脾气又坏——她和管园产的经纪人已经吵过两架，所以我们得给她装装场面，让人家知道她亲人不少，而且也不是贫寒的。否则她在那种偏僻的地方会受欺，甚至受害。

三姑母搬出后，我们才知道她搬家也许还是"怪物"促成的。他介绍自己的一个亲戚叫"黄少奶"为三姑母管理家务。三姑母早已买下一辆包车，又雇了一个车夫，一个女佣，再加有人管家，就可以自立门户了。她竭力要拼凑一个像样的家，还问我大伯母要了一个孙女儿。她很爱那个孩子，孩子也天真可爱，可是一经她精心教育，孩子变成了一个懂事的小养媳妇儿。不巧我婶母偶到三姑母家去住了一夜，便向大伯母诉说三姑母家的情况，还说孩子瘦了。大伯母舍不得，忙把孩子讨回去。

三姑母家的女佣总用不长，后来"黄少奶"也辞了她。我母亲为她置备的煤油炉成了她的要紧用具。她没有女佣，就坐了包车到我家来吃饭。那时候我大弟已经去世。她常在我们晚饭后乘凉的时候，忽然带着车夫来吃晚饭。天热，当时还没有冷藏设备，厨房里怕剩饭剩菜馊掉，尽量吃个精光。她来了，母亲得设法安排两个人的饭食。时常特地为她留着晚饭，她又不来，东西都馊掉。她从不肯事先来个电话，仿佛故意捣乱。所以她来了，我和弟弟妹妹在后园躲在花木深处，黑地里装作不知道。大姐姐最识体，总是她敷衍三姑母，陪她说话。

她不会照顾自己，生了病就打电话叫我母亲去看她。母亲带了

　　　　　　　杨绛散文

大姐姐同去伺候，还得包半天的车，因为她那里偏僻，车夫不肯等待，附近也叫不到车。一次母亲劝她搬回来住，她病中也同意，可是等我母亲作好种种准备去接她，她又变卦了。她是好动的，喜欢坐着包车随意出去串门。我们家的大门虽然有六扇，日常只开中间两扇。她那辆包车特大，门里走不进——只差两分，可是门不能扩大，车也不能削小。她要是回我们家住，她那辆车就没处可放。

她有个相识的人善"灌米汤"，常请她吃饭，她很高兴，不知道那人请饭不是白请的。他陆续问我三姑母借了好多钱，造了新房子，前面还有个小小的花园。三姑母要他还钱的时候，他就推委不还，有一次晚上三姑母到他家去讨债，那人灭了电灯，放狗出来咬她。三姑母吃了亏，先还不肯对我父母亲讲，大概是自愧喝了"米汤"上当，后来忍不住才讲出来的。

她在一个中学教英文和数学，同时好像在创办一个中学叫"二乐"，我不大清楚。我假期回家，她就抓我替她改大叠的考卷；瞧我改得快，就说，"到底年轻人做事快"，每学期的考卷都叫我改。她嫌理发店脏，又抓我给她理发。父亲常悄悄对我说："你的好买卖来了。"三姑母知道父亲袒护我，就越发不喜欢我，我也越发不喜欢她。

一九三五年夏天我结婚，三姑母来吃喜酒，穿了一身白夏布的衣裙和白皮鞋。贺客诧怪，以为她披麻戴孝来了。我倒认为她不过是一般所谓"怪僻"。一九二九年她初到东吴教课，做了那一套细夏布的衣裙，穿了还是很"帅"的。可是多少年过去了，她大概没有添做过新衣。我母亲为我大弟的病、大弟的死、接下父亲又病，没心思顾她。她从来不会打扮自己，也瞧不起女人打扮。

我记得那时候她已经在盘门城河边买了一小块地，找匠人盖了

117

几间屋。不久她退掉典来的花园房子，搬入新居。我在国外，她的情况都是大姐姐后来告诉我的。日寇侵占苏州，我父母带了两个姑母一同逃到香山暂住。香山沦陷前夕，我母亲病危，两个姑母往别处逃避，就和我父母分手了。我母亲去世后，父亲带着我的姐姐妹妹逃回苏州，两个姑母过些时也回到苏州，各回自己的家（二姑母已抱了一个不认识的孩子做孙女，自己买了房子）。三姑母住在盘门，四邻是小户人家，都深受敌军的蹂躏。据那里的传闻，三姑母不止一次跑去见日本军官，责备他纵容部下奸淫掳掠。军官就勒令他部下的兵退还他们从三姑母四邻抢到的财物。街坊上的妇女怕日本兵挨户找"花姑娘"，都躲到三姑母家里去。一九三八年一月一日，两个日本兵到三姑母家去，不知用什么话哄她出门，走到一座桥顶上，一个兵就向她开一枪，另一个就把她抛入河里。他们发现三姑母还在游泳，就连发几枪，看见河水泛红，才扬长而去。邻近为她造房子的一个木工把水里捞出来的遗体入殓。棺木太薄，不管用，家属领尸的时候，已不能更换棺材，也没有现成的特大棺材可以套在外面，只好赶紧在棺外加钉一层厚厚的木板。

一九三九年我母亲安葬灵岩山的绣谷公墓。二姑母也在那公墓为三姑母和她自己合买一块墓地。三姑母和我母亲是同日下葬的。我看见母亲的棺材后面跟着三姑母的奇模怪样的棺材，那些木板是仓卒间合上的，来不及刨光，也不能上漆。那具棺材，好像象征了三姑母坎坷别扭的一辈子。

我母亲曾说："三伯伯其实是贤妻良母。"我父亲只说："申官如果嫁了一个好丈夫，她是个贤妻良母。"我觉得父亲下面半句话没说出来。她脱离蒋家的时候还很年轻，尽可以再嫁人。可是据我所见，她挣脱了封建制度的桎梏，就不屑做什么贤妻良母。她好像忘了自己是女人，对恋爱和结婚全不在念。她跳出家庭，就一心投身社会，指望有所作为。她留美回国，做了女师大的校长，大约也自信能有所作为。可是她多年在国外埋头苦读，没看见国内的革命潮流；她不能理解当前的时势，她也没看清自己所处的地位。如今她已作古人；提及她而骂她的人还不少，记得她而知道她的人已不多了。

一九八三年发表

老 王

　　我常坐老王的三轮。他登，我坐，一路上我们说着闲话。

　　据老王自己讲：北京解放后，登三轮的都组织起来；那时候他"脑袋慢""没绕过来""晚了一步"，就"进不去了"。他感叹自己"人老了，没用了"。老王常有失群落伍的惶恐，因为他是单干户。他靠着活命的只是一辆破旧的三轮车。他有个哥哥死了，有两个侄儿"没出息"，此外就没什么亲人。

　　老王不仅老，他只有一只眼，另一只是"田螺眼"，瞎的。乘客不愿坐他的车，怕他看不清，撞了什么。有人说，这老光棍大约年轻时候不老实，害了什么恶病，瞎掉一只眼。他那只好眼也有病，天黑了就看不见。有一次，他撞在电杆上，撞得半面肿胀，又青又紫。那时候我们在干校，我女儿说他是夜盲症，给他吃了大瓶的鱼肝油，晚上就看得见了。他也许是从小营养不良而瞎了一眼，也许是得了恶病，反正同是不幸，而后者该是更深的不幸。

　　有一天傍晚，我们夫妇散步，经过一个荒僻的小胡同，看见一个破破落落的大院，里面有几间塌败的小屋；老王正登着他那辆三轮进大院去。后来我坐着老王的车和他闲聊的时候，问起那里是不是他的家。他说，住那儿多年了。

　　有一年夏天，老王给我们楼下人家送冰，愿意给我们家带送，车费减半。我们当然不要他减半收费。每天清晨，老王抱着冰上三楼，代我们放入冰箱。他送的冰比他前任送的大一倍，冰价相等。

杨绛散文

胡同口登三轮的我们大多熟识，老王是其中最老实的。他从没看透我们是好欺负的主顾，他大概压根儿没想到这点。

"文化大革命"开始，默存不知怎么的一条腿走不得路了。我代他请了假，烦老王送他上医院。我自己不敢乘三轮，挤公共汽车到医院门口等待。老王帮我把默存扶下车，却坚决不肯拿钱。他说："我送钱先生看病，不要钱。"我一定要给钱，他哑着嗓子悄悄问我："你还有钱吗？"我笑说有钱，他拿了钱却还不大放心。

我们从干校回来，载客三轮都取缔了。老王只好把他那辆三轮改成运货的平板三轮。他并没有力气运送什么货物。幸亏有一位老先生愿把自己降格为"货"，让老王运送。老王欣然在三轮平板的周围装上半寸高的边缘，好像有了这半寸边缘，乘客就围住了不会掉落。我问老王凭这位主顾，是否能维持生活。他说可以凑合。可是过些时老王病了，不知什么病，花钱吃了不知什么药，总不见好。开始几个月他还能扶病到我家来，以后只好托他同院的老李来代他传话了。

有一天，我在家听到打门，开门看见老王直僵僵地镶嵌在门框里。往常他坐在登三轮的座上，或抱着冰伛着身子进我家来，不显得那么高。也许他平时不那么瘦，也不那么直僵僵的。他面色死灰，两只眼上都结着一层翳，分不清哪一只瞎、哪一只不瞎。说得可笑些，他简直像棺材里倒出来的，就像我想象里的僵尸，骷髅上绷着一层枯黄的干皮，打上一棍就会散成一堆白骨。我吃惊说："啊呀，老王，你好些了吗？"

他"嗯"了一声，直着脚往里走，对我伸出两手。他一手提着个瓶子，一手提着一包东西。

老 王

我忙去接。瓶子里是香油，包裹里是鸡蛋。我记不清是十个还是二十个，因为在我记忆里多得数不完。我也记不起他是怎么说的，反正意思很明白，那是他送我们的。

　　我强笑说："老王，这么新鲜的大鸡蛋，都给我们吃？"

　　他只说："我不吃。"

　　我谢了他的好香油，谢了他的大鸡蛋，然后转身进屋去。他赶忙止住我说："我不是要钱。"

　　我也赶忙解释："我知道，我知道——不过你既然来了，就免得托人捎了。"

　　他也许觉得我这话有理，站着等我。

　　我把他包鸡蛋的一方灰不灰、蓝不蓝的方格子破布叠好还他。他一手拿着布，一手攥着钱，滞笨地转过身子。我忙去给他开了门，站在楼梯口，看他直着脚一级一级下楼去，直担心他半楼梯摔倒。等到听不见脚步声，我回屋才感到抱歉，没请他坐坐喝口茶水。可是我害怕得糊涂了。那直僵僵的身体好像不能坐，稍一弯曲就会散成一堆骨头。我不能想象他是怎么回家的。

　　过了十多天，我碰见老王同院的老李。我问："老王怎么了？好些没有？"

　　"早埋了。"

　　"呀，他什么时候……"

　　"什么时候死的？就是到您那儿的第二天。"

　　他还讲老王身上缠了多少尺全新的白布——因为老王是回民，埋在什么沟里。我也不懂，没多问。

　　我回家看着还没动用的那瓶香油和没吃完的鸡蛋，一再追忆老王和我对答的话，琢磨他是否知道我领受他的谢意。我想他是知道的。但不知为什么，每想起老王，总觉得心上不安。因为吃了他的香油和鸡蛋？因为他来表示感谢，我却拿钱去侮辱他？都不是。几年过去了，我渐渐明白：那是一个幸运的人对一个不幸者的愧怍。

一九八四年三月

林 奶 奶

　　林奶奶小我三岁，今年七十。十七年前，"文化大革命"的第二年，她忽到我家打门，问我用不用人。我说："不请人了，家务事自己都能干。"她叹气说："您自己都能，可我们吃什么饭呀？"她介绍自己是"给家家儿洗衣服的"。我就请她每星期来洗一次衣服。据我后来知道，她的"家家儿"包括很多人家。当时大家对保姆有戒心。有人只为保姆的一张大字报就给揪出来扫街的。林奶奶大咧咧的不理红卫兵的茬儿。她不肯胡说东家的坏话，大嚷"那哪儿成！我不能瞎说呀！"许多人家不敢找保姆，就请林奶奶去做零工。

　　我问林奶奶："干吗帮那么多人家？集中两三家，活儿不轻省些吗？"她说做零工"活着些"。这就是说：自由些，或主动些；干活儿瞧她高兴，不合意可以不干。比如说吧，某太太特难伺候，林奶奶白卖力气不讨好，反招了一顿没趣，气得她当场左右开弓，打了自己两个嘴巴子。这倒像旧式妇女不能打妯娌的孩子的屁股，就打自己孩子的屁股。不过林奶奶却是认真责怪自己。据说那位太太曾在林奶奶干活儿的时候，把钟拨慢"十好几分钟"（林奶奶是论时计工资的），和这种太太打什么交道呢！林奶奶和另一位太太也闹过别扭。她在那家院子里洗衣服。雨后满院积水。那家的孩子故意把污水往林奶奶身上溅。孩子的妈正在院子里站着，林奶奶跑去告状，那位太太不耐烦，一扭脖子说："活该！"气得林奶奶蹲下身掬起污水就往那位太太身上泼。我听了忍不住笑说："活该了!"不过林奶奶既然干了那一行,委屈是家常便饭,她一般是吃在肚里就罢了,并不随便告诉人。她有原则:不搬嘴弄舌。

她倒是不怕没主顾,因为她干活儿认真,衣服洗得干净;如果经手买什么东西,分文也不肯沾人家的便宜。也许她称得上"清介""耿直"等美名,不过这种辞儿一般不用在渺小的人物身上。人家只说她"人靠得住,脾气可倔"。

她为了自卫,有时候像好斗的公鸡。一次我偶在胡同里碰见她端着一只空碗去打醋,我们俩就说着话同走。忽有个小学生闯过,把她的碗撞落地下,砸了。林奶奶一把揪住那孩子破口大骂。我说:"孩子不是故意,碗砸了我赔你两只。"我又叫孩子向她道歉。她这才松了手气呼呼地跟我回家。我说:"干吗生这么大气?"她说孩子们尽跟她捣乱。

那个孩子虽不是故意,林奶奶的话却是真的。也许因为她穿得太破烂肮脏,像个叫化婆子。我猜想她年轻的时候相貌身材都不错呢。老来倒眉塌眼,有一副可怜相,可是笑起来还是和善可爱。她天天哈着腰坐在小矮凳上洗衣,一年来,一年去,背渐渐地弯得不肯再直,不到六十已经驼背;身上虽瘦,肚皮却大。其实那是虚有其表。只要掀开她的大襟,就知道衣下鼓鼓囊囊一大嘟噜是倒垂的裤腰。她系一条红裤带,六七寸高的裤腰有几层,有的往左歪,有的往右歪,有的往下倒。一重重的衣服都有小襟,小襟上都钉着口袋,一个、两个或三个:上一个,下一个,反面再一个,大小不等,颜色各别。衣袋深处装着她的家当:布票,粮票,油票,一角二角或一元二元或五元十元的钱。她分别放开,当然都有计较。我若给她些什么,得在她的袋口别上一二支大别针,或三支小的,才保住东西不外掉。

林奶奶

我曾问起她家的情况。林奶奶叙事全按古希腊悲剧的"从半中间起";用的代名词很省,一个"他"字,同时代替男女老少不知多少人。我越听越糊涂,事情越问越复杂,只好"不求甚解"。比如她说:"我们穷人家嘛,没钱娶媳妇儿,他哥儿俩吧,就合有一个嫂子。"我不知是同时还是先后合娶一个嫂子——好像是先后。我也不知"哥儿俩"是她的谁,反正不是她的丈夫,因为她只嫁过一个丈夫,早死了,她是青年守寡的。她伺候婆婆好多年,听她口气,对婆婆很有情谊。她有一子一女,都已成家。她把儿子栽培到高中毕业。女儿呢,据说是"他嫂子的,四岁没了妈,吃我的奶。"死了的嫂子大概是她的妯娌。她另外还有嫂子,不知是否"哥儿俩"合娶的,她曾托那嫂子给我做过一双棉鞋。

　　林奶奶得意扬扬抱了那双棉鞋来送我,一再强调鞋是按着我脚寸特制的。我恍惚记起她曾哄我让她量过脚寸。可是那双棉鞋显然是男鞋的尺码。我谢了她,领下礼物,等她走了,就让给默存穿。想不到非但他穿不下,连阿圆都穿不下。我自己一试,恰恰一脚,真是按着我脚寸特制的呢!那位嫂子准也按着林奶奶的嘱咐,把棉花絮得厚厚的,比平常的棉鞋厚三五倍不止。簇新的白布包底,用麻线纳得密密麻麻,比牛皮底还硬。我双脚穿上新鞋,就像猩猩穿上木屐,行动不得;稳重地站着,两脚和大象的脚一样肥硕。

　　林奶奶老家在郊区,她在城里做零工,活儿重些,工钱却多,而且她白天黑夜地干,身上穿的是破烂,吃的像猪食。她婆婆已经去世,儿女都已成家,多年省吃俭用,攒下钱在城里置了一所房子,花一二千块钱呢。恰逢"文化大革命",林奶奶赶紧把房"献"了。她深悔置房子"千不该、万不该",却塌眉倒眼地笑着用中间三个指头点着胸口说:"我成了地主资本家!我!我!!"我说："放心，房子早晚会还你，至少折了价还。"不过我问她："你想吃瓦片儿吗？"她不答理，只说"您不懂"，她自有她的道理。

我干校回来，房管处已经把她置的那所房子拆掉，另赔了一间房给她——新盖的，很小，我去看过，里面还有个自来水龙头，只是没有下水道。林奶奶指着窗外的院子和旁边两间房说："他住那边。""他"指拆房子又盖房子的人，好像是个管房子的，林奶奶称为"街坊"。她指着"街坊"门前大堆木材说："那是我的，都给他偷了。"她和"街坊"为那堆木材成了冤家。所以林奶奶不走前院，却从自己房间直通街道的小门出入。

她曾邀一个亲戚同住，彼此照顾。这就是林奶奶的长远打算。她和我讲："我死倒不怕，"——吃苦受累当然也不怕，她一辈子不就是吃苦受累吗？她说，"我就怕老来病了，半死不活，给撂在炕上，叫人没人理，叫天天不应。我眼看着两代亲人受这个罪了……人说'长病没孝子'……孝子都不行呢……"她不说自己没有孝子，只叹气说"还是女儿好"。不过在她心目中，女儿当然也不能充孝子。

她和那个亲戚相处得不错，只是房间太小，两人住太挤。她屋里堆着许多破破烂烂的东西，还摆着一大排花盆——林奶奶爱养花，破瓷盆、破瓦盆都种着鲜花。那个亲戚住了些时候有事走了，我怀疑她不过是图方便；难道她真打算老来和林奶奶做伴儿？林奶奶指望安顿亲友的另两间房里，住的是与她为仇的"街坊"。

那年冬天，林奶奶穿着个破皮背心到我家来，要把皮背心寄放我家。我说："这天气，皮背心正是穿的时候，藏起来干吗？"她说："怕人偷了。"我知道她指谁，忍不住说："别神经了，谁要你这件破皮背心呀！"她气呼呼地含忍了一会儿，咕哝说："别人我还不放心呢。"我听了忽然聪明起来。我说："哦，林奶奶，里面藏着宝吧？"她有气，可也笑了，还带几分被人识破的不好意思。我说："怪道你这件背心鼓鼓囊囊的。把你的宝贝掏出来给我，背心你穿上，不好吗？"她大为高兴，立即要了一把剪子，拆开背心，从皮板子上揭下一张张存款单。我把存单的账号、款项、存期等一一登记，封成一包，藏在她认为最妥善的地方。林奶奶切切叮嘱我别告诉人，她穿上背心，放心满意而去。

可是日常和仇人做街坊，林奶奶总是放心不下。她不知怎么丢失了二十块钱，怀疑"街坊"偷了。也许她对谁说了什么话，或是在自己屋里嘟囔，给"街坊"知道了。那"街坊"大清早等候林奶奶出门，赶上去狠狠地打了她两巴掌，骑车跑了。林奶奶气得几乎发疯。我虽然安慰了她，却埋怨她说："准是你上厕所掉茅坑里了，怎能平白冤人家偷你的钱呢？"林奶奶信我的话，点头说："大概是掉茅坑里了。"她是个孤独的人，多心眼儿当然难免。

我的旧保姆回北京后，林奶奶已不在我家洗衣，不过常来我家做客。她挨了那两下耳光，也许觉得孤身住在城里不是个了局。她换了调子，说自己的"儿子好了"。连着几年，她为儿子买砖、买瓦、买木材，为他盖新屋。是她儿子因为要盖新屋，所以"好了"；还是因为他"好了"，所以林奶奶要为他盖新屋？外人很难分辨，反正是同一回事吧？我只说："林奶奶，你还要盖房子啊？"她向我解释："老来总得有个窝儿呀。"她有心眼儿，早和儿子讲明："新房子的套间——预定她住的一间，得另开一门。"这样呢，她单独有个出入的门，将来病倒在炕上，村里的亲戚朋友经常能去看看她，她的钱反正存在妥当的地方呢，她不至于落在儿子、儿媳妇手里。

一天晚上，林奶奶忽来看我，说"明儿一早要下乡和儿子吵架去"。她有一二百元银行存单，她儿子不让取钱。儿子是公社会计，取钱得经他的手。我教林奶奶试到城里储蓄所去转期，因为郊区的储蓄所同属北京市。我为她策划了半天，她才支支吾吾吐出真情。原来新房子已经盖好了。她讲明要另开一门，她儿子却不肯为她另开一门。她这回不是去捞回那一二百块钱，却是借这笔钱逼儿子在新墙上开个门。我问："你儿子肯吗？"她说："他就是不肯！"我说："那么，你老来还和他同住？"她发狠说："非要他开那个门不可。"我再三劝她别再白怄气，她嘴里答应，可是显然早已打定主意。

　　她回乡去和儿子大吵，给儿媳妇推倒在地，骑在她身上狠狠地揍了一顿，听说腰都打折了。不过这都只是传闻。林奶奶见了我一句没说，因为不敢承认自己没听我的话。她只告诉我经公社调停，捞回了那一小笔存款。我见她没打伤，也就没问。

　　林奶奶的背越来越驼，干活儿也没多少力气了。幸亏街道上照顾她的不止一家。她又旧调重弹"还是女儿好"。她也许怕女儿以为她的钱都花在儿子身上了，所以告诉了女儿自己还有多少存款。从此以后，林奶奶多年没有动用的存款，不久就陆续花得只剩了一点点。原来她又在为女儿盖新屋。我末了一次见她，她的背已经弯成九十度。翻开她的大襟，小襟上一只只口袋差不多都是空的，上面却别着大大小小不少别针。不久林奶奶就病倒了，不知什么病，吐黑水——血水变黑的水。街道上把她送进医院，儿子得信立即赶来，女儿却不肯来。医院的大夫说，病人已没有指望，还是拉到乡下去吧。儿子回乡找车，林奶奶没等车来，当晚就死了。我相信这是林奶奶生平最幸运的事。显然她一辈子的防备都是多余了。

林奶奶死后女儿也到了，可是不肯为死人穿衣，因为害怕。她说："她又不是我妈，她不过是我的大妈。我还恨她呢。我十四岁叫我做童养媳，嫁个傻子，生了一大堆傻子……"（我见过两个并不傻，不过听说有一个是"缺心眼儿"的）。女儿和儿子领取了妈妈的遗产：存款所余无几，但是城里的房产听说落实了。据那位女儿说，他们乡间的生活现在好得很了，家家都有新房子，还有新家具，大立柜之类谁家都有，林奶奶的破家具只配当劈柴烧了。

林奶奶火化以后，她娘家人坚持办丧事得摆酒，所以热热闹闹请了二十桌。散席以后，她儿子回家睡觉，忽发现锅里蟠着两条三尺多长、满身红绿斑纹的蛇。街坊听到惊叫，赶来帮着打蛇。可是那位儿子忙拦住说"别打，别打"，广开大门，把蛇放走。林奶奶的丧事如此结束。

锅里蟠两条蛇，也不知谁恶作剧；不过，倒真有点像林奶奶干的。

一九八四年四月

记钱锺书与《围城》

　　自从一九八〇年《围城》在国内重印以来，我经常看到锺书对来信和登门的读者表示歉意：或是诚诚恳恳地奉劝别研究什么《围城》；或客客气气地推说"无可奉告"；或者竟是既欠礼貌又不讲情理的拒绝。一次我听他在电话里对一位求见的英国女士说："假如你吃了个鸡蛋觉得不错，何必认识那下蛋的母鸡呢？"我直担心他冲撞人。胡乔木同志偶曾建议我写一篇《钱锺书与〈围城〉》。我确也手痒，但以我的身份，容易写成锺书所谓"亡夫行述"之类的文章。不过我既不称赞，也不批评，只据事纪实；锺书读后也承认没有失真。这篇文章原是朱正同志所编《骆驼丛书》中的一册，也许能供《围城》的偏爱者参考之用。

一九八五年十二月

一　钱锺书写《围城》

钱锺书在《围城》的序里说，这本书是他"锱铢积累"写成的。我是"锱铢积累"读完的。每天晚上，他把写成的稿子给我看，急切地瞧我怎样反应。我笑，他也笑；我大笑，他也大笑。有时我放下稿子，和他相对大笑，因为笑的不仅是书上的事，还有书外的事。我不用说明笑什么，反正彼此心照不宣。然后他就告诉我下一段打算写什么，我就急切地等着看他怎么写。他平均每天写五百字左右。他给我看的是定稿，不再改动。后来他对这部小说以及其它"少作"都不满意，恨不得大改特改，不过这是后话了。

锺书选注宋诗，我曾自告奋勇，愿充白居易的"老妪"——也就是最低标准；如果我读不懂，他得补充注释。可是在《围城》的读者里，我却成了最高标准。好比学士通人熟悉古诗文里词句的来历，我熟悉故事里人物和情节的来历。除了作者本人，最有资格为《围城》做注释的，该是我了。

看小说何需注释呢？可是很多读者每对一本小说发生兴趣，就对作者也发生兴趣，并把小说里的人物和情节当做真人实事。有的干脆把小说的主角视为作者本人。高明的读者承认作者不能和书中人物等同，不过他们说，作者创造的人物和故事，离不开他个人的经验和思想感情。这话当然很对。可是我曾在一篇文章里指出：创作的一个重要成分是想象，经验好比黑暗里点上的火，想象是这个火所发的光；没有火就没有光，但光照所及，远远超过火点儿的大小。[1] 创造的故

---

[1]　参看我的《事实—故事—真实》一文。

事往往从多方面超越作者本人的经验。要从创造的故事里返求作者的经验是颠倒的。作者的思想情感经过创造，就好比发过酵而酿成了酒；从酒里辨认酿酒的原料，大非易事。我有机缘知道作者的经历，也知道酿成的酒是什么原料，很愿意让读者看看真人实事和虚构的人物情节有多大的距离，而且是怎样的错乱。许多所谓写实的小说，其实是改头换面地叙写自己的经历，提升或满足自己的感情。这种自传体的小说或小说体的自传，实在是浪漫的纪实，不是写实的虚构。而《围城》却是一部虚构写实的小说，尽管读来好像真有其事，真有其人，其实全是创造。

《围城》里写方鸿渐本乡出名的行业是打铁、磨豆腐，名产是泥娃娃。有人读到这里，不禁得意地大哼一声说："这不是无锡吗？钱锺书不是无锡人吗？他不也留过洋吗？不也在上海住过吗？不也在内地教过书吗？"有一位专爱考据的先生，竟推断出钱锺书的学位也靠不住，方鸿渐就是钱锺书的结论更可以成立了。

钱锺书是无锡人，一九三三年毕业于清华大学，在上海光华大学教了两年英语，一九三五年考取英庚款到英国牛津留学，一九三七年得文学学士（B. Litt.）学位，然后到法国，入巴黎大学进修。他本想读学位，后来打消了原意。一九三八年，清华大学聘他为教授。据那时候清华的文学院长冯友兰先生来函说，这是破例的事，因为按清华旧例，初回国教书只当讲师，由讲师升副教授，然后升为教授。锺书九、十月间回国，在香港上岸，转昆明到清华任教。那时清华已并入西南联大。他父亲原是国立浙江大学教授，应老友廖茂如先生恳请，到湖南蓝田帮他创建国立师范学院；他母亲弟妹等随叔父一家逃难住上海。一九三九年秋，锺书自昆明回上海探亲后，他父亲来信来电，说自己老病，要锺书也去湖南照料。师范学

记钱锺书与《围城》

院院长廖先生来上海，反复劝说他去当英文系主任，以便伺候父亲，公私兼顾。这样，他就未回昆明而到湖南去了。一九四〇年暑假，他和一位同事结伴回上海探亲，道路不通，半途折回。一九四一年暑假，他由广西到海防搭海轮到上海，准备小住几月再回内地。西南联大外文系主任陈福田先生在秋季开学以后到上海相访，约他再回联大，钱锺书没有应聘。值珍珠港事变，他就沦陷在上海了。他写过一首七律《古意》，内有一联说："槎通碧汉无多路，梦入红楼第几层"，另一首《古意》又说："心如红杏专春闹，眼似黄梅诈雨晴"，都是寄托当时羁居沦陷区的怅惘情绪。《围城》是沦陷在上海的时期写的。

锺书和我一九三二年春在清华初识，一九三三年订婚，一九三五年结婚，同船到英国（我是自费留学），一九三七年秋同到法国，一九三八年秋同船回国。我母亲一年前去世，我苏州的家已被日寇抢劫一空，父亲避难上海，寄居我姐夫家。我急要省视老父，锺书在香港下船到昆明，我乘原船直接到上海。当时我中学母校的校长留我在"孤岛"的上海建立"分校"。二年后上海沦陷，"分校"停办，我暂当家庭教师，又在小学代课，业余创作话剧。锺书陷落上海没有工作，我父亲把自己在震旦女子文理学院授课的钟点让给他，我们就在上海艰苦度日。

有一次，我们同看我编写的话剧上演，回家后他说："我想写一部长篇小说！"我大为高兴，催他快写。那时他正偷空写短篇小说，怕没有时间写长篇。我说不要紧，他可以减少授课的时间，我们的生活很省俭，还可以更省俭。恰好我们的女佣因家乡生活好转要回去。我不勉强她，也不另觅女佣，只把她的工作自己兼任了。劈柴生火烧饭洗衣等等我是外行，经常给煤烟染成花脸，或熏得满眼是泪，或给滚油烫出泡来，或切破手指。可是我急切要看锺书写《围城》（他已把题目和主要内容和我讲过），做灶下婢也心甘情愿。

《围城》是一九四四年动笔，一九四六年完成的。他就像原《序》所说："两年里忧世伤生"，有一种惶急的情绪，又忙着写《谈艺录》；他三十五岁生日诗里有一联："书癖钻窗蜂未出，诗情绕树鹊难安"，正是写这种兼顾不及的心境。那时候我们住在钱家上海避难的大家庭里，包括锺书父亲一家和叔父一家。两家同住分炊。锺书的父亲一直在外地，锺书的弟弟妹妹弟媳和侄儿女等已先后离开上海，只剩他母亲没走，还有一个弟弟单身留在上海；所谓大家庭也只像个小家庭了。

以上我略叙锺书的经历、家庭背景和他撰写《围城》时的处境，为作者写个简介。下面就要为《围城》做些注解，让读者明白：《围城》只是小说，是创作而不是传记。

锺书从他熟悉的时代、熟悉的地方、熟悉的社会阶层取材。但组成故事的人物和情节全属虚构。尽管某几个角色稍有真人的影子，事情都子虚乌有；某些情节略具真实，人物却全是捏造的。

方鸿渐取材于两个亲戚：一个志大才疏，常满腹牢骚；一个狂妄自大，爱自吹自唱。两人都读过《围城》，但是谁也没自认为方鸿渐，因为他们从未有方鸿渐的经历。锺书把方鸿渐作为故事的中心，常从他的眼里看事，从他的心里感受。不经意的读者会对他由了解而同情，由同情而关切，甚至把自己和他合而为一。许多读者以为他就是作者本人。法国十九世纪小说《包法利夫人》的作者福楼拜曾说："包法利夫人，就是我。"那么，钱锺书照样可说："方鸿渐，就是我。"不过还有许多男女角色都可说是钱锺书，不光是方鸿渐一个。方鸿渐和钱锺书不过都是无锡人罢了，他们的经历远不相同。

我们乘法国邮船阿多士Ⅱ（Athos Ⅱ）回国，甲板上的情景和《围城》里写的很像，包括法国警官和犹太女人调情，以及中国留学生打麻将等等。鲍小姐却纯是虚构。我们出国时同船有一个富有曲线的南洋姑娘，船上的外国人对她大有兴趣，把她看做东方美人。我们在牛津认识一个由未婚夫资助留学的女学生，听说很风流。牛津有个研究英国语文的埃及女学生，皮肤黑黑的，我们两人都觉得她很美。鲍小姐是综合了东方美人、风流未婚妻和埃及美人而抟捏出来的。锺书曾听到中国留学生在邮船上偷情的故事，小说里的方鸿渐就受了鲍小姐的引诱。鲍鱼之肆是臭的，所以那位小姐姓鲍。

苏小姐也是东鳞西爪凑成的：相貌是经过美化的一个同学，心眼和感情属于另一人，这人可一点不美；走单帮贩私货的又另是一人。苏小姐做的那首诗是锺书央我翻译的；他嘱我不要翻得好，一般就行。苏小姐的丈夫是另一个同学，小说里乱点了鸳鸯谱。结婚穿黑色礼服、白硬领圈给汗水浸得又黄又软的那位新郎，不是别人，正是锺书自己。因为我们结婚的黄道吉日是一年里最热的日子。我们的结婚照上，新人、伴娘、提花篮的女孩子、提纱的男孩子，一个个都像刚被警察拿获的扒手。

赵辛楣是由我们喜欢的一个五六岁的男孩子变大的，锺书为他加上了二十多岁年纪。这孩子至今没有长成赵辛楣，当然也不可能有赵辛楣的经历。如果作者说："方鸿渐，就是我，"他准也会说："赵辛楣，就是我。"

有两个不甚重要的人物有真人的影子，作者信手拈来，未加融化，因此那两位相识都"对号入座"了。一位满不在乎，另一位听说很生气。锺书夸张了董斜川的一个方面，未及其他。但董斜川的谈吐和诗句，并没有一言半语抄袭了现成，全都是捏造的。褚慎明和他的影子并不对号。那个影子的真身比褚慎明更夸张些呢。有一次我和他同乘火车从巴黎郊外进城，他忽从口袋里掏出一张纸，上面开列了少女选择丈夫的种种条件，如相貌、年龄、学问、品性、家世等等共十七八项，逼我一一批分数，并排列先后。我知道他的用意，也知道他的对象，所以小心翼翼地应付过去。他接着气呼呼地对我说："她们说他(指锺书)'年少翩翩'，你倒说说，他'翩翩'不'翩翩'。"我应该厚道些，老实告诉他，我初识锺书的时候，他穿一件青布大褂，一双毛布底鞋，戴一副老式大眼镜，一点也不"翩翩"。可是我瞧他认为我该和他站在同一立场，就忍不住淘气说："我当然最觉得他'翩翩'。"他听了怫然，半天不言语。后来我称赞他西装笔挺，他惊喜说："真的吗？我总觉得自己的衣服不挺，每星期洗熨一次也不如别人的挺。"我肯定他衣服确实笔挺，他才高兴。其实，褚慎明也是个复合体，小说里的那杯牛奶是另一人喝的。那人也是我们在巴黎时的同伴，他尚未结婚，曾对我们讲：他爱"天仙的美"，不爱"妖精的美"。他的一个朋友却欣赏"妖精的美"，对一个牵狗的妓女大有兴趣，想"叫一个局"，把那妓女请来同喝点什么谈谈话。有一晚，我们一群人同坐咖啡馆，看见那个牵狗的妓女进另一家咖啡馆去了。"天仙美"的爱慕者对"妖精美"的爱慕者自告奋勇说："我给你去把她找来。"他去了好久不见回来，锺书说："别给蜘蛛精网在盘丝洞里了，我去救他吧。"锺书跑进那家咖啡馆，只见"天仙美"的爱慕者独坐一桌，正在喝一杯很烫的牛奶，四围都是妓女，在窃窃笑他。锺书"救"了他回来。从此，大家常取笑那杯牛奶，说如果叫妓女，至

记钱锺书与《围城》

少也该喝杯啤酒，不该喝牛奶。准是那杯牛奶作祟，使锺书把褚慎明拉到饭馆去喝奶；那大堆的药品准也是即景生情，由那杯牛奶生发出来的。

方遯翁也是个复合体。读者因为他是方鸿渐的父亲，就确定他是锺书的父亲，其实方遯翁和他父亲只有几分相像。我和锺书订婚前后，锺书的父亲擅自拆看了我给锺书的信，大为赞赏，直接给我写了一封信，郑重把锺书托付给我。这很像方遯翁的作风。我们沦陷在上海时，他来信说我"安贫乐道"，这也很像方遯翁的语气。可是，如说方遯翁有二三分像他父亲，那么，更有四五分是像他叔父，还有几分是捏造，因为亲友间常见到这类的旧式家长。锺书的父亲和叔父都读过《围城》。他父亲莞尔而笑；他叔父的表情我们没看见。我们夫妇常私下捉摸，他们俩是否觉得方遯翁和自己有相似之处。

唐晓芙显然是作者偏爱的人物，不愿意把她嫁给方鸿渐。其实，作者如果让他们成为眷属，由眷属再吵架闹翻，那么，结婚如身陷围城的意义就阐发得更透彻了。方鸿渐失恋后，说赵辛楣如果娶了苏小姐也不过尔尔，又说结婚后会发现娶的总不是意中人。这些话都很对。可是他究竟没有娶到意中人，他那些话也就可释为聊以自慰的话。

至于点金银行的行长，"我你他"小姐的父母等等，都是上海常见的无锡商人，我不再一一注释。

我爱读方鸿渐一行五人由上海到三闾大学旅途上的一段。我没和锺书同到湖南去，可是他同行五人我全认识，没一人和小说里的五人相似，连一丝影儿都没有。王美玉的卧房我倒见过：床上大红绸面的被子，叠在床里边；桌上大圆镜子，一个女人脱了鞋坐在床

138

杨 绛 散 文

边上；旁边煎着大半脸盆的鸦片。那是我在上海寻找住房时看见的，向锺书形容过。我在清华做学生的时期，春假结伴旅游，夜宿荒村，睡在铺干草的泥地上，入夜梦魇，身下一个小娃娃直对我嚷："压住了我的红棉袄"，一面用手推我，却推不动。那番梦魇，我曾和锺书讲过。蛆叫"肉芽"，我也曾当做新鲜事告诉锺书。锺书到湖南去，一路上都有诗寄我。他和旅伴游雪窦山，有纪游诗五古四首，我很喜欢第二第三首，我不妨抄下，作为真人实事和小说的对照。

天风吹海水，屹立作山势；
浪头飞碎白，积雪疑几世。
我常观乎山，起伏有水致；
蜿蜒若没骨，皱具波涛意。
乃知水与山，思各出其位，
譬如豪杰人，异量美能备。
固哉鲁中叟，祇解别仁智。

山容太古静，而中藏瀑布，
不舍昼夜流，得雨势更怒。
辛酸亦有泪，贮胸敢倾吐；
略似此山然，外勿改其度。
相契默无言，远役喜一晤。
微恨多游踪，藏焉未为固。
衷曲莫浪陈，悠悠彼行路。

小说里只提到游雪窦山，一字未及游山的情景。游山的自是游山的人，方鸿渐、李梅亭等正忙着和王美玉打交道呢。足见可捏造的事丰富得很，实事尽可抛开，而且实事也挤不进这个捏造的世界。

李梅亭途遇寡妇也有些影子。锺书有一位朋友是忠厚长者，旅途上碰到一个自称落难的寡妇；那位朋友资助了她，后来知道是上当。我有个同学绰号"风流寡妇"，我曾向锺书形容她临睡洗去脂粉，脸上眉眼口鼻都没有了。大约这两件不相干的事凑出来一个苏州寡妇，再碰上李梅亭，就生出"倷是好人"等等妙语奇文。

汪处厚的夫人使我记起我们在上海一个邮局里看见的女职员。她头发枯黄，脸色苍白，眼睛斜撇向上，穿一件浅紫色麻纱旗袍。我曾和锺书讲究，如果她皮肤白腻而头发细软乌黑，浅紫的麻纱旗袍换成线条柔软的深紫色绸旗袍，可以变成一个美人。汪太太正是这样一位美人，我见了似曾相识。

范小姐、刘小姐之流想必是大家熟悉的，不必再介绍。孙柔嘉虽然跟着方鸿渐同到湖南又同回上海，我却从未见过。相识的女人中间（包括我自己），没一个和她相貌相似。但和她稍多接触，就发现她原来是我们这个圈子里最寻常可见的。她受过高等教育，没什么特长，可也不笨；不是美人，可也不丑；没什么兴趣，却有自己的主张。方鸿渐"兴趣很广，毫无心得"；她是毫无兴趣而很有打算。她的天地极小，只局限在"围城"内外。她所享的自由也有限，能从城外挤入城里，又从城里挤出城外。她最大的成功是嫁了一个方鸿渐，最大的失败也是嫁了一个方鸿渐。她和方鸿渐是芸芸知识分子间很典型的夫妇。孙柔嘉聪明可喜的一点是能画出汪太太的"扼要"：十点红指甲，一张红嘴唇。一个年轻女子对自己又羡又妒又瞧不起的女人，会有这种尖刻。但这点聪明还是锺书赋予她的。锺书惯会抓住这类"扼要"，例如他能抓住每个人声音里的"扼要"，由声音辨别说话的人，尽管是从未识面的人。

也许我正像堂吉诃德那样，挥剑捣毁了木偶戏台，把《围城》里的人物斫得七零八落，满地都是硬纸做成的断肢残骸。可是，我逐段阅读这部小说的时候，使我放下稿子大笑的，并不是发现了真人实事，却是看到真人实事的一鳞半爪，经过拼凑点化，创出了从未相识的人，捏造了从未想到的事。我大笑，是惊喜之余，不自禁地表示"我能拆穿你的西洋镜"。锺书陪我大笑，是了解我的笑，承认我笑得不错，也带着几分得意。

可能我和堂吉诃德一样，做了非常扫兴的事。不过，我相信，这一来可以说明《围城》绝非真人实事。

二　写《围城》的钱锺书

要认识作者，还是得认识他本人，最好从小时候起。

锺书一出世就由他伯父抱去抚养，因为伯父没有儿子。据钱家的"坟上风水"，不旺长房旺小房；长房往往没有子息，便有，也没出息，伯父就是"没出息"的长子。他比锺书的父亲大十四岁，二伯父早亡，他父亲行三，叔父行四，两人是同胞双生，锺书是长孙，出嗣给长房。伯父为锺书连夜冒雨到乡间物色得一个壮健的农妇；她是寡妇，遗腹子下地就死了，是现成的好奶妈（锺书称为"姆妈"）。姆妈一辈子帮在钱家，中年以后，每年要呆呆的发一阵子呆，家里人背后称为"痴姆妈"。她在锺书结婚前特地买了一只翡翠镶金戒指，准备送我做见面礼。有人哄她那是假货，把戒指骗去，姆妈气得大发疯，不久就去世了，我始终没见到她。

锺书自小在大家庭长大，和堂兄弟的感情不输亲兄弟。亲的、堂的兄弟共十人，锺书居长。众兄弟间，他比较稚钝，孜孜读书的时候，对什么都没个计较，放下书本，又全没正经，好像有大量多余的兴致没处寄放，专爱胡说乱道。钱家人爱说他吃了痴姆妈的奶，有"痴气"。我们无锡人所谓"痴"，包括很多意义：疯、傻、憨、稚气、骏气、淘气等等。他父母有时说他"痴颠不拉"、"痴巫作法"、"呒着呒落"（"着三不着两"的意思——我不知正确的文字，只按乡音写）。他确也不像他母亲那样沉默寡言、严肃谨慎，也不像他父亲那样一本正经。他母亲常抱怨他父亲"憨"。也许锺书的"痴气"和他父亲的憨厚正是一脉相承的。我曾看过他们家的旧照片。他的弟弟都精精壮壮，惟他瘦弱，善眉善眼的一副忠厚可怜相。想来那时候的"痴气"只是稚气、骏气，还不会淘气呢。

锺书周岁"抓周"，抓了一本书，因此取名"锺书"。他出世那天，恰有人送来一部《常州先哲丛书》，伯父已为他取名"仰先"，字"哲良"。可是周岁有了"锺书"这个学名，"仰先"就成为小名，叫作"阿先"。但"先儿"、"先哥"好像"亡儿"、"亡兄"，"先"字又改为"宣"，他父亲仍叫他"阿先"。（他父亲把锺书写的家信一张张贴在本子上，有厚厚许多本，亲手贴上题签"先儿家书（一）、（二）、（三）……"；我还看到过那些本子和上面贴的信。）伯父去世后，他父亲因锺书爱胡说乱道，为他改字"默存"，叫他少说话的意思。锺书对我说："其实我喜欢'哲良'，又哲又良——我闭上眼睛，还能看到伯伯给我写在练习簿上的'哲良'。"这也许因为他思念伯父的缘故。我觉得他确是又哲又良，不过他"痴气"盎然的胡说乱道，常使他不哲不良——假如淘气也可算不良。"默存"这个号显然没有起克制作用。

伯父"没出息"，不得父母欢心，原因一半也在伯母。伯母娘家是江阴富户，做颜料商发财的，有七八只运货的大船。锺书的祖母娘家是石塘湾孙家，官僚地主，一方之霸。婆媳彼此看不起，也影响了父子的感情。伯父中了秀才回家，进门就挨他父亲一顿打，说是"杀杀他的势气"；因为锺书的祖父虽然有两个中举的哥哥，他自己也不过是个秀才。锺书不到一岁，祖母就去世了。祖父始终不喜欢大儿子，锺书也是不得宠的孙子。

锺书四岁（我纪年都用虚岁，因为锺书只记得虚岁，而锺书是阳历十一月下旬生的，所以周岁当减一岁或二岁）由伯父教他识字。伯父是慈母一般，锺书成天跟着他。伯父上茶馆，听说书，锺书都跟去。他父亲不便干涉，又怕惯坏了孩子，只好建议及早把孩子送入小学。锺书六岁入秦氏小学。现在他看到人家大讲"比较文学"，就记起小学里造句："狗比猫大，牛比羊大"；有个同学比来比去，只是"狗比狗大，狗比狗小"，挨了老师一顿骂。他上学不到半年，生了一场病，伯父舍不得他上学，借此让他停学在家。他七岁，和比他小半岁的堂弟锺韩同在亲戚家的私塾附学，他念《毛诗》，锺韩念《尔雅》。但附学不便，一年后他和锺韩都在家由伯父教。伯父对锺书的父亲和叔父说："你们两兄弟都是我启蒙的，我还教不了他们？"父亲和叔父当然不敢反对。

其实锺书的父亲是由一位族兄启蒙的。祖父认为锺书的父亲笨，叔父聪明，而伯父的文笔不顶好。叔父反正聪明，由伯父教也无妨，父亲笨，得请一位文理较好的族兄来教。那位族兄严厉得很，锺书的父亲挨了不知多少顿痛打。伯父心疼自己的弟弟，求了

143

祖父，让两个弟弟都由他教。锺书的父亲挨了族兄的痛打一点不抱怨，却别有领会。他告诉锺书："不知怎么的，有一天忽然给打得豁然开通了。"

锺书和锺韩跟伯父读书，只在下午上课。他父亲和叔父都有职业，家务由伯父经管。每天早上，伯父上茶馆喝茶，料理杂务，或和熟人聊天。锺书总跟着去。伯父花一个铜板给他买一个大酥饼吃（据锺书比给我看，那个酥饼有饭碗口大小，不知是真有那么大，还是小儿心目中的饼大）；又花两个铜板，向小书铺子或书摊租一本小说给他看。家里的小说只有《西游记》《水浒》《三国演义》等正经小说。锺书在家里已开始囫囵吞枣地阅读这类小说，把"猢狲"读如"岂子"，也不知《西游记》里的"猢狲"就是猪八戒。书摊上租来的《说唐》《济公传》《七侠五义》之类是不登大雅的，家里不藏。锺书吃了酥饼就孜孜看书，直到伯父叫他回家。回家后便手舞足蹈向两个弟弟演说他刚看的小说：李元霸或裴元庆或杨林（我记不清）一锤子把对手的枪打得弯弯曲曲等等。他纳闷儿的是，一条好汉只能在一本书里称雄。关公若进了《说唐》，他的青龙偃月刀只有八十斤重，怎敌得李元霸的那一对八百斤重的锤头子；李元霸若进了《西游记》，怎敌得过孙行者的一万三千斤的金箍棒（我们在牛津时，他和我讲哪条好汉使哪种兵器，重多少，历历如数家珍）。妙的是他能把各件兵器的斤两记得烂熟，却连阿拉伯数字的1、2、3都不认识。锺韩下学回家有自己的父亲教，伯父和锺书却是"老鼠哥哥同年伴儿"。伯父用绳子从高处挂下一团棉花，教锺书上、下、左、右打那团棉花，说是打"棉花拳"，可以练软功。伯父爱喝两口酒。他手里没多少钱，只能买些便宜的熟食如酱猪舌之类下酒，哄锺书那是"龙肝凤髓"，锺书觉得其味无穷。至今他喜欢用这类名称，譬如洋火腿在我家总称为"老虎肉"。他父亲不敢得罪哥哥，只好伺机把锺书抓去教他数学；教不会，发狠要打又怕哥哥听见，只好拧肉，不许锺书哭。锺书身上一块青、一块紫，晚上脱掉衣服，伯父发现了不免心疼气恼。锺书和我讲起旧事，对父亲的着急不胜同情，对伯父的气恼也不胜同情，对自己的忍痛不敢哭当然也同情，但回忆中只觉得滑稽又可怜。我笑说：痛打也许能打得"豁然开通"，拧，大约是把窍门拧塞了。锺书考大学，数学只考得十五分。

锺书小时候最乐的事是跟伯母回江阴的娘家去；伯父也同去（堂姊已出嫁）。他们往往一住一两个月。伯母家有个大庄园，锺书成天跟着庄客四处田野里闲逛。他常和我讲田野的景色。一次大雷雨后，河边树上挂下一条大绿蛇，据说是天雷打死的。伯母娘家全家老少都抽大烟，后来伯父也抽上了。锺书往往半夜醒来，跟着伯父伯母吃半夜餐。当时快乐得很，回无锡的时候，吃足玩够，还穿着外婆家给做的新衣。可是一回家他就担忧，知道父亲要盘问功课，少不了挨打。父亲不敢当着哥哥管教锺书，可是抓到机会，就着实管教，因为锺书不但荒了功课，还养成不少坏习气，如晚起晚睡、贪吃贪玩等。

一九一九年秋天，我家由北京回无锡。我父母不想住老家，要另找房子。亲友介绍了一处，我父母去看房子，带了我同去。锺书家当时正租居那所房子。那是我第一次上他们钱家的门，只是那时两家并不相识。我记得母亲说，住在那房子里的一位女眷告诉她，搬进以后，没离开过药罐儿。那所房子我家没看中；钱家虽然嫌房子阴暗，也没有搬出。他们五年后才搬入七尺场他们家自建的新屋。我记不起那次看见了什么样的房子或遇见了什么人，只记得门口下车的地方很空旷，有两棵大树；很高的白粉墙，粉墙高处有一个个砌着镂空花的方窗洞。锺书说我记忆不错，还补充说，门前有个大照墙，照墙后有一条河从门前流过。他说，和我母亲说话的大约是婶母，因为叔父婶母住在最外一进房子里，伯父伯母和他住中间一进，他父母亲伺奉祖父住最后一进。

我女儿取笑说："爸爸那时候不知在哪儿淘气呢。假如那时候爸爸看见妈妈那样的女孩子，准抠些鼻牛儿来弹她。"锺书因此记起旧事说，有个女裁缝常带着个女儿到他家去做活；女儿名宝宝，长得不错，比他大两三岁。他和锺韩一次抓住宝宝，把她按在大厅隔扇上，锺韩拿一把削铅笔的小脚刀作势刺她。宝宝大哭大叫，由大人救援得免。兄弟俩觉得这番胜利当立碑纪念，就在隔扇上刻了"刺宝宝处"四个字。锺韩手巧，能刻字，但那四个字未经简化，刻来煞是费事。这大概是顽童刚开始"知慕少艾"的典型表现。后来房子退租的时候，房主提出赔偿损失，其中一项就是隔扇上刻的那四个不成形的字。另一项是锺书一人干的坏事，他在后园"挖人参"，把一棵玉兰树的根刨伤，那棵树半枯了。

锺书十一岁，和锺韩同考取东林小学一年级，那是四年制的高等小学。就在那年秋天，伯父去世。锺书还未放学，经家人召回，一路哭着赶回家去，哭叫"伯伯"，伯父已不省人事。这是他生平第一次遭受的伤心事。

伯父去世后，伯母除掉长房应有的月钱以外，其它费用就全由锺书父亲负担了。伯母娘家败得很快，兄弟先后去世，家里的大货船逐渐卖光。锺书的学费、书费当然有他父亲负担，可是学期中间往往添买新课本，锺书没钱买，就没有书；再加他小时候贪看书摊上伯父为他租的小字书，看坏了眼睛，坐在教室后排，看不见老师黑板上写的字，所以课堂上老师讲什么，他茫无所知。练习簿买不起，他就用伯父生前亲手用毛边纸、纸捻子为他订成的本子，老师看了直皱眉。练习英文书法用钢笔。他在开学的时候有一支笔杆、一个钢笔尖，可是不久笔尖撅断了头。同学都有许多笔尖，他只有一个，断了头就没法写了。他居然急中生智，把毛竹筷削尖了头蘸着墨水写，当然写得一塌糊涂，老师简直不愿意收他的练习簿。

我问锺书为什么不问父亲要钱。他说，从来没想到过。有时伯母叫他向父亲要钱，他也不说。伯母抽大烟，早上起得晚，锺书由伯母的陪嫁大丫头热些馊粥吃了上学。他同学、他弟弟都穿洋袜，他还穿布袜，自己觉得脚背上有一条拼缝很刺眼，只希望穿上棉鞋可遮掩不见。雨天，同学和弟弟穿皮鞋，他穿钉鞋，而且是伯伯的钉鞋，太大，鞋头塞些纸团。一次雨天上学，路上看见许多小青蛙满地蹦跳，觉得好玩，就脱了鞋捉来放在鞋里，抱着鞋光脚上学；到了教室里，把盛着小青蛙的钉鞋放在台板桌下。上课的时候，小青蛙从鞋里出来，满地蹦跳。同学都忙着看青蛙，窃窃笑乐。老师问出因由，知道青蛙是从锺书鞋里出来的，就叫他出来罚立。有一次他上课玩弹弓，用小泥丸弹人。中弹的同学嚷出来，老师又叫他罚立。可是他混混沌沌，并不觉得羞惭。他和我讲起旧事常说，那时候幸亏糊涂，也不觉得什么苦恼。

锺书跟我讲，小时候大人哄他说，伯母抱来一个南瓜，成了精，就是他；他真有点儿怕自己是南瓜精。那时候他伯父已经去世，"南瓜精"是舅妈、姨妈等晚上坐在他伯母鸦片榻畔闲谈时逗他的，还正色嘱咐他切莫告诉他母亲。锺书也不疑是哄他，可是真有点担心。他自说混沌，恐怕是事实。这也是家人所谓"痴气"的表现之一。

他有些混沌表现，至今依然如故。例如他总记不得自己的生年月日。小时候他不会分辨左右，好在那时候穿布鞋，不分左右鞋。后来他和锺韩同到苏州上美国教会中学的时候，穿了皮鞋，他仍然不分左右乱穿。在美国人办的学校里，上体育课也用英语喊口号。他因为英文好，当上了一名班长。可是嘴里能用英语喊口号，两脚却左右不分；因此只当了两个星期的班长就给老师罢了官，他也如释重负。他穿内衣或套脖的毛衣，往往前后颠倒，衣服套在脖子上只顾前后掉转。结果还是前后颠倒了。或许这也是钱家人说他"痴"的又一表现。

锺书小时最喜欢玩"石屋里的和尚"。我听他讲得津津有味，以为是什么有趣的游戏；原来只是一人盘腿坐在帐子里，放下帐门，披着一条被单，就是"石屋里的和尚"。我不懂那有什么好玩。他说好玩得很；晚上伯父伯母叫他早睡，他不肯，就玩"石屋里的和尚"，玩得很乐。所谓"玩"，不过是一个人盘腿坐着自言自语。小孩自言自语，其实是出声的想象。我问他是否编造故事自娱，他却记不得了。这大概也算是"痴气"吧。

锺书上了四年高小，居然也毕业了。锺韩成绩斐然，名列前茅；他只是个痴头傻脑、没正经的孩子。伯父在世时，自愧没出息，生怕"坟上风水"连累了嗣给长房的锺书。原来他家祖坟下首的一排排树高大茂盛，上首的细小萎弱。上首的树当然就代表长房了。伯父一次私下花钱向理发店买了好几斤头发，叫一个佃户陪着，悄悄带着锺书同上祖坟去，把头发埋在上首几排树的根旁。他对锺书说，要叫上首的树荣盛，"将来你做大总统"。那时候锺书才七八岁，还不懂事，不过多少也感觉到那是伯父背着人干的私心事，所以始终没向家里任何别人讲过。他讲给我听的时候，语气中还感念伯父对他的爱护，也惊奇自己居然有心眼为伯父保密。

锺书十四岁和锺韩同考上苏州桃坞中学（美国圣公会办的学校）。父母为他置备了行装，学费书费之外，还有零用钱。他就和锺韩同往苏州上学，他功课都还不错，只算术不行。

那年①他父亲到北京清华大学任教，寒假没回家。锺书寒假回家没有严父管束，更是快活。他借了大批的《小说世界》《红玫瑰》《紫萝兰》等刊物恣意阅读。暑假他父亲归途阻塞，到天津改乘轮船，辗转回家，假期已过了一半。他父亲回家第一事是命锺书锺韩各做一篇文章；锺韩的一篇颇受夸赞，锺书的一篇不文不白，用字庸俗，他父亲气得把他痛打一顿。锺书忍笑向我形容他当时的窘况：家人都在院子里乘凉，他一人还在大厅上，挨了打又痛又羞，呜呜地哭。这顿打虽然没有起"豁然开通"的作用，却也激起了发奋读书的志气。锺书从此用功读书，作文大有进步。他有时不按父亲教导的方法作古文，嵌些骈俪，倒也受到父亲赞许。他也开始学着作诗，只是并不请教父亲。一九二七年桃坞中学停办，他和锺韩同考入美国圣公会办的无锡辅仁中学，锺书就经常有父亲管教，常为父亲代笔写信，由口授而代写，由代写信而代作文章。锺书考入清华之前，已不复挨打而是父亲得意的儿子了。一次他代父亲为乡下某大户作了一篇墓志铭。那天午饭时，锺书的姆妈听见他父亲对他母亲称赞那篇文章，快活得按捺不住，立即去通风报信，当着他伯母对他说："阿大啊，爹爹称赞你呢！说你文章做得好！"锺书是第一次听到父亲称赞，也和姆妈一样高兴，所以至今还记得清

---

① "那年"指一九二五年，参看《清华周刊》3577 期（一九二五年九月十一日出版）。下文的"寒假"是一九二五至一九二六年冬，"暑假"是一九二六年夏。

　　　　　　　　记钱锺书与《围城》

清楚楚。那时商务印书馆出版钱穆的一本书，上有锺书父亲的序文。据锺书告诉我，那是他代写的，一字没有改动。

我常见锺书写客套信从不起草，提笔就写，八行笺上，几次抬头，写来恰好八行，一行不多，一行不少。锺书说，那都是他父亲训练出来的，他额角上挨了不少"爆栗子"呢。

锺书二十岁伯母去世。那年他考上清华大学，秋季就到北京上学。他父亲收藏的"先儿家书"是那时候开始的。他父亲身后，锺书才知道父亲把他的每一封信都贴在本子上珍藏。信写得非常有趣，对老师、同学都有生动的描写。可惜锺书所有的家书（包括写给我的），都由"回禄君"收集去了。

锺书在清华的同班同学饶余威一九六八年在新加坡或台湾写了一篇《清华的回忆》[1]，有一节提到锺书："同学中我们受钱锺书的影响最大。他的中英文造诣很深，又精于哲学及心理学，终日博览中西新旧书籍，最怪的是上课时从不记笔记，只带一本和课堂无关的闲书，一面听讲一面看自己的书，但是考试总是第一，他自己喜欢读书，也鼓励别人读书。……"据锺书告诉我，他上课也带笔记本，只是不作笔记，却在本子上乱画。现在美国的许振德君和锺书是同系同班。他最初因锺书夺去了班上的第一名，曾想揍他一顿出气，因为他和锺书同学之前，经常是名列第一的。一次偶有个不能解决的问题，锺书向他讲解了，他很感激，两人成了朋友，上课常同坐在最后一排。许君上课时注意一女同学，锺书就在笔记本上画了一系列的《许眼变化图》，在同班同学里颇为流传，锺书曾得意地画给我看。一年前许君由美国回来，听锺书说起《许眼变化

---

[1] 《清华大学第五级毕业五十周年纪念册》（一九八四年出版）转载此文。饶君已故。

图》还忍不住大笑。

锺书小时候，中药房卖的草药每一味都有两层纸包裹；外面一张白纸，里面一张印着药名和药性。每服一副药可攒下一叠包药的纸。这种纸干净、吸水，锺书大约八九岁左右常用包药纸来临摹他伯父藏的《芥子园画谱》，或印在《唐诗三百首》里的"诗中之画"。他为自己想出一个别号叫"项昂之"——因为他佩服项羽，"昂之"是他想象中项羽的气概。他在每幅画上挥笔署上"项昂之"的大名，得意非凡。他大约常有"项昂之"的兴趣，只恨不善画。他曾央求当时在中学读书的女儿为他临摹过几幅有名的西洋淘气画，其中一幅是《魔鬼临去遗臭图》（图名是我杜撰），魔鬼像吹喇叭似的后部撒着气逃跑，画很妙。上课画《许眼变化图》，央女儿代摹《魔鬼遗臭图》，想来也都是"痴气"的表现。

锺书在他父亲的教导下"发愤用功"，其实他读书还是出于喜好，只似馋嘴佬贪吃美食：食肠很大，不择精粗，甜咸杂进。极俗的书他也能看得哈哈大笑。戏曲里的插科打诨，他不仅且看且笑，还一再搬演，笑得打跌。精微深奥的哲学、美学、文艺理论等大部著作，他像小儿吃零食那样吃了又吃，厚厚的书一本本渐次吃完。诗歌更是他喜好的读物。重得拿不动的大字典、辞典、百科全书等，他不仅挨着字母逐条细读，见了新版本，还不嫌其烦地把新条目增补在旧书上。他看书常做些笔记。

我只有一次见到他苦学。那是在牛津，他提出论文题之前，须学习古文书学（Peleography），要能辨认英国十一世纪以来的各式古文字。他毫无兴趣，考试前只好硬记，因此每天读一本侦探小说"休养脑筋"，"休养"得睡梦中手舞脚踢，不知是捉拿凶手，还是自己做了凶手和警察打架。结果考试不及格，只好暑假后补考。这件补考的事，《围城》英译本《导言》里也提到（见 14 页）。锺书一九七九年访美，该译本出版家把译文的《导言》给他过目，他读到这一段又惊又笑，想不到调查这么精密。后来胡志德（Theodore Huters）君来见，才知道是他向锺书在牛津时的同窗好友 Donald Stuart 打听来的。胡志德一九八二年出版的《钱锺书》里把这件事却删去了。①

　　锺书的"痴气"书本里灌注不下，还洋溢出来。我们在牛津时，他午睡，我临帖，可是一个人写写字困上来，便睡着了。他醒来见我睡了，就饱蘸浓墨，想给我画个花脸。可是他刚落笔我就醒了。他没想到我的脸皮比宣纸还吃墨，洗净墨痕，脸皮像纸一样快洗破了，以后他不再恶作剧，只给我画了一幅肖像，上面再添上眼镜和胡子，聊以过瘾。回国后他暑假回上海，大热天女儿熟睡（女儿还是娃娃呢），他在她肚子上画一个大脸，挨他母亲一顿训斥，他不敢再画。沦陷在上海的时候，他多余的"痴气"往往发泄在叔父的小儿小女、孙儿孙女和自己的女儿阿圆身上。这一串孩子挨肩儿都相差两岁，常在一起玩。有些语言在"不文明"或"臭"的边缘上，他们很懂事似的注意避忌。锺书变着法儿，或作手势，或用切口，诱他们说出来，就赖他们说"坏话"。于是一群孩子围着他吵呀，打呀，闹个没完。他虽然挨了围攻，还俨然以胜利者自居。他逗女儿玩，每天临睡在她被窝里埋置"地雷"，埋得一层深入一层，把大大小小的各种玩具、镜子、刷子，甚至砚台或大把的毛笔都埋进去，等女儿惊叫，他就得意大乐。女儿临睡必定小心搜查一遍，把被里的东西一一取出。锺书恨不得把扫帚、畚箕都塞入女儿被窝，博取一遭意外的胜利。这种玩意儿天天玩也没多大意

---

　　① 锺书记错了，我翻阅此书，这件事并未删去。

杨绛散文

思，可是锺书百玩不厌。

他又对女儿说，《围城》里有个丑孩子，就是她。阿圆信以为真，却也并不计较。他写了一个开头的《百合心》里，有个女孩子穿一件紫红毛衣，锺书告诉阿圆那是个最讨厌的孩子，也就是她。阿圆大上心事，怕爸爸冤枉她，每天找他的稿子偷看，锺书就把稿子每天换个地方藏起来。一个藏，一个找，成了捉迷藏式的游戏。后来连我都不知道稿子藏到哪里去了。

锺书的"痴气"也怪别致的。他很认真地跟我说："假如我们再生一个孩子，说不定比阿圆好，我们就要喜欢那个孩子了，那我们怎么对得起阿圆呢。"提倡一对父母生一个孩子的理论，还从未讲到父母为了用情专一而只生一个。

解放后，我们在清华养过一只很聪明的猫。小猫初次上树，不敢下来，锺书设法把它救下。小猫下来后，用爪子轻轻软软地在锺书腕上一搭，表示感谢。我们常爱引用西方谚语："地狱里尽是不知感激的人。"小猫知感，锺书说它有灵性，特别宝贝。猫儿长大了，半夜和别的猫儿打架。锺书特备长竹竿一枝，倚在门口，不管多冷的天，听见猫儿叫闹，就急忙从热被窝里出来，拿了竹竿，赶出去帮自己的猫儿打架。和我们家那猫儿争风打架的情敌之一是紧邻林徽因女士的宝贝猫，她称为她一家人的"爱的焦点"。我常怕锺书为猫而伤了两家和气，引用他自己的话说："打狗要看主人面，那么，打猫要看主妇面了！"（《猫》的第一句）他笑说："理论总是不实践的人制定的。"

钱家人常说锺书"痴人有痴福"。他作为书痴，倒真是有点痴福。供他阅读的书，好比富人"命中的禄食"那样丰足，会从各方面源源供应。（除了下放期间，他只好"反刍"似的读读自己的笔记和携带的字典。)新书总会从意外的途径到他手里。他只要有书可读,别无营求。这又是家人所谓"痴气"的另一表现。

钟书和我父亲诗文上有同好,有许多共同的语言。钟书常和我父亲说些精致典雅的淘气话,相与笑乐。一次我父亲问我:"钟书常那么高兴吗?""高兴"也正是钱家所谓"痴气"的表现。

我认为《管锥编》《谈艺录》的作者是个好学深思的钟书,《槐聚诗存》的作者是个"忧世伤生"的钟书,《围城》的作者呢,就是个"痴气"旺盛的钟书。我们俩日常相处,他常爱说些痴话,说些傻话,然后再加上创造,加上联想,加上夸张,我常能从中体味到《围城》的笔法。我觉得《围城》里的人物和情节,都凭他那股子痴气,呵成了真人实事。可是他毕竟不是个不知世事的痴人,也毕竟不是对社会现象漠不关心,所以小说里各个细节虽然令人捧腹大笑,全书的气氛,正如小说结尾所说:"包涵对人生的讽刺和伤感,深于一切语言、一切啼笑",令人回肠荡气。

钟书写完了《围城》,"痴气"依然旺盛,但是没有体现为第二部小说。一九五七年春,"大鸣大放"正值高潮,他的《宋诗选注》刚脱稿,因父病到湖北省亲,路上写了《赴鄂道中》五首绝句,现在引录三首:"晨书暝写细评论,诗律伤严敢市恩。碧海掣鲸闲此手,祇教疏凿别清浑。""弈棋转烛事多端,饮水差知等暖寒。如膜妄心应褪净,夜来无梦过邯郸。""驻车清旷小徘徊,隐隐遥空碾礌雷。脱叶犹飞风不定,啼鸠忽噤雨将来。"后两首寄寓他对当时情形的感受,前一首专指《宋诗选注》而说,点化杜甫和元好问的名句("或看翡翠兰苕上,未掣鲸鱼碧海中";"谁是诗中疏凿手,暂教泾渭各清浑")。据我了解,他自信还有写作之才,却只能从事研究或评论工作,从此不但口"噤",而且不兴此念了。《围城》

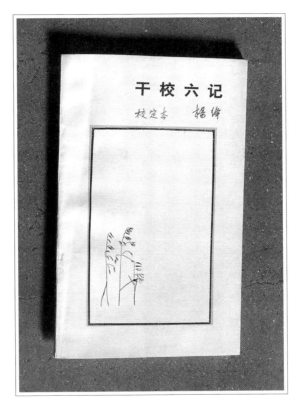

《干校六记》版本之一

重印后，我问他想不想再写小说。他说："兴致也许还有，才气已与年俱减。要想写作而没有可能，那只会有遗恨；有条件写作而写出来的不成东西，那就只有后悔了。遗恨里还有哄骗自己的余地，后悔是你所学的西班牙语里所谓'面对真理的时刻'，使不得一点儿自我哄骗、开脱，或宽容的，味道不好受。我宁恨毋悔。"这几句话也许可作《围城》《重印前记》的笺注吧。

我自己觉得年纪老了；有些事，除了我们俩，没有别人知道。我要乘我们夫妇都健在，一一记下。如有错误，他可以指出，我可以改正。《围城》里写的全是捏造，我所记的却全是事实。

纪念温德先生

温德(Robert Winter)先生享年百岁，无疾而终。

五十多年前，我肄业清华研究院外文系，曾选修温德先生的法国文学课(他的专业是罗曼语系文学)。锺书在清华本科也上过他两年课。一九四九年我们夫妇应清华外文系之邀，同回清华。我们拜访了温德先生。他家里陈设高雅，院子里种满了花，屋里养五六只暹罗猫，许多青年学生到他家去听音乐，吃茶点，看来他生活得富有情趣。当时，温先生的老友张奚若先生、吴晗同志等还在清华院内，周培源、金岳霖先生等都是学校负责人。据他们说：温先生背着点儿"进步包袱"，时有"情绪"；我们夫妇是他的老学生，他和锺书两人又一同负责研究生指导工作，我们该多去关心他，了解他。我们并不推辞。不久，锺书调往城里工作，温先生就由我常去看望。

温先生的"情绪"只是由孤寂而引起的多心，一经解释，就没有了。他最大的"情绪"是不服某些俄裔教员所得的特殊待遇，说他们毫无学问，倒算"专家"，月薪比自己所得高出几倍。我说："你凭什么和他们比呢？你只可以跟我们比呀。"这话他倒也心服，因为他算不得"外国专家"，他只相当于一个中国老知识分子。

据他告诉我：他有个大姐九十一岁了，他是最小的弟弟；最近大姐来信，说他飘零异国，终非了局，家里还有些产业，劝他及早回国。我问："你回去吗？"温先生说："我是美国黑名单上的人，怎能回去。况且我厌恶美国，我不愿回去。我的护照已过期多年，我早已不是美国人了。"我听说他在昆明西南联大的时候，跟着进步师生游行反美。抗美援朝期间，他也曾公开控诉美国。他和燕京大学的美籍教师都合不来。他和美国大使馆和领事馆都绝无来往。换句话说，他是一个丧失了美国国籍的人，而他又不是一个中国人。

据温先生自己说：他是吴宓先生招请到东南大学去的；后来他和吴宓先生一同到了清华，他们俩交情最老。他和张奚若先生交情也很深。我记得他向我谈起闻一多先生殉难后，他为张奚若先生的安全担忧，每天坐在离张家不远的短墙上遥遥守望。他自嘲说："好像我能保护他！"国民党在北京搜捕进步学生时，他倒真的保护过个别学生。北京解放前，吴晗、袁震夫妇是他用小汽车护送出北京的。

温先生也许是最早在我国向学生和同事们推荐和讲述英共理论家考德威尔（Christopher Caudwell）名著《幻象和现实》（*Illusion and Reality*）（1937）的人。有一个同事在学生时代曾和我同班上温德先生的课，他这时候一片热心地劝温德先生用马列主义来讲释文学。不幸他的观点过于褊狭，简直否定了绝大部分的文学经典。温德先生很生气，对我说："我提倡马克思主义的时候，他还在吃奶呢！他倒来'教老奶奶嗑鸡蛋'！"我那位同事确是过"左"些，可是温德先生以马克思主义前辈自居，也许是所谓背了"进步包袱"。

三校合并，温德先生迁居朗润园一隅，在荷塘旁边。吴晗同志花三百元买了肥沃的泥土，把温德先生屋外的院子垫高一厚层。温德先生得意地对我说："你知道吗？这种泥土，老农放在嘴里一嚼就知道是好土，甜的！"好像他亲自尝过。他和种花种菜的农民谈来十分投合。他移植了旧居的花圃，迁入新屋。他和修屋的工人也交上朋友，工人们出于友情，顺着他的意思为他修了一个天窗。温德先生夏天到颐和园游泳，大概卖弄本领（如仰卧水面看书），吸引了共泳的解放军。他常自诩"我教解放军游泳"，说他们浑朴可亲。

温德先生有一两位外国朋友在城里，常进城看望。他告诉我们他结识一位英国朋友，人极好。他曾多次说起他的英国朋友。那时候，我们夫妇已调到文学研究所，不和温德先生同事了。

一九五五年肃反运动，传闻温德先生有"问题"，我们夫妇也受到"竟与温德为友"的指摘。我们不得不和他划清界限。偶尔相逢，也不再交谈，我们只向他点个头，还没做到"站稳立场"，连招呼也不打。后来知道他已没有"问题"，但界限既已划清，我们也不再逾越了。

转眼十年过去。一九六六年晚春，我在王府井大街买东西，正过街，忽在马路正中碰到扶杖从对面行来的温德先生。他见了我喜出意外，回身陪我过街，关切地询问种种琐事。我们夫妇的近况他好像都知道。他接着讲他怎样在公共汽车上猛摔一跤，膝盖骨粉碎，从此只能在平地行走，上不得楼梯了。当时，我和一个高大的洋人在大街上说外国语，自觉惹眼。他却满不理会，有说有笑，旁若无人。我和他告别，他还依依不舍，仔细问了我的新住址，记在小本子上。我把他送过街，急忙转身走开。

不久爆发了"文化大革命"。温德先生不会不波及，不过我们不知道他遭遇的详情。十一届三中全会后，忽报载政府招待会上有温德教授，我们不禁为他吐了一口气，为他欣喜，也为他放心。温德先生爱中国，爱中国的文化，爱中国的人民。他的友好里很多是知名的进步知识分子。他爱的当然是新中国。可是几十年来，他只和我们这群"旧社会过来的知识分子"共甘苦、同命运。这回他终于得到了我们国家的眷顾。

去年，我偶逢戴乃迪女士，听说她常去看望温德，恍然想到温德先生所说的英国好友，谅必是她。我就和她同去看温德先生。自从王府井大街上偶然相逢，又二十年不见了。温德先生见了戴乃迪女士大为高兴，对我说："这是我最好的朋友！"我猜得显然不错。至于我，他对我看了又看，却怎么也记不起我了。

一九八七年一月

大　王　庙

一九一九年——五四运动那年，我在北京女师大附属小学上学。那时学校为十二三岁到十五六岁的女学生创出一种新服装。当时成年的女学生梳头，穿黑裙子；小女孩子梳一条或两条辫子、穿裤子。按这种新兴的服装，十二三到十五六岁的女学生穿蓝色短裙，梳一条辫子。我记得我们在大操场上"朝会"的时候，老师曾两次叫我姐姐的朋友（我崇拜的美人）穿了这种短裙子，登上训话台当众示范。以后，我姐姐就穿短裙子了，辫梢上还系个白绸子的蝴蝶结。

那年秋天，我家从北京迁居无锡，租居沙巷。我就在沙巷口的大王庙小学上学。

我每和姐姐同在路上走，无锡老老少少的妇女见了短裙子无不骇怪。她们毫不客气的呼邻唤友："快点来看吚！梳则辫子促则腰裙吚！"（无锡土话："快来看哦！梳着辫子束着裙子哦！"）我悄悄儿拉拉姐姐说："她们说你呢。"姐姐不动声色说："别理会，快走。"

我从女师大附小转入大王庙小学，就像姐姐穿着新兴的服装走在无锡的小巷里一样。

大王庙小学就称大王庙，原先是不知什么大王的庙，改成一间大课堂，有双人课桌四五直行。初级小学四个班都在这一间大课堂里，男女学生大约有八十左右。我是学期半中间插进去的。我父亲正患重病，母亲让老门房把我和两个弟弟送入最近的小学。我原是三年级，在这里就插入最高班。

大王庙的教职员只有校长和一位老师。校长很温和，冻红的鼻尖上老挂着一滴清水鼻涕。老师是孙先生，剃一个光葫芦瓢似的头，学生背后称他"孙光头"。他拿着一条藤教鞭，动不动打学生，最爱打脑袋。个个学生都挨打，不过他从不打我，我的两个不懂事的弟弟也从没挨过打，大概我们是特殊的学生。校长不打学生，只有一次他动怒又动手了，不过挨打的学生是他的亲儿子。这孩子没有用功作业，校长气得当众掀开儿子的开裆裤，使劲儿打屁股。儿子嚎啕大哭，做爸爸的越打越气越发狠痛打，后来是"孙光头"跑来劝止了。

我是新学生，不懂规矩，行事往往别扭可笑。我和女伴玩"官、打、捉、贼"（北京称为"官、打、巡、美"），我拈阄拈得"贼"，拔脚就跑。女伴以为我疯了，拉住我问我干什么。我急得说：

"我是贼呀！"

"嗨，快别响啊！是贼，怎么嚷出来呢！"

我这个笨"贼"急得直要挣脱身。我说：

"我是贼呀！得逃啊！"

她们只好耐心教我："是贼，就悄悄儿坐着，别让人看出来。"

又有人说："你要给人捉出来，就得挨打了。"

我告诉她们："贼得乘早逃跑，要跑得快，不给捉住。"

她们说："女老小姑则"（即"女孩子家"）不兴得"逃快快"。逃呀、追呀是"男老小"的事。

我委屈地问：女孩子该怎么？

一个说："步步太阳"（就是古文的"负暄"，"负"读如"步"）。

一个说："到'女生间'去踢踢毽子。"

大庙东庑是"女生间"，里面有个马桶。女生在里面踢毽子。可是我只会跳绳、拍皮球，不会踢毽子，也不喜欢闷在又狭又小的"女生间"里玩。

不知谁画了一幅"孙光头"的像，贴在"女生间"的墙上，大家都对那幅画像拜拜。我以为是讨好孙先生呢。可是她们说，为的是要"钝"死他。我不懂什么叫"钝"。经她们七嘴八舌的解释，又打比方，我渐渐明白"钝"就是叫一个人倒霉，可是不大明白为什么拜他的画像就能叫他倒霉，甚至能"拜死他"。这都是我闻所未闻的。多年后我读了些古书，才知道"钝"就是《易经》《屯》卦的"屯"，遭难当灾的意思。

女生间朝西。下午，院子里大槐树的影子隔窗映在东墙上，印成活动的淡黑影。女生说是鬼，都躲出去。我说是树影，她们不信。我要证明那是树影不是鬼，故意用脚去踢。她们吓得把我都看成了鬼，都远着我。我一人没趣，也无法争辩。

那年我虚岁九岁。我有一两个十岁左右的朋友，并不很要好。和我同座的是班上最大的女生，十五岁。她是女生的头儿。女生中间出了什么纠纷，如吵架之类，都听她说了算。小女孩子都送她东西，讨她的好。一次，有个女孩子送她两只刚出炉的烤白薯。正打上课铃，她已来不及吃。我和她的课桌在末排，离老师最远。我看见她用怪脏的手绢儿包着热白薯，缩一缩鼻涕，假装抹鼻子，就咬一口白薯。我替她捏着一把汗直看她吃完。如果"孙光头"看见，准用教鞭打她脑袋。

在大王庙读什么书，我全忘了，只记得国文教科书上有一课是："子曰，父母之年，不可不知也……""孙光头"把"子曰"

　　　　　杨绛散文

解作"儿子说"。念国文得朗声唱诵，称为"啦"（上声）。我觉得发出这种怪声挺难为情的。

每天上课之前，全体男女学生排队到大院西侧的菜园里去做体操。一个最大的男生站在前面喊口令，喊的不知什么话，弯着舌头，每个字都带个"儿"。后来我由"七儿""八儿"悟出他喊的是"一、二、三、四、五、六、七、八"。弯舌头又带个"儿"，算是官话或国语的。有一节体操是揉肚子，九岁、十岁以上的女生都含羞吃吃地笑，停手不做。我傻里傻气照做，她们都笑我。

我在大王庙上学不过半学期，可是留下的印象却分外生动。直到今天，有时候我还会感到自己仿佛在大王庙里。

一九八八年八月

花 花 儿

　　我大概不能算是爱猫的，因为我只爱个别的一只两只，而且只因为它不像一般的猫而似乎超出了猫类。

　　我从前苏州的家里养许多猫，我喜欢一只名叫大白的。它大概是波斯种，个儿比一般的猫大，浑身白毛，圆脸，一对蓝眼睛非常妩媚灵秀，性情又很温和。我常胡想，童话里美女变的猫，或者能变美女的猫，大概就像大白。大白如在户外玩够了想进屋来，就跳上我父亲书桌横侧的窗台，一只爪子软软地扶着玻璃，轻轻叫唤一声，看见父亲抬头看见它了，就跳下地，跑到门外蹲着静静等候。饭桌上尽管摆着它爱吃的鱼肉，它决不擅自取食，只是忙忙地跳上桌子又跳下地，仰头等着。跳上桌子是说："我也要吃。"跳下地是说："我在这儿等着呢。"

　　默存和我住在清华的时候养一只猫，皮毛不如大白，智力远在大白之上。那是我亲戚从城里抱来的一只小郎猫，才满月，刚断奶。它妈妈是白色长毛的纯波斯种，这儿子却是黑白杂色：背上三个黑圆，一条黑尾巴，四只黑爪子，脸上有匀匀的两个黑半圆，像时髦人戴的大黑眼镜，大得遮去半个脸，不过它连耳朵也是黑的。它是圆脸，灰蓝眼珠，眼神之美不输大白。它忽被人抱出城来，一声声直叫唤。我不忍，把小猫抱在怀里一整天，所以它和我最亲。

　　我们的老李妈爱猫。她说："带气儿的我都爱。"小猫来了我只会抱着，喂小猫的是她，"花花儿"也是她取的名字。那天傍晚她对我说："我已经给它把了一泡屎，我再把它一泡溺，教会了

　　　　　　　　杨绛散文

它，以后就不脏屋子了。"我不知道李妈是怎么"把"、怎么教的，花花儿从来没有弄脏过屋子，一次也没有。

我们让花花儿睡在客堂沙发上一个白布垫子上，那个垫子就算是它的领域。一次我把垫子双折着忘了打开，花花儿就把自己的身体约束成一长条，趴在上面，一点也不越出垫子的范围。一次它聚精会神地蹲在一叠箱子旁边，忽然伸出爪子一捞，就逮了一只耗子。那时候它还很小呢。李妈得意说："这猫儿就是灵。"它很早就懂得不准上饭桌，只伏在我的座后等候。李妈常说："这猫儿可仁义。"

花花儿早上见了李妈就要她抱。它把一只前脚勾着李妈的脖子，像小孩儿那样直着身子坐在李妈臂上。李妈笑说："瞧它！这猫儿敢情是小孩子变的，我就没见过这种样儿。"它早上第一次见我，总把冷鼻子在我脸上碰碰。清华的温德先生最爱猫，家里总养着好几只。他曾对我说："猫儿有时候会闻闻你，可它不是吻你，只是要闻闻你吃了什么东西。"我拿定花花儿不是要闻我吃了什么东西，因为我什么都没吃呢。即使我刚吃了鱼，它也并不再闻我。花花儿只是对我行个"早安"礼。我们有一罐结成团的陈奶粉，那是花花儿的零食。一次默存要花花儿也闻闻他，就拿些奶粉做贿赂。花花儿很懂事，也很无耻。我们夫妇分站在书桌的两头，猫儿站在书桌当中。它对我们俩这边看看，那边看看，要往我这边走，一转念，决然走到拿奶粉罐的默存那边去，闻了他一下脸。我们都大笑说："花花儿真无耻，有奶便是娘。"可是这充分说明，温德先生的话并不对。

一次我们早起不见花花儿。李妈指指茶几底下说："给我拍了一下，躲在那儿委屈呢。我忙着要扫地，它直绕着我要我抱，绕得我眼睛都花了。我拍了它一下，瞧它！赌气了！"花花儿缩在茶几底下，一只前爪遮着脑门子，满脸气苦，我们叫它也不出来。还是李妈把它抱了出来，抚慰了一下，它又照常抱着李妈的脖子，挨在她怀里。我们还没看见过猫儿会委屈，那副气苦的神情不是我们唯心想象的。它第一次上了树不会下来，默存设法救了它下来，它把爪子软软地在默存臂上搭两下，表示感激，这也不是我们主观唯心的想象。

花花儿清早常从户外到我们卧房窗前来窥望。我睡在离窗最近的一边。它也和大白一样，前爪软软地扶着玻璃，只是一声不响，目不转睛地守着。假如我不回脸，它决不叫唤；要等看见我已经看见它了，才叫唤两声，然后也像大白那样跑到门口去蹲着，仰头等候。我开了门它就进来，跳上桌子闻闻我，并不要求我抱。它偶然也闻闻默存和圆圆，不过不是经常。

它渐渐不服管教，晚上要跟进卧房。我们把它按在沙发上，可是一松手它就蹿进卧房；捉出来，又蹿进去，两只眼睛只顾看着我们，表情是恳求。我们三个都心软了，就让它进屋，看它进来了怎么样。我们的卧房是一长间，南北各有大窗，中间放个大衣橱，把屋子隔成前后两间，圆圆睡后间。大衣橱的左侧上方是个小橱，花花儿白天常进卧房，大约看中了那个小橱。它仰头对着小橱叫。我开了小橱的门，它一蹿就蹿进去，蜷伏在内，不肯出来。我们都笑它找到了好一个安适的窝儿，就开着小橱的门，让它睡在里面。可是它又不安分，一会儿又跳到床上，要钻被窝。它好像知道默存最依顺他，就往他被窝里钻，可是一会儿又嫌闷，又要出门去。我们给它折腾了一顿，只好狠狠心把它赶走。经过两三次严厉的管教，它也就听话了。

166

杨绛散文

一次我们吃禾花雀，它吃了些脖子爪子之类，快活得发疯似的从椅子上跳到桌上，又跳回地上，欢腾跳跃，逗得我们大笑不止。它爱吃的东西很特别，如老玉米，水果糖，花生米，好像别的猫不爱吃这些。转眼由春天到了冬天。有时大雪，我怕李妈滑倒（她年已六十），就自己买菜。我买菜，总为李妈买一包香烟，一包花生米。下午没事，李妈坐在自己床上，抱着花花儿，喂它吃花生。花花儿站在她怀里，前脚搭在她肩上，那副模样煞是滑稽。

花花儿周岁的时候李妈病了；病得很重，只好回家。她回家后花花儿早晚在她的卧房门外绕着叫，叫了好几天才罢。换来一个郭妈又凶又狠，把花花儿当冤家看待。一天我坐在书桌前工作，花花儿跳在我的座后，用爪子在我背上一拍，等我回头，它就跳下地，一爪招手似的招，走几步又回头叫我。我就跟它走。它把我直招到厨房里，然后它用后脚站起，伸前爪去抓菜橱下层的橱门——里面有猫鱼。原来花花儿是问我要饭吃。我一看它的饭碗肮脏不堪，半碗剩饭都干硬了。我用热水把硬饭泡洗一下，加上猫鱼拌好，花花儿就乖乖地吃饭。可是我一离开，它就不吃了，追出来把我叫回厨房。我守着，它就吃，走开就不吃。后来我把它的饭碗搬到吃饭间里，它就安安顿顿吃饭。我心想：这猫儿又作怪，它得在饭厅里吃饭呢！不久我发现郭妈作弄它。她双脚夹住花花儿的脑袋，不让它凑近饭碗，嘴里却说："吃啊！吃啊！怎不吃呀？"我过去看看，郭妈忙一松腿，花花儿就跑了。我才懂得花花儿为什么不肯在厨房吃饭。

花花儿到我家一二年后，默存调往城里工作，圆圆也在城里上学，寄宿在校。他们都要周末才回家，平时只我一人吃饭。每年初夏我总"疰夏"，饭菜不过是西红柿汤，凉拌紫菜头之类。花花儿又作怪，它的饭碗在我座后，它不肯在我背后吃。我把它的饭碗挪在饭桌旁边，它才肯吃；吃几口就仰头看着我，等我给它滴上半匙西红柿汤，它才继续吃。我假装不看见也罢，如果它看见我看见它了，就非给它几滴清汤。我觉得这猫儿太唯心了，难道它也爱喝清汤！

猫儿一岁左右还不闹猫，不过外面猫儿叫闹的时候总爱出去看热闹。它一般总找最依顺它的默存，要他开门，把两只前爪抱着他的手腕子轻轻咬一口，然后叼着他的衣服往门口跑，前脚扒门；抬头看着门上的把手，两只眼睛里全是恳求。它这一出去就彻夜不归。好月亮的时候也通宵在外玩儿。两岁以后，它开始闹猫了。我们都看见它争风打架的英雄气概，花花儿成了我们那一区的霸。

有一次我午后上课，半路上看见它"嗷、嗷"怪声叫着过去。它忽然看见了我，立即回复平时的娇声细气，"啊，啊，啊"向我走来。我怕它跟我上课堂，直赶它走。可是它紧跟不离，直跟到洋灰大道边才止步不前，站定了看我走。那条大道是它活动区的边界，它不越出自定的范围。三反运动期间，我每晚开会到半夜三更，花花儿总在它的活动范围内迎候，伴随我回家。

花花儿善解人意，我为它的聪明惊喜，常胡说："这猫儿简直有几分'人气'。"猫的"人气"，当然微弱得似有若无，好比"人为万物之灵"，人的那点灵光，也微弱得只够我们惶惑地照见自己多么愚昧。人的智慧自有打不破的局限，好比猫儿的聪明有它打不破的局限。

花花儿毕竟只是一只猫。三反运动后"院系调整"，我们并入北大，迁居中关园。花花儿依恋旧屋，由我们捉住装入布袋，搬入新居，拴了三天才渐渐习惯些，可是我偶一开门，它一道电光似的向邻近树木繁密的果园蹿去，跑得无影无踪，一去不返。我们费尽心力也找不到它了。我们伤心得从此不再养猫。默存说："有句老话：'狗认人，猫认屋'，看来花花儿没有'超出猫类'。"他的《容安室休沐杂咏》还有一首提到它："音书人事本萧条，广论何心续孝标，应是有情无着处，春风蛱蝶忆儿猫。"

一九八八年九月

记 杨 必

杨必是我的小妹妹，小我十一岁。她行八。我父亲像一般研究古音韵学的人，爱用古字。杨必命名"必"，因为"必"是"八"的古音：家里就称阿必。她小时候，和我年龄差距很大。她渐渐长大，就和我一般儿大。后来竟颠倒了长幼，阿必抢先做了古人。她是一九六八年睡梦里去世的，至今已二十二年了。

杨必一九二二年生在上海。不久我家搬到苏州。她的童年全是在苏州度过的。

她性情平和，很安静。可是自从她能自己行走，成了妈妈所谓"两脚众生"（无锡话"众生"指"牲口"），就看管不住了。她最爱猫，常一人偷偷爬上楼梯，到女佣住的楼上去看小猫。我家养猫多，同时也养一对哈叭狗，所以猫儿下仔总在楼上。一次，妈妈忽见阿必一脸狼狈相，鼻子上抹着一道黑。问她怎么了，她装作若无其事，只说："我囫囵着跌下来的。""囫囵着跌下来"，用语是幼稚的创造，意思却很明显，就是整个人从楼上滚下来了。问她跌了多远，滚下多少级楼梯，她也说不清。她那时才两岁多，还不大会说，也许当时惊魂未定，自己也不知道滚了多远。

她是个乖孩子，只两件事不乖：一是不肯洗脸，二是不肯睡觉。

每当佣人端上热腾腾的洗脸水，她便觉不妙，先还慢悠悠地轻声说："逃——逃——逃——"等妈妈拧了一把热毛巾，她两脚急促地逃跑，一迭连声喊"逃逃逃逃逃！"总被妈妈一把捉住，她哭

杨绛散文

着洗了脸。

我在家时专管阿必睡午觉。她表示要好，尽力做乖孩子。她乖乖地躺在摇篮里，乖乖地闭上眼，一动都不动，让我唱着催眠歌摇她睡。我把学校里学的催眠歌都唱遍了，以为她已入睡，停止了摇和唱。她睁开眼，笑嘻嘻地"点戏"说："再唱《喜旦娄》（Sweet and low，丁尼生诗中流行的《摇篮曲》）。"原来她直在品评，选中了她最喜爱的歌。我火了，沉下脸说："快点困！"（无锡话："快睡！"）阿必觉得我太凶了，乖乖地又闭上了眼。我只好耐心再唱。她往往假装睡着，过好一会儿才睁眼。

有时大家戏问阿必，某人对她怎么凶。例如："三姐姐怎么凶？"

"这是'田'字啊！"（三姐教她识字）

"绛姐怎么凶？"

"快点困！"

阿必能逼真地摹仿我们的声音语调。

"二伯伯（二姑母）怎么凶？"

"着得里一记！"（霹呀的打一下）

她形容二姑母暴躁地打她一下，也非常得神。二姑母很疼她，总怪我妈妈给孩子洗脸不得其法，没头没脑地闷上一把热毛巾，孩子怎么不哭。至于阿必的不肯睡觉，二姑母更有妙论。她说，这孩子前世准是睡梦里死的，所以今生不敢睡，只怕睡眠中又死去。阿必去世，二姑母早殁了，不然她必定说："不是吗？我早就说了。"

我记得妈妈端详着怀抱里的阿必，抑制着悲痛说："活是个阿同（一九一七年去世的二姐）！她知道我想她，所以又来了。"

阿必在小学演《小小画家》的主角，妈妈和二姑母以家长身份去看孩子演剧。阿必平时剪"童化"头，演戏化装，头发往后掠，面貌宛如二姐。妈妈抬头一见，泪如雨下。二姑母回家笑我妈妈真傻，看女儿演个戏都心痛得"眼泪嗒嗒滴"（无锡土话）。她哪里能体会妈妈的心呢。我们忘不了二姐姐十四岁病在上海医院里，日夜思念妈妈，而家在北京，当时因天灾人祸，南北路途不通，妈妈好不容易赶到上海医院看到二姐，二姐瞳孔已散，拉着妈妈的手却看不见妈妈了，直哭。我妈妈为此伤心得哭坏了眼睛。我们懂事后，心上都为妈妈流泪，对眼泪不流的爸爸也一样了解同情。所以阿必不仅是"最小偏怜"，还因为她长得像二姐，而失去二姐是爸爸妈妈最伤心的事。或许为这缘故，我们对阿必倍加爱怜，也夹带着对爸爸妈妈的同情。

阿必在家人偏宠下，不免成了个娇气十足的孩子。一是脾气娇，一是身体娇。身体娇只为妈妈怀她时身体虚弱，全靠吃药保住了孩子。阿必从小体弱，一辈子娇弱。脾气娇是惯出来的，连爸爸妈妈都说阿必太娇了。我们姊妹也嫌她娇，加上弟弟，大伙儿治她。七妹妹（家里称阿七）长阿必六岁，小姐妹俩从小一起玩，一起睡在妈妈大床的脚头，两人最亲密。治好阿必的娇，阿七功劳最大。

阿七是妈妈亲自喂、亲自带大的小女儿，当初满以为她就是老女儿了。爸爸常说，人生第一次经受的伤心事就是妈妈生下间的孩子，因为就此夺去了妈妈的专宠。可是阿七特别善良忠厚，对阿必一点不妒忌，分外亲热。妈妈看着两个孩子凑在一起玩，又心疼又得意地说："看她们俩！真要好啊，从来不吵架，阿七对阿必简直千依百顺。"

无锡人把"逗孩子"称作"引老小"。"引"可以是善意的，

杨绛散文

也可以带些"欺"和"惹"的意思。比如我小弟弟"引"阿必，有时就不是纯出善意。他催眠似的指着阿必说："哦！哭了！哭了！"阿必就应声而哭。爸爸妈妈说："勿要引老小！"同时也训阿必："勿要娇！"但阿七"引"阿必却从不挨骂。

阿七喜欢画（这点也许像二姐）。她几笔便勾下一幅阿必的肖像。阿必眉梢向下而眼梢向上。三姑母宠爱阿必，常说："我俚阿必鼻头长得顶好，小圆鼻头。"（我们听了暗笑，因为从未听说鼻子以"小圆"为美。）阿必常嘻着嘴笑得很淘气。她的脸是蛋形。她自别于猫狗，说自己是圆耳朵。阿七一面画，口中念念有词。

她先画两撇下搭的眉毛，嘴里说："搭其眉毛。"

又画两只眼梢向上的眼睛："豁（无锡话，指上翘）其眼梢。"

又画一个小圆圈儿："小圆其鼻头。"

又画一张嘻开的大宽嘴："薄阔其嘴。"

然后勾上童化头和蛋形的脸："鸭蛋其脸。"

再加上两只圆耳朵："大圆其耳。"

阿必对这幅漫画大有兴趣，拿来仔细看，觉得很像自己，便"哇"地哭了。我们都大笑。

阿七以后每画"搭其眉毛，豁其眼梢"；未到"鸭蛋其脸"，阿必就哭。以后不到"小圆其鼻"她就哭。这幅漫画愈画愈得神，大家都欣赏。一次阿必气呼呼地忍住不哭，看阿七画到"鸭蛋其脸"，就夺过笔，在脸上点好多点儿，自己说："皮蛋其脸！"——她指带拌糠泥壳子的皮蛋，随后跟着大伙一起笑了。这是阿必的大胜利。她杀去娇气，有了幽默感。

我们仍以"引阿必"为乐。三姑母曾给我和弟弟妹妹一套《童谣大观》，共四册，上面收集了全国各地的童谣。我们背熟很多，常挑可以刺激阿必娇气的对她唱。可惜现在我多半忘了，连唱熟的几只也记不全了。例如："我家有个娇妹子，洗脸不洗残盆水，戴花选大朵，要簸箕大的鲤鱼鳞，要……要……要……要……要……要十八个罗汉守轿门，这个亲，才说成。"阿必不娇了，她跟着唱，抢着唱，好像与她无关。她渐渐也能跟着阿七同看翻译的美国小说《小妇人》。这本书我们都看了，大家批评小说里的艾妹（最小的妹妹）最讨厌，接下就说："阿必就像艾妹！"或"阿必就是艾妹！"阿必笑嘻嘻地随我们说，满不在乎。以后我们不再"引阿必"，因为她已能克服娇气，巍然不动了。

阿必有个特殊的本领：她善摹仿。我家的哈叭狗雌性的叫"白克明"，远比雄性的聪明热情。它一见主人，就从头到尾——尤其是腰、后腿、臀、尾一个劲儿的又扭又摆又摇，大概只有极少数的民族舞蹈能全身扭得这么灵活而猛烈，散发出热腾腾的友好与欢忻。阿必有一天忽然高兴，趴在二姑母膝上学"白克明"。她虽然是个小女孩，又没有尾巴，学来却神情毕肖，逗得我们都大乐。以后我们叫她学个什么，她都能，也都像。她尤其喜欢学和她完全不像的人，如美国电影《劳来与哈代》里的胖子劳来。她那么个瘦小女孩儿学大胖子，正如她学小狗那样惟妙惟肖。她能摹仿方言、声调、腔吻、神情。她讲一件事，只需几句叙述，加上摹仿，便有声有色，传神逼真。所以阿必到哪里，总是个欢笑的中心。

我家搬到苏州之后，妈妈正式请二姑母做两个弟弟的家庭教师，阿七也一起由二姑母教。这就是阿必"囫囵着跌下来"的时期。那时我上初中，寄宿在校，周末回家，听阿七顺溜地背《蜀道难》，我连这首诗里的许多字都不识呢，很佩服她。我高中将毕业，阿必渐渐追上阿七。一次阿必忽然出语惊人，讲什么"史湘云睡觉不老实，两弯雪白的膀子掠在被外，手腕上还戴着两只金镯子"。原来她睡在妈妈大床上，晚上假装睡觉，却在帐子里偷看妈妈床头的抄本《石头记》。不久后爸爸买了一部《元曲选》，阿七阿必大高兴。她们不读曲文，单看说白。等我回家，她们争着给我讲元曲故事，又告诉我丫头都叫"梅香"，坏丫头都叫"腊梅"，"弟子孩儿"是骂人，更凶的是骂"秃驴弟子孩儿"等等。我每周末回家，两个妹妹因五天不相见，不知要怎么亲热才好。她们有许多新鲜事要告诉，许多新鲜本领要卖弄。她们都上学了，走读，不像我住校。

"绛姐，你吃'冷饭'吗?"阿必问。

"'冷饭'不是真的冷饭。"阿七解释。

（默存告诉我，他小时走读，放晚学回家总吃"冷饭"。饭是热的，菜是午饭留下的。"吃冷饭"相当于吃点心。）

"绛姐，你吃过生的蚕豆吗? 吃最嫩的，没有生腥味儿。"

"绛姐，我们会摘豌豆苗。"

"绛姐，蚕豆地里有地蚕，肥极了，你看见了准肉麻死!"她们知道我最怕软虫。

我妈妈租下贴邻一亩荒园，带着女佣开垦为菜园。两个妹妹带我到菜园里去摘最嫩的豆角，剥出嫩豆，叫我生吃，眼睁睁地看着我吃，急切等我说声"好"。她们摘些豆苗，摘些嫩豌豆，胡乱洗洗，放在锅里，加些水，自己点火煮给我吃。（这都是避开了大人干的事。她们知道厨房里什么时候没人。）我至今还记得那锅乱七八糟的豆苗和豆角，煮出来的汤十分清香。那时候我已上大学，她们是妹妹，我是姐姐。如今我这个姐姐还在，两个妹妹都没有了，是阿必最小的打头先走。

也不知什么时候起，她们就和我差不多大了。我不大看电影，倒是她们带我看，介绍某某明星如何，什么片子好看。暑假大家在后园乘凉，尽管天还没黑，我如要回房取些什么东西，单独一人不敢去，总求阿七或阿必陪我。她们不像我胆小。寒假如逢下雪，她们一老早便来叫我："绛姐，落雪了！"我赶忙起来和她们一起玩雪。如果雪下得厚，我们还吃雪；到后园石桌上舀了最干净的雪，加些糖，爸爸还教我们挤点橘子汁加在雪里，更好吃。我们三人冻红了鼻子，冻红了手，一起吃雪。我发现了爸爸和姑母说切口的秘诀，就教会阿七阿必，三人一起练习。我们中间的年龄差距已渐渐拉平。但阿必毕竟还小。我结了婚离家出国，阿必才十三岁。

一九三八年秋，我回上海看望爸爸。妈妈已去世，阿必已变了样儿，人也长高了。她在工部局女中上高中。爸爸和大姐跟我讲避难经过，讲妈妈弥留时借住乡间的房子恰在敌方炮火线上，四邻已逃避一空，爸爸和大姐准备和妈妈同归于尽，力劝阿必跟随两位姑母逃生，阿必却怎么也不肯离去。阿必在妈妈身边足足十五年，从没有分离过。以后，爸爸就带着改扮男装的大姐和阿必空身逃到上海。

逃难避居上海，生活不免艰苦。可是我们有爸爸在，仿佛自己还是包在竹箨里的笋，嵌在松球里的松子。阿必仍是承欢膝下的小女儿。我们五个姊妹（弟弟在维也纳学医）经常在爸爸身边相聚，阿必总是个逗趣的人，给大家加添精神与活力。

阿必由中学而大学。她上大学的末一个学期，爸爸去世，她就寄宿在校。毕业后她留校当助教，兼任本校附中的英语教师。阿必课余就忙着在姐姐哥哥各家走动，成了联络的主线。她又是上下两代人中间的桥梁，和下一代的孩子年龄接近，也最亲近。不论她到哪里，她总是最受欢迎的人，因为她逗乐有趣，各家的琐事细故，由她讲来都成了趣谈。她手笔最阔绰，四面分散实惠。默存常笑她"distributing herself"（分配自己）。她总是一团高兴，有说有讲。我只曾见她虎着脸发火，却从未看到她愁眉苦脸、忧忧郁郁。

阿必中学毕业，因不肯离开爸爸，只好在上海升学，考进了震旦女子文理学院。主管这个学校的是个中年的英国修女，名Mother Thornton，我女儿译为"方凳妈妈"。我不知她在教会里的职位，只知她相当于这所大学的校长。她在教员宿舍和学生宿舍里和教员、学生等混得相当熟。"方凳"知道杨必向往清华大学，也知道她有亲戚当时在清华任职。大约是阿必毕业后的一年——也就是胜利后的一年，"方凳"要到北京（当时称北平）开会。她告诉杨必可以带她北去，因为买飞机票等等有方便。阿必不错失时机，随"方凳"到了北京。"方凳"开完会自回上海，阿必留在清华当了一年助教，然后如约回震旦教课。

阿必在震旦上学时，恰逢默存在那里教课，教过她。她另一位老师是陈麟瑞先生。解放后我们夫妇应清华大学的招聘离沪北上，行前向陈先生夫妇辞行。陈先生当时在国际劳工局兼职，要找个中译英的助手。默存提起杨必，陈先生觉得很合适。阿必接受了这份兼职，胜任愉快。大约两三年后这个局解散了，详情我不清楚，只知道那里报酬很高，阿必收入丰富，可以更宽裕地"分配自己"。

解放后"方凳"随教会撤离，又一说是被驱逐回国了。"三反"时阿必方知"方凳"是"特务"。阿必得交代自己和"特务"的关系。我以为只需把关系交代清楚就完了，阿必和这位"特务"有什么不可告人的关系呢！可是阿必说不行，已经有许多人编了许多谎话，例如一个曾受教会照顾、免交学费的留校教师，为了表明

记杨必

自己的立场，说"方凳"贪污了她的钱等等离奇的话。阿必不能驳斥别人的谎言，可是她的老实交代就怎么也"不够"或"很不够"了。假如她也编谎，那就没完没了，因为编开了头也是永远"不够"的。她不肯说谎，交代不出"方凳"当"特务"的任何证据，就成了"拒不交代"，也就成了"拒不检讨"，也就成了"拒绝改造"。经过运动的人，都会了解这样"拒绝"得有多大的勇敢和多强的坚毅。阿必又不是天主教徒，凭什么也不必回护一个早已出境的修女。而且阿必留校工作，并非出于这位修女的赏识或不同一般的交情，只为原已选定留校的一位虔诚教徒意外地离开上海了，杨必凑巧填了这个缺。我当时还说："他们（教会）究竟只相信'他们自己人'。"阿必交代不出"方凳"当"特务"的证据，当然受到嫌疑，因此就给"挂起来"了——相当长期地"挂"着。她在这段时期翻译了一本小说。阿必正像她两岁半"囫囵着跌下"时一样的"若无其事"。

傅雷曾请杨必教傅聪英文。傅雷鼓励她翻译。阿必就写信请教默存指导她翻一本比较短而容易翻的书，试试笔。默存尽老师之责，为她找了玛丽亚·埃杰窝斯的一本小说。建议她译为《剥削世家》。阿必很快译完，也很快就出版了。傅雷以翻译家的经验，劝杨必不要翻名家小说，该翻译大作家的名著。阿必又求教老师。默存想到了萨克雷名著的旧译本不够理想，建议她重译，题目改为《名利场》。阿必欣然准备翻译这部名作，随即和人民文学出版社订下合同。

杨必的"拒不交代"终究获得理解。领导上让她老老实实做了检讨过关。全国"院系调整"，她分配在上海复旦大学外文系，评定为副教授。该说，她得到了相当高的重视；有些比她年纪大或资格好或在国外得到硕士学位的，只评上讲师。

阿必没料到自己马上又要教书。翻译《名利场》的合同刚订下，怎么办？阿必认为既已订约，不能拖延，就在业余翻译吧。她向来业余兼职，并不为任务超重犯愁。

阿必这段时期生活丰富，交游比前更广了。她的朋友男女老少、洋的土的都有。她有些同事比我们夫妇稍稍年长些，和她交往很熟。例如高君珊先生就是由杨必而转和我们相熟的；徐燕谋、林同济、刘大杰各位原是和我们相熟而和杨必交往的。有一位乡土味浓厚而朴质可爱的贾植芳，曾警告杨必：她如不结婚，将来会变成某老姑娘一样的"僵尸"。阿必曾经绘声绘色地向我们叙说并摹仿。也有时髦漂亮而洋派的夫人和她结交。也许我对她们只会远远地欣赏，阿必和她们却是密友。阿必身材好，讲究衣着，她是个很"帅"的上海小姐。一九五四年她因开翻译大会到了北京，重游清华。温德先生见了她笑说："Eh，杨必！smart as ever！"默存毫不客气地当面批评"阿必最 vain"，可是阿必满不在乎，自认"最虚荣"，好比她小时候自称"皮蛋其脸"一样。

爸爸生前看到嫁出的女儿辛勤劳累，心疼地赞叹说："真勇！"接下就说阿必是个"真大小姐"。阿必心虚又淘气地嬉着嘴笑，承认自己无能。她说："若叫我缝衣，准把手指皮也缝上。"家事她是不能干的，也从未操劳过。可是她好像比谁都老成，也有主意。我们姐妹如有什么问题，总请教阿必。默存因此称她为"西碧儿"（Sibyl，古代女预言家）。阿必很幽默地自认为"西碧儿"。反正人家说她什么，她都满不在乎。

阿必和我虽然一个在上海，一个在北京，但因通信勤，彼此的情况还比较熟悉。她偶来北京，我们就更有说不完的话了。她曾学给我听某女同事背后议论她的话："杨必没有'it'。"（"it"指女人吸引男人的"无以名之"的什么东西）阿必乐呵呵地背后回答："你自己有就行了，我要它干吗！"

杨必翻译的《名利场》如期交卷，出版社评给她最高的稿酬。她向来体弱失眠，工作紧张了失眠更厉害，等她赶完《名利场》，身体就垮了。当时她和大姐三姐住在一起。两个姐姐悉心照料她的饮食起居和医疗，三姐每晚还为她打补针。她自己也努力锻炼，打太极拳，学气功，也接受过气功师的治疗，我也曾接她到北京休养，都无济于事。阿必成了长病号。阿七和我有时到上海看望，心上只是惦念。我常后悔没及早切实劝她"细水长流"，不过阿必也不会听我的。工作拖着不完，她决不会定下心来休息。而且失眠是她从小就有的老毛病，假如她不翻译，就能不失眠吗？不过我想她也许不至于这么早就把身体拖垮。

胜利前夕，我爸爸在苏州去世。爸爸带了姐姐等人去苏州之前，曾对我说："阿必就托给你了。"——这是指他离开上海的短期内，可是语气间又好像自己不会再回来似的。爸爸说："你们几个，我都可以放心了，就只阿必。不过，她也就要毕业了，马上能够自立了。那一箱古钱，留给她将来做留学费吧，你看怎样？"接着爸爸说："至于结婚——"他顿了一下，"如果没有好的，宁可不嫁。"爸爸深知阿必虽然看似随和，却是个刚硬的人，要驯得她柔顺，不容易。而且她确也有几分"西碧儿"气味，太晓事，欠盲目。所以她真个成了童谣里唱的那位"我家的娇妹子"，谁家说亲都没有说成。曾几次有人为她向我来说媒，我只能婉言辞谢，不便直说阿必本人坚决不愿。如果对方怨我不出力、不帮忙，我也只好认了。

有人说："女子结婚忧患始。"这话未必对，但用在阿必身上倒也恰当。她虽曾身处逆境，究竟没经历多少人生的忧患。阿必最大的苦恼是拖带着一个脆弱的身躯。这和她要好、要强的心志调和不了。她的病总也无法甩脱。她身心交瘁，对什么都无所留恋了。《名利场》再版，出版社问她有什么要修改的，她说："一个字都不改。"这不是因为自以为尽善尽美，不必再加工修改；她只是没有这份心力，已把自己的成绩都弃之如遗。她用"心一"为笔名，曾发表过几篇散文。我只偶尔为她留得一篇。我问她时，她说："一篇也没留，全扔了。"

"文化大革命"初期，她带病去开会，还曾得到表扬。到"清队"阶段，革命群众要她交代她在国际劳工局兼职的事。她写过几次交代。有一晚，她一觉睡去，没有再醒过来。她使我想起她小时不肯洗脸，连声喊"逃逃逃逃逃！"两脚急促地逃跑，总被妈妈捉住。这回她没给捉住，干净利索地跑了。为此她不免蒙上自杀的嫌疑。军医的解剖检查是彻底的，他们的诊断是急性心脏衰竭。一九七九年，复旦大学外语系为杨必开了追悼会。

阿必去世，大姐姐怕我伤心，先还瞒着我，过了些时候她才写信告诉我。据说，阿必那晚临睡还是好好的。早上该上班了，不见她起来。大姐轻轻地开了她的卧房门，看见她还睡着。近前去看她，她也不醒。再近前去抚摸她，阿必还是不醒。她终究睡熟了，连呼吸都没有了。姐姐说："她脸上非常非常平静。"

一九九〇年六月

孟 婆 茶

（胡思乱想，代序）

　　我登上一列露天的火车，但不是车，因为不在地上走；像筏，却又不在水上行；像飞机，却没有机舱，而且是一长列；看来像一条自动化的传送带，很长很长，两侧设有栏杆，载满乘客，在云海里驰行。我随着队伍上去的时候，随手领到一个对号入座的牌子，可是牌上的字码几经擦改，看不清楚了。我按着模糊的号码前后找去：一处是教师座，都满了，没我的位子；一处是作家座，也满了，没我的位子；一处是翻译者的座，标着英、法、德、日、西等国名，我找了几处，都没有我的位子。传送带上有好多穿灰色制服的管事员。一个管事员就来问我是不是"尾巴"上的，"尾巴"上没有定座。可是我手里却拿着个座牌呢。他要去查对簿子。另一个管事员说，算了，一会儿就到了。他们在传送带的横侧放下一只凳子，请我坐下。

　　我找座的时候碰到些熟人，可是正忙着对号，传送带又不停的运转，行动不便，没来得及交谈。我坐定了才看到四周秩序井然，不敢再乱跑找人。往前看去，只见灰蒙蒙一片昏黑。后面云雾里隐隐半轮红日，好像刚从东方升起，又好像正向西方下沉，可是升又不升，落也不落，老是昏腾腾一团红晕。管事员对着手拿的扩音器只顾喊"往前看！往前看！"他们大多凭栏站在传送带两侧。

　　我悄悄向近旁一个穿灰制服的请教：我们是在什么地方。他笑说："老太太翻了一个大跟斗，还没醒呢！这是西方路上。"他向

杨 绛 散 文

后指点说："那边是红尘世界，咱们正往西去。"说罢也喊"往前看！往前看！"因为好些乘客频频回头，频频拭泪。

我又问："咱们是往哪儿去呀？"

他不理睬，只用扩音器向乘客广播："乘客们做好准备，前一站是孟婆店；孟婆店快到了，请做好准备！"

前前后后传来纷纷议论。

"哦，上孟婆店喝茶去！"

"孟婆茶可喝不得呀！喝一杯，什么事都忘得一干二净了。"

"嘻！喝它一杯孟婆茶，一了百了！"

"我可不喝！多大的浪费啊！一杯茶冲掉了一辈子的经验，一辈子不都是白活了？"

"你还想抱住你那套宝贵的经验，再活一辈子吗？"

"反正我不喝！"

"反正也由不得你！"

管事员大概听惯这类议论。有一个就用扩音器耐心介绍孟婆店。

"'孟婆店'是习惯的名称，现在叫'孟大姐茶楼'。孟大姐是最民主的，喝茶决不勉强。孟大姐茶楼是一座现代化大楼。楼下茶座只供清茶；清茶也许苦些。不爱喝清茶，可以上楼。楼上有各种茶：牛奶红茶，柠檬红茶，薄荷凉茶，玫瑰茄凉茶，应有尽有；还备有各色茶食，可以随意取用。哪位对过去一生有什么意见、什么问题、什么要求、什么建议，上楼去，可分别向各负责部门提出，一一登记。那儿还有电视室，指头一按，就能看自己过去的一辈子——各位不必顾虑，电视室是隔离的，不是公演。"

这话激起哄然笑声。

"平生不作亏心事，我的一生，不妨公演。"这是豪言壮语。

"得有观众欣赏呀！除了你自己，还得有别人爱看啊！"这是个冷冷的声音。

扩音器里继续在讲解：

"茶楼不是娱乐场，看电视是请喝茶的意思。因为不等看完，就渴不及待，急着要喝茶了。"

我悄悄问近旁那个穿制服的："为什么？"

他微微一笑说："你自己瞧瞧去。"

我说，我喝清茶，不上楼。

他诧怪说："谁都上楼，看看热闹也好啊。"

"看完了可以再下楼喝茶吗？"

"不用，楼上现成有茶，清茶也有，上去就不再下楼了——只上，不下。"

我忙问："上楼往哪儿去？不上楼又哪儿去？"

他鼻子里哼了一声说："我只随着这道带子转，不知到哪里去。你不上楼，得早作准备。楼下只停一忽儿，错过就上楼了。"

"准备什么？"

"得轻装，不准夹带私货。"

我前后扫了一眼说："谁还带行李吗？"

他说："行李当然带不了，可是，身上、头里、心里、肚里都不准夹带私货。上楼去的呢，提意见啊，提问题啊，提要求啊，提完了，撩不开的也都撩下了。你是想不上楼去呀。"

我笑说："喝一杯清茶，不都化了吗？"

他说："这儿的茶，只管忘记，不管化。上楼的不用检查。楼下，喝完茶就离站了，夹带着私货过不了关。"

他话犹未了，传送带已开进孟婆店。楼下阴沉沉、冷清清；楼上却灯光明亮，热闹非常。那道传送带好像就要往上开去。我赶忙跨出栏杆，往下就跳。只觉头重脚轻，一跳，头落在枕上，睁眼一看，原来安然躺在床上，耳朵里还能听到"夹带着私货过不了关"。

好吧，我夹带着好些私货呢，得及早清理。

一九八三年十月底

隐 身 衣

（废话，代后记）

我们夫妇有时候说废话玩儿。

"给你一件仙家法宝，你要什么？"

我们都要隐身衣；各披一件，同出遨游。我们只求摆脱羁束，到处阅历，并不想为非作歹。可是玩得高兴，不免放肆淘气，于是惊动了人，隐身不住，得赶紧逃跑。

"阿呀！还得有缩地法！"

"还要护身法！"

想得越周到，要求也越多，干脆连隐身衣也不要了。

其实，如果不想干人世间所不容许的事，无需仙家法宝，凡间也有隐身衣；只是世人非但不以为宝，还惟恐穿在身上，像湿布衫一样脱不下。因为这种隐身衣的料子是卑微。身处卑微，人家就视而不见，见而无睹。

我记得我国笔记小说里讲一人梦魂回家，见到了思念的家人，家里人却看不见他。他开口说话，也没人听见。家人团坐吃饭，他欣然也想入座，却没有他的位子。身居卑微的人也仿佛这个未具人身的幽灵，会有同样的感受。人家眼里没有你，当然视而不见；心上不理会你，就会瞠目无睹。你的"自我"觉得受了轻忽或怠慢或侮辱，人家却未知有你；你虽然生存在人世间，却好像还未具人形，还未曾出生。这样活一辈子，不是虽生犹如未生吗？谁假如说，披了这种隐身衣如何受用，如何逍遥自在，听的人只会觉得这是发扬阿Q精神，或阐述"酸葡萄论"吧？

　　且看咱们的常言俗语，要做个"人上人"呀，"出类拔萃"呀，"出人头地"呀，"脱颖而出"呀，"出锋头"或"拔尖""冒尖"呀等等，可以想见一般人都不甘心受轻忽。他们或悒悒而怨，或愤愤而怒，只求有朝一日挣脱身上这件隐身衣，显身而露面。英美人把社会比作蛇阱（snake pit）。阱里压压挤挤的蛇，一条条都拼命钻出脑袋，探出身子，把别的蛇排挤开，压下去；一个个冒出又没入的蛇头，一条条拱起又压下的蛇身，扭结成团、难分难解的蛇尾，你上我下，你死我活，不断地挣扎斗争。钻不出头，一辈子埋没在下；钻出头，就好比大海里坐在浪尖儿上的跳珠飞沫，迎日月之光而生辉，可说是大丈夫得志了。人生短促，浪尖儿上的一刹那，也可作一生成就的标志，足以自豪。你是"窝囊废"吗？你就甘心郁郁久居人下？

　　但天生万物，有美有不美，有才有不才。万具枯骨，才造得一员名将；小兵小卒，岂能都成为有名的英雄。世上有坐轿的，有抬轿的；有坐席的主人和宾客，有端茶上菜的侍仆。席面上，有人坐首位，有人陪末座。厨房里，有掌勺的上灶，有烧火的灶下婢。天之生材也不齐，怎能一律均等。

　　人的志趣也各不相同。《儒林外史》二十六回里的王太太，津津乐道她在孙乡绅家"吃一、看二、眼观三"的席上，坐在首位，一边一个丫头为她掠开满脸黄豆大的珍珠拖挂，让她露出嘴来吃蜜饯茶。而《堂吉诃德》十一章里的桑丘，却不爱坐酒席，宁愿在自己的角落里，不装斯文，不讲礼数，吃些面包葱头。有人企求飞上高枝，有人宁愿"曳尾涂中"。人各有志，不能相强。

　　有人是别有怀抱，旁人强不过他。譬如他宁愿"曳尾涂中"，也只好由他。有人是有志不伸，自己强不过命运。譬如庸庸碌碌之辈，偏要做"人上人"，这可怎么办呢？常言道："烦恼皆因强出头"。猴子爬得愈高，尾部又秃又红的丑相就愈加显露；自己不知道身上只穿着"皇帝的新衣"，却忙不迭地挣脱"隐身衣"，出乖露丑。好些略具才能的人，一辈子挣扎着求在人上，虚耗了毕生精力，一事无成，真是何苦来呢。

我国古人说："彼人也，予亦人也。"西方人也有类似的话，这不过是勉人努力向上，勿自暴自弃。西班牙谚云："干什么事，成什么人。"人的尊卑，不靠地位，不由出身，只看你自己的成就。我们不妨再加上一句："是什么料，充什么用。"假如是一个萝卜，就力求做个水多肉脆的好萝卜；假如是棵白菜，就力求做一棵糙糙实实的包心好白菜。萝卜白菜是家常食用的菜蔬，不求做庙堂上供设的珍果。我乡童谣有"三月三，荠菜开花赛牡丹"的话。荠菜花怎赛得牡丹花呢！我曾见草丛里一种细小的青花，常猜测那是否西方称为"勿忘我"的草花，因为它太渺小，人家不容易看见。不过我想，野草野菜开一朵小花报答阳光雨露之恩，并不求人"勿忘我"，所谓"草木有本心，何求美人折"。

我爱读东坡"万人如海一身藏"之句，也企慕庄子所谓"陆沉"。社会可以比作"蛇阱"，但"蛇阱"之上，天空还有飞鸟；"蛇阱"之旁，池沼里也有游鱼。古往今来，自有人避开"蛇阱"而"藏身"或"陆沉"。消失于众人之中，如水珠包孕于海水之内，如细小的野花隐藏在草丛里，不求"勿忘我"，不求"赛牡丹"，安闲舒适，得其所哉。一个人不想攀高就不怕下跌，也不用倾轧排挤，可以保其天真，成其自然，潜心一志完成自己能做的事。

而且在隐身衣的掩盖下，还会别有所得，不怕旁人争夺。苏东坡说："山间之明月，水上之清风"是"造物者之无尽藏"，可以随意享用。但造物所藏之外，还有世人所创的东西呢。世态人情，比明月清风更饶有滋味；可作书读，可当戏看。书上的描摹，戏里的扮演，即使栩栩如生，究竟只是文艺作品；人情世态，都是天真自然的流露，往往超出情理之外，新奇得令人震惊，令人骇怪，给人以更深刻的效益，更奇妙的娱乐。惟有身处卑微的人，最有机缘看到世态人情的真相，而不是面对观众的艺术表演。

　　不过这一派胡言纯是废话罢了。急要挣脱隐身衣的人，听了未必入耳；那些不知世间也有隐身衣的人，知道了也还是不会开眼的。平心而论，隐身衣不管是仙家的或凡间的，穿上都有不便——还不止小小的不便。

　　英国威尔斯(H. G. Wells)的科学幻想小说《隐形人》(*Invisible Man*)里，写一个人使用科学方法，得以隐形。可是隐形之后，大吃苦头，例如天冷了不能穿衣服，穿了衣服只好躲在家里，出门只好光着身子，因为穿戴着衣服鞋帽手套而没有脸的人，跑上街去，不是兴妖作怪吗？他得把必需外露的面部封闭得严严密密：上部用帽檐遮盖，下部用围巾包裹，中部架上黑眼镜，鼻子和两颊包上纱布，贴满橡皮膏。要掩饰自己的无形，还需这样煞费苦心！

　　当然，这是死心眼儿的科学制造，比不上仙家的隐身衣。仙家的隐身衣随时可脱，而且能把凡人的衣服一并隐掉。不过，隐身衣下的血肉之躯，终究是凡胎俗骨，耐不得严寒酷热，也经不起任何损伤。别说刀枪的袭击，或水烫火灼，就连砖头木块的磕碰，或笨重的踩上一脚，都受不了。如果没有及时逃避的法术，就需炼成金刚不坏之躯，才保得无事。

　　　　　　　　　　　　　　　　　　隐身衣

穿了凡间的隐身衣有同样不便。肉体包裹的心灵，也是经不起炎凉，受不得磕碰的。要炼成刀枪不入、水火不伤的功夫，谈何容易！如果没有这份功夫，偏偏有缘看到世态人情的真相，就难保不气破了肺，刺伤了心，哪还有闲情逸致把它当好戏看呢。况且，不是演来娱乐观众的戏，不看也罢。假如法国小说家勒萨日笔下的瘸腿魔鬼请我夜游，揭起一个个屋顶让我观看屋里的情景，我一定辞谢不去。获得人间智慧必须身经目击吗？身经目击必定获得智慧吗？人生几何！凭一己的经历，沾沾自以为独具冷眼，阅尽人间，安知不招人暗笑。因为凡间的隐身衣不比仙家法宝，到处都有，披着这种隐身衣的人多得很呢，他们都是瞎了眼的吗？

　　但无论如何，隐身衣总比皇帝的新衣好。

一九八六年发表

艺术与克服困难

——读《红楼梦》偶记

  中国古代的小说和戏剧，写才子佳人的恋爱往往是速成的。元稹《会真记》里张生和莺莺的恋爱就是一例。不过张生虽然一见莺莺就颠倒"几不自持"，莺莺的感情还略有曲折。两人初次见面，莺莺在赌气。张生和她攀谈，她也没答理。张生寄诗挑逗，她起初还拒绝，经过一番内心斗争才应允张生的要求。① 皇甫枚《三水小牍》写步飞烟和赵象的恋爱，就连这点曲折都没有。赵象在墙缝里窥见飞烟，立刻"神气俱丧，废食忘寐"。他托人转达衷情，飞烟听了，"但含笑凝睇而不答"，原来她也曾窥见赵象，爱他才貌，所以已经心肯，据她后来说，她认为这是"前生姻缘"。② 戏剧拘于体裁，男女主角的恋爱不仅速成，竟是现成。王实甫《西厢记》里张生和莺莺偶在僧寺相逢，张生一见莺莺就呆住了，仿佛撞着"五百年风流业冤"，"眼花缭乱口难言，魂灵儿飞半天"。莺莺并不抽身回避，却"尽人调戏䃅香肩，只将花笑拈"。她回身进内，又欲去不行，"眼角留情""脚踪儿将心事传"；还回头相看，留下"临去秋波那一转"。当晚月下，两人隔墙唱和，张生撞出来相见，虽然红娘拉了小姐进去，两人却"眉眼传情，口不言，心自省"，换句话说，已经目成心许。③ 白仁甫《墙头马上》写裴少俊和李千金

---

① 见汪辟疆校录《唐人小说》(中华书局版) 135—136 页。
② 见《唐人小说》293—294 页。
③ 引号内的句子，引自《古本戏曲丛刊》，张深之《正北西厢秘本》卷一第一、二、三折。

的恋爱更是干脆，两人在墙头一见，立刻倾心相爱。① 汤显祖《牡丹亭》里的杜丽娘，压根儿还未碰见柳梦梅，只在梦里见到，"素昧平生"，可是觉得"是那处曾见，相看俨然"，② 便苦苦相思，弄得神魂颠倒，死去活来。

这种速成或现成的恋爱，作者总解释为"天缘""奇缘""夙缘"或"五百年风流业冤"。这等情节，古希腊小说里也早有描写。在赫利奥多罗斯(Heliodorus)的有名的《埃塞俄比卡》(Aethiopica)里，男女主角若不是奇缘，决不会相见。他们偶在神庙相逢，"两人一见倾心，就在那一面之间，两个灵魂已经互相投合，仿佛感觉到彼此是同类，彼此是亲属，因为品质相仿。当时两下里都一呆，仿佛愣住了……两人深深地相视半晌，好像是认识的，或者似曾相识，各在搜索自己的记忆"。③ 阿基琉斯·塔提奥斯(Achilles Tatius)的《琉基佩与克勒托丰》(Leucippe and Clitophon)写女主角到男主角家去避难，两人才有机缘相见。事先男主角有个奇梦，预示他未来的命运。第二天两人见面，据男主角自叙："我一见她，我马上就完了"，"各种感觉掺和在我胸中。我又是钦慕，又是痴呆，又怕，又羞，又是不识羞。她的相貌使我钦慕，她的美使我痴呆，我心跳可知是害怕，我不识羞的光着眼睛看她，可是给人瞧见时我又害羞"。④ 这两个例子都写平时不得见面的男女青年，一见倾心，而这一见倾心是由于夙世或命定的姻缘。当然，一见倾心和似曾相识的心理状态，并不由时代和社会背景造成。莎士比亚的《罗密欧

---

① 见臧晋叔编《元曲选》(文学古籍刊行社出版)第334页。
② 见徐朔方、杨笑梅校注《牡丹亭》(中华书局版)第47页。
③ 见《希腊小说》(Romans grecs)——加尼埃(Garnier)经典丛书本第82页。
④ 见《琉基佩与克勒托丰》——勒勃(Loeb)经典丛书本第13—15页。

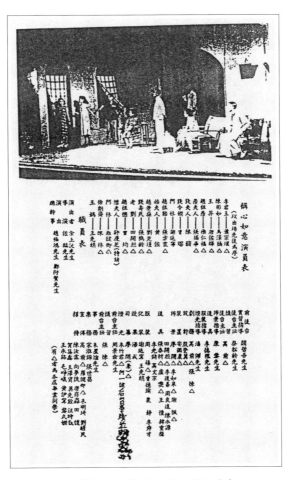

公演《称心如意》纪念手册的演员表

与朱丽叶》里，男女主角是在许多男女一起的舞会上相逢的，他们不也是一见倾心的吗？① 不过在男女没有社交的时代，作者要描写恋爱，这就是最便利的方式。

《红楼梦》里贾宝玉和林黛玉的姻缘，据作者安排，也是前生注定的。所以黛玉一见宝玉，便大吃一惊，心中想道："好生奇怪！倒像在哪里见过的？何等眼熟！"② 宝玉把黛玉细认一番之后，笑道："这个妹妹，我曾见过的。"③ 不过他们没有立刻倾心相爱，以身相许。作者并不采用这个便利的方式。《红楼梦》里青埂峰下的顽石对空空道人议论"才子佳人等书""开口文君，满篇子建，千部一腔，千人一面，且终不能不涉淫滥"。④ 第五十回贾母评才子佳人这类的书"编得连影也没有"，既不合人物身份，也不符实际情况。⑤ 她这番话和"石兄"的议论相同，显然是作者本人的意见，可见他写儿女之情，旨在别开生面，不落俗套。

作者笔下的林黛玉是"石兄"所谓有痴情、有小才的"异样女子"。⑥ 贾宝玉不是才子而是个"多情公子"，是公侯家的"不肖子"。他们俩的感情一点"不涉淫滥"。林黛玉葬花词里有"质本洁来还洁去"的话，她临终说："我的身子是干净的"，都是刻意表明这一点。黛玉尽管把袭人呼作"好嫂子"，⑦ 袭人和宝玉的关系她从来不屑过问。她和宝玉的爱情"不涉淫滥"，不由速成，而是小儿女心心相印、逐渐滋生的。

① 见《琉基佩与克勒托本》第一幕第五场。
② 见曹雪芹著《红楼梦》（作家出版社版）第 30 页。下引均出此版。
③ 同上书，第 31 页。
④ 同上书，第 3 页。
⑤ 同上书，第 591—592 页。
⑥ 同上书，第 2 页。
⑦ 同上书，第 324 页。

但封建社会男女有别，礼防森严，未婚男女很少相近的机会。《红楼梦》作者辟出一个大观园，让宝玉、黛玉和一群姊妹、丫环同在园内起居，比西欧十八九世纪青年男女在茶会、宴会和舞会上相聚更觉自然家常。① 这就突破时代的限制。宝玉和黛玉不仅小时候一床睡、一桌吃，直到宝玉十七八岁，他们还可以朝夕相处。他们可以由亲密的伴侣、相契的知己而互相爱恋。

但大观园究竟不能脱离当时的社会而自成世界。大观园只容许一群小儿女亲密地一起生活，并不容许他们恋爱。即使戴金锁的是林黛玉，她和宝玉也只可以在结婚之后，享"闺房之乐"。恋爱在当时说来是"私情"，是"心病"，甚至是"下流痴病"。② "别的事"尽管没有，"心病也是断断有不得的"。女孩子大了，懂得人事，如果"心里有别的想头，成了什么人了呢!"③ 在这种气氛里，宝玉和黛玉断断不能恋爱。作者要"谈情"，而又不像过去的小说或戏剧里用私情幽会的方式来反抗礼教的压力，他就得别出心裁，另觅途径。正因此，《红楼梦》里写的恋爱，和我国过去的小说戏剧里不同，也是西洋小说里所没有的。

假如宝玉和黛玉能像传奇里的才子佳人那样幽期密约、私订终身；假如他们能像西洋小说或电影里的男女主角，问答一声："你爱我不"，"我爱你"；那么，"大旨谈情"④ 的《红楼梦》，就把"情"干干脆脆地一下子谈完了。但是宝玉和黛玉的恋爱始终只好

① 尤其舞会是男女调情的场合，可参看《傲慢与偏见》的作者奥斯丁（Jane Austen）的《书信集》增订本——查普曼（R. W. Chapman）编，第 2、11、44、52 页等。
② 见《红楼梦》第 306 页。
③ 同上书，第 1103 页。
④ 同上书，第 3 页。

杨绛 散文

是暗流，非但不敢明说，对自己都不敢承认。宝玉只在失神落魄的时候才大胆向黛玉说出"心病"。[1] 黛玉也只在迷失本性的时候才把心里的问题直截痛快地问出来。[2] 他们的情感平时都埋在心里，只在微琐的小事上流露，彼此只好暗暗领会，心上总觉得悬悬不定。宝玉惟恐黛玉不知他的心，要表白而不能。黛玉还愁宝玉的心未必尽属于她，却又不能问。她既然心中意中只缠绵着一个宝玉，不免时时要问，处处要问；宝玉心中意中也只有一个她吗？没别的姊妹吗？跟她的交情究竟与众不同呢？还是差不多？也许他跟别人更要好些？人家有"金"来配他的"玉"，宝玉对"金玉"之说果真不理会吗？还是哄她呢？这许多问题黛玉既不能用嘴来问，只好用她的心随时随地去摸索。我们只看见她心眼儿细、疑心重，好像她生性就是如此，其实委屈了黛玉，那不过是她"心病"的表现罢了。

试看她和宝玉历次的吵架或是偶然奚落嘲笑，无非是为了以上那些计较。例如第八回，黛玉奚落宝玉听从宝钗的话，比圣旨还快；第十九回，她取笑宝玉是否有"暖香"来配人家的"冷香"；第二十回，史湘云来了，黛玉讥笑宝玉若不是被宝钗绊住，早就飞来；第二十二回，黛玉听见宝玉背后向湘云说她多心，因而气恼，和宝玉吵嘴；第二十六回，黛玉因晴雯不开门而生误会；第二十八回，黛玉说宝玉见了姐姐就把妹妹忘了；第二十九回，二人自清虚观回来砸玉大吵。这类的例子还多，看来都只是不足道的细事，可是黛玉却在从中摸索宝玉的心，同时也情不自禁地流露了自己的"心病"。

---

[1] 见《红楼梦》第337页。
[2] 同上书，第1100页。

宝玉何尝不知黛玉的心意，所以时时向她表白。有时表白得恰到好处，二人可以心照。例如第二十回，他表示自己和宝钗的亲不及和黛玉亲，说是"亲不间疏，后不僭先"。

> 黛玉啐道："我难道叫你远他？我成了什么人呢？我为的是我的心。"
>
> 宝玉道："我也为的是我的心。你难道就知道你的心，不知道我的心不成。"
>
> 黛玉听了低头不语。①

又如宝玉和黛玉吵架后上门赔罪，说："若等旁人来劝，'岂不咱们倒觉生分了'。"黛玉就知他们究竟比旁人亲近。② 有时宝玉表白得太露骨，如引《西厢记》说："我就是个'多愁多病'的身，你就是那'倾国倾城'的貌"；③ 又说："'若共你多情小姐共鸳帐'……"这就未免轻薄之嫌，难怪黛玉嗔怒。有时他又表白得太造次，如说："你死了，我做和尚"，④ 未免唐突，使黛玉脸上下不去。反正他们两人吵架一番，就是问答一番，也许就是宝玉的偈语里所谓"你证我证，心证意证"。⑤ 到第三十二回宝玉向黛玉说"你放心"⑥ 那一段话，竟是直指她的"心病"，他自己也掏出心来。第三十四回，宝玉赠旧帕，黛玉在帕题诗，二人心上的话虽未

---

① 见《红楼梦》第 205 页。
② 同上书，第 312 页。
③ 同上书，第 234 页。
④ 同上书，第 312 页。
⑤ 同上书，第 222 页。
⑥ 同上书，第 336 页。

出口，彼此都心领神会，"心证意证"，已无可再证。

可是黛玉的心依然放不下来。宝玉固然是她的知己，他们的交情又经得几久呢？彼此年岁渐渐长大，防嫌也渐渐的多起来，不能常像小时候那样不拘形迹；将来宝玉娶了亲，就不能再住在大观园里和姐妹做伴。贾母、王夫人等又不像有意要把她配给宝玉。在宝玉"逢五鬼"前后，据凤姐口气，好像贾府属意的是黛玉。第二十五回，凤姐取笑黛玉说，"吃了我们家的茶，怎么还不给我们家做媳妇儿？"还指着宝玉说："你瞧瞧，人物儿配不上？门第儿配不上？根基家私儿配不上？……"所以宝玉病愈黛玉念了一声佛，宝钗的笑里是很有含义的。可是从此以后，黛玉这点希望日趋渺茫。第二十八回，元妃赏节礼，只有宝钗的和宝玉的一样。第三十五回，宝玉引诱贾母称赞黛玉，贾母称赞的却是宝钗。宝钗在贾府愈来愈得人心，黛玉的前途也愈来愈灰黯。黛玉尽管领会宝玉的心，只怕命运不由他们做主。所以她自叹："我虽为你的知己，但恐不能久持；你纵为我的知己，奈我薄命何。"①为这个缘故，黛玉时常伤感。第五十七回，紫鹃哄宝玉说黛玉要回南方，宝玉听了几乎疯傻。紫鹃在怡红院侍疾回来，对黛玉说宝玉"心实"，劝黛玉"作定大事要紧"，黛玉口中责骂，心上却不免感伤，哭了一夜。第六十四回，宝玉劝黛玉保重身体，说了半句咽住，黛玉又"心有所感"，二人无言对泣。第七十九回，宝玉把《芙蓉女儿诔》里的句子改成"茜纱窗下，我本无缘；黄土陇中，卿何薄命"，黛玉陡然变色，因为正合了时刻在她心念中的伤感和疑虑。

《红楼梦》后四十回虽是续笔，描写宝玉和黛玉的恋爱还一贯

---

① 见《红楼梦》第335页。

以前的笔法。黛玉一颗心既悬悬不定，第八十九回误传宝玉定亲，她就蛇影杯弓，至于绝粒；第九十六回听说宝玉将娶宝钗，她不仅觉得"将身撂在大海里一般"，① 竟把从前领会的种种，都不复作准。她觉得自己是错了，宝玉何尝是她的知己，他只是个见异思迁、薄倖负心的人。所以她心中恨恨，烧毁了自己平日的诗稿和题诗的旧帕，断绝痴情。晴雯虽然负屈而死，临终却和宝玉谈过衷心的话，还交换过纪念的东西，她死而无憾。黛玉却连这点儿安慰都没有。她的一片痴心竟是空抛了，只好譬说是前生赖他甘露灌溉，今生拿眼泪来偿还。宝玉一次次向黛玉表明心迹，竟不能证实，更无法自明。他在黛玉身上那番苦心，只留得一点回忆，赚得几分智慧，好比青埂峰下顽石，在红尘世界经历一番，"磨出光明，修成圆觉"，② 石上镌刻了一篇记载。他们中间那段不敢明说的痴情，末了还是用误解来结束。他们苦苦的互相探索，结果还是互相错失了。

俗语"好事多磨"，在艺术的创作里，往往"多磨"才能"好"。因为深刻而真挚的思想情感，原来不易表达。现成的方式，不能把作者独自经验到的生活感受表达得尽致，表达得妥帖。创作过程中遇到阻碍和约束，正可以逼使作者去搜索、去建造一个适合于自己的方式；而在搜索、建造的同时，他也锤炼了所要表达的内容，使合乎他自建的形式。这样他就把自己最深刻、最真挚的思想情感很完美地表达出来，成为伟大的艺术品。好比一股流水，遇到石头拦阻，又有堤岸约束住，得另觅途径，却又不能逃避阻碍，只好从石缝中迸出，于是就激荡出波澜，冲溅出浪花来。《红楼梦》

---

① 见《红楼梦》第 1023 页。
② 同上书，第 1364 页。

杨 绛 散 文

作者描写恋爱时笔下的重重障碍，逼得他只好去开拓新的境地，同时又把他羁绊在范围以内，不容逃避困难。于是一部《红楼梦》一方面突破了时代的限制，一方面仍然带着浓郁的时代色彩。这就造成作品独特的风格，异样的情味。在这个意义上，可以应用十六世纪意大利批评家卡斯特维特罗（Castelvetro）的名言："欣赏艺术，就是欣赏困难的克服。"①

一九五九年

---

① 转引自吉尔伯、枯恩（K. E. Gilbert and H. Kuhn）合编《美学史》（*A History of Esthetics*）修订本第 171 页。

事实—故事—真实

　　美国散文家霍姆士在他《早餐桌上的独裁者》一书里，谈起他为什么不写小说。他说，写小说不比写诗。写诗可以借文字的韵律、想象的光彩、激情的闪耀等把自己赤裸裸的心加以掩饰；写小说就把自己的秘密泄漏无遗，而且把自己的朋友都暴露了。[①] 这话原带几分诙谐，但他这点顾虑，大概中外许多小说家也体会到，所以常设法给自己打掩护。或者说，这个故事千真万确，出自什么可靠的文献，表明这部小说不是按作者本人的经历写成。或者说，小说里的人物故事都是子虚乌有，纯属虚构，希望读者勿把小说里的人物故事往真人——尤其是作者自己身上套去。这类例子，西洋小说里多不胜举。我国小说作者为自己打掩护的例子，也随手拈来就有。

　　《红楼梦》开卷第一回说，作者"将真事隐去"，用假语村言敷衍出一段故事来；故事也"无朝代年纪可考"。但作者似乎觉得遮盖不够，还使用了一些隐身法，表示贾宝玉的经历，不是曹雪芹的经历，作者也不是曹雪芹；曹雪芹不过把现成的《红楼梦》"披阅十载，增删五次，纂成目录，分出章回"。《红楼梦》是空空道人从"字迹分明、编述历历"的石上抄来。据《红楼梦》程乙本，石头就是神瑛侍者[②]——贾宝玉的前身。据脂本，石头是神瑛下凡时夹带

[①]　见霍姆士（Oliver Wendell Holmes，1809—1894）著《早餐桌上的独裁者》（*The Autocrat of the Breakfast Table*），伦敦沃尔特·司各特版第 55 页。

[②]　见作家出版社《红楼梦》第 4 页。下引均出此版。

的"蠢物"，是贾宝玉落胎衔下的通灵宝玉，换句话说，石头不是宝玉本人，只是附在他身上的旁观者。

《水浒传》写一百单八个好汉；即使真有其人，也是前朝的人物了，他们干的事，作者不怕沾边。可是作者在开卷第一回还打出官腔，说这伙强盗是妖魔下凡；第二回表示作者赞许的不是水泊聚义的强盗，是明哲保身的王教头。

小说作者在运用"隐身法"的同时，又爱强调他书里写的确是真情实事。《红楼梦》所记金陵十二钗，"闺阁中历历有人"，[①]是作者"这半世亲见亲闻的几个女子"。[②]《水浒传》里三十六员"天罡星"在《大宋宣和遗事》里既有名有姓，小说所记想必凿凿有据。《会真记》是元稹所撰传奇小说，但故事里说得人证物证俱全，张生把莺莺寄他的情书给朋友看了，"由是时人多闻之"。杨巨源、李绅、元稹还都为这事做了诗。可见张生真有其人，他和莺莺的一段私情也真有其事。

具有讽刺意味的是：故事如写得栩栩如真，唤起了读者的兴趣和共鸣，他们就不理会作者的遮遮掩掩，竭力从虚构的故事里去寻求作者真身，还要掏出他的心来看看。

当然，了解作者的思想感情和为人行事，有助于了解他的作品。我们研究一部小说，就要研究作者的社会和家庭背景，要读他的传记、书信、日记等等。但读者对作者本人的兴趣，往往侵夺了对他作品的兴趣；以至研究作品，只成了研究作者生平的一部分或一小部分。例如海外学者说我国的"《红》学"其实是"曹学"，确也不错。研究文学作品往往如此。英国十九世纪小说家狄更斯和

---

① 见《红楼梦》第 1 页。
② 同上书，第 3 页。

　　　　　　　事实—故事—真实

萨克雷的小说，在他们国内是流传颇广的读物。学者研究他们的作品，就把他们生前不愿人知的秘密一一揭发。他们曾用浓墨涂掉的字迹，在科学昌明的后世，涂上些化学液，就像我们大字报上指控的秘事一样"昭然若揭"，历历可见。于是我们知道狄更斯私心眷爱的是哪一位内姨、哪一位女明星；萨克雷对他好友的妻子怎样情思缠绵。他们的秘密都公开了。

诗人也并不例外。诗人的诗，并不像海蚌壳内夹进了沙子而孕育出来的珍珠那样，能把沙子掩藏得不见形迹。后世读了莎士比亚的十四行诗，就要追问诗人钟情的"黑女郎"（Dark Lady）究竟是谁，那位挚友和诗人又是什么关系；读了拜伦《我们俩分手的时候》，就要知道"我们俩"中的那一位是谁；读了朱彝尊的《桂殿秋》"共眠一舸听秋雨，小簟轻衾各自寒"，就要问那是和谁共"渡江干"，和他《风怀》五言排律所写的是否指同一个女人。越是人所共知的作品，因为流传久远，就使作者千秋万世之后，还被聚光灯圈罩住，供读者品评议论。

作者如果觉得自己这颗心值得当做典型来剖析，不妨学卢梭写《忏悔录》，既省得读者费功夫捉摸，也免得自己遭受误解。不然，干脆写真人真事。世上现成有人人爱戴的豪杰之士，有人人鄙恶的奸邪小人。我们读到有关革命英雄的报道，尽管朴质无文，也深受感动，心向神往。作者何不写传记、回忆录、报道之类，偏要创作小说呢？

看来小说家创作小说，也和诗人作诗一样情不自禁。作者在生活中有所感受，就好比我国历史上后稷之母姜嫄，践踏了巨人的足迹，有感而孕。西文"思想的形成"和"怀孕"是同一个字。[1]作者头脑里结成的胎儿，一旦长成，就不得不诞生。

我们且不问作者怎样"有感而孕"。因为小说的范围至为广泛。作者挑选的体裁、写作的动机、题材的选择、创作的方法，以及内心的喜怒哀乐等等感情各有不同。但不管怎样，小说终究是创作，是作者头脑里孕育的产物。尽管小说依据真人实事，经过作者头脑的孕育，就改变了原样。便像历史小说《三国演义》，和历史《三国志》就不同；《三国演义》里披发仗剑的诸葛亮，不是历史上的诸葛亮。小说是创造，是虚构。但小说和其他艺术创造一样，总不脱离西方文艺理论所谓"模仿真实"。"真实"不指事实，而是所谓"贴合人生的真相"，[2] 就是说，作者按照自己心目中的人生真相——或一点一滴、东鳞西爪的真相来创作。

试举一简短的例，说明虚构的事如何依据事实，而表达真实。

元稹悼亡诗有一首《梦井》，说他梦中登上高原，看见一口深井。一只落在井里的吊桶在水上沉浮，井架上却没有系住吊桶的绳索。他怕吊桶下沉，忙赶到村子里去求助。但村上不见一人，只有猛犬。他回来绕井大哭，哽咽而醒。醒来正夜半，觉得那只落入深井的吊桶，就是埋在深圹下的亡妻化身，便伤心痛哭，醒梦之间，仿佛见到了生和死的境界（"所伤觉梦间，便觉生死境"）。元稹这个梦有事实根据。他的亡妻埋在三丈深的坟圹里。[3] 当然，深井不是深圹，吊桶不是亡妻。但这个梦是他悼念亡妻的真情结成，是这一腔感情的形象化；而所具的形象——梦中情景，体现了他对生和

---

① 其英文为 conceive；法文为 concevoir；拉丁文为 concipere。
② 参看布切（S. H. Butcher）《亚里士多德有关诗与艺术的理论》（*Aristotle's Theory of Poetry and Fine Art*），麦克密仑版第 153 页。下引同出此版。
③ 参看他的《江陵三梦》诗"古原三丈穴，深埋一枝琼"。

死的观念，是他意识里的生和死的境界。

梦是潜意识的创造。做梦的同时，创造就已完成。小说是有意识的创造，有一段构思的过程。但虚构的小说，也同样依据事实，同样体现作者的真情，表达作者对人生的观念。曹雪芹题《红楼梦》诗："满纸荒唐言，一把辛酸泪……"小说尽管根据作者的半生经验，却是"将真事隐去"的"满纸荒唐言"。这"满纸荒唐言"是作者"一把辛酸泪"结成的，体现作者的真情。而作者描写"悲欢离合、兴衰际遇，俱按迹循踪，不敢稍加穿凿，致失其真"，① 就是说，作者按照他所认识的世情常态，写出了他意识中的人生真相。

创造小说，离不开我们所处的真实世界。第一，作者要处在实际生活中，才会有所感受。我们要作者体验生活，就是此意。第二，真人真事是创造人物故事所必不可少的材料。若凭空臆造，便是琐事细节，也会使故事失实。例如写穷苦人吃棒子面，一根一根往嘴里送；写洋派时髦小姐喝咖啡，用茶匙一匙匙舀着喝；写旧日封建家庭佣仆对主人直呼其名，或夫妇间互称"老张"、"小李"，都使读者觉得不可能，因而不可信。第三，真人真事是衡量人事的尺度。尽管有些真人真事比虚拟的人物故事还古怪离奇，虚构的人物故事却不能不合人世常情，便是蓄意写怪人怪事，也须怪得合乎情理。

但真人真事的作用有限。第一，真人真事不一定触发感受，有了感受也不一定就有创作。经验丰富的人未必写小说。感受是内因和外因的结合；铁片儿打在火石上，才会爆发火花；西谚所谓

---

① 见《红楼梦》第3页。

杨绛 散文

"你必须携带本钱到美洲去，才能把美洲的财富赚回来"。第二，经验所供给的材料，如不能活用，只是废料。写小说不比按食谱做菜，用上多少主料、多少配料，就能做出一盘美味来。小说不能按创作理论拼凑配搭而成。第三，真人真事不成尺度。要见到世事的全貌，才能捉摸世情事势的常态。不然的话，只如佛经寓言瞎子摸象，摸不到象的真相。

真人真事的价值，全凭作者怎样取用。小说家没有经验，无从创造。但经验好比点上个火；想象是这个火所发的光。没有火就没有光，但光照所及，远远超过火点儿的大小。《水浒传》写一百单八个好汉，《儒林外史》写各式各样的知识分子，《西游记》里的行者、八戒，能上天、入地、下海，难道都是个人的经验！法国小说《吉尔·布拉斯》写的是西班牙故事，作者从未到过西班牙，可是有人还以为那部小说是从西班牙小说翻译的。这都说明作者的创造，能远远超出他个人的经验。

想象的光不仅四面放射，还有反照，还有折光。作者头脑里的经验，有如万花筒里的几片玻璃屑，能幻出无限图案。《红楼梦》里那么许多女孩子，何必个个都真有其人呢？可以一人而分为二人、三人；可以一身而兼具二美、三美。英小说《名利场》的作者自己说，这部小说里的某人，一身兼具他的母亲、他的妻子、他爱慕的女友三人的性格。又说作家创造人物，是把某甲的头皮、某乙的脚跟皮拼凑而成。这就是说，小说里的人物不是现成的真人，而是创造，或者可以说是严格意义上的"捏造"，把不同来源的成分"捏"成一团。法国小说《包法利夫人》的主角，曾有人考出是某某夫人，但作者给他女友的信上一再郑重声明："包法利夫人是我自

　　　　　　事实—故事—真实

己——是我按照自己塑造的。"① 我们总不能说作者原来是个女人呀。英小说《鲁滨孙漂流记》的确根据真人真事，但小说里的鲁滨孙和真人赛尔柯克(Selkirk)是截然两人，所经历的事也各自不同。这都说明小说里的人物故事尽管依据真人真事，也不是真人真事。作者由观察详尽，分析入微，设身处地，由小见大，能近取之自身，远取之他人，近取之自身的经历，远取之他人的经历，不受真人实事的局限。

但小说家的想象，并非漫无控制。小说家的构思，一方面靠想象力的繁衍变幻，以求丰富多彩，一方面还靠判断力的修改剪裁，以求贴合人生真相。前者是形象思维，后者是逻辑思维，两种思维同时并用。想象力任意飞翔的时候，判断力就加以导引，纳入合情合理的轨道——西方文艺理论所谓"或然"或"必然"的规律，②使人物、故事贴合我们所处的真实世界。因为故事必须合情合理，才是可能或必然会发生的事，我们才觉得是真事。人物必须像个真人，才能是活人。作者喜怒哀乐等感情，必须寄放在活人心上，才由抽象转为真实的感情，而活人离不开我们生存的世界。便是神怪小说如《西游记》里的孙行者和猪八戒，也都是人的典型；《聊斋志异》里的狐鬼，也过着我们人世的生活。读者关切的是活的人、真的事。读一部小说，觉得世上确有此等事，确有此等人，就恍如身入其境，仿佛《黄粱梦》里的书生，经历一番轮回，对人世加深了认识。作者写一部小说，也是要读者置身于他虚构的境地，亲自领略小说里含蕴的思想感情；作者就把自己的感受，传到读者心里，

---

① 见蒂勃代(Albert Thibaudet)著《古斯塔夫·福楼拜》(Gustave Flaubert)，1935年加利玛(Gallimard)版第 92 页。
② 见布切《亚里士多德有关诗与艺术的理论》第 164 页。

杨 绛 散 文

在他们心里存留下去。

　　小说有它自身的规律和内在的要求。真人真事进入小说的领域，就得顺从小说的规律，适应这部小说的要求。即使是所谓"自叙体"小说，大家公认为小说所根据的真人真事，也不能和小说里的人物故事混为一谈。人既不同原来，事也随着改变，感情也有所提炼。我们不妨借一个大家熟悉的小故事为例，加以说明。

　　元稹所撰《会真记》（或《莺莺传》）向来称为自叙之作。元稹的艳诗里又有《莺莺诗》《赠双文》《会真诗》等诗。考据者因此断定传奇所记是真情实事。但艳诗的作者元稹，和传奇里的张生并不一样；艳诗里的莺莺，和传奇里的莺莺也大不相同。

　　诗和小说同是虚构，不能用作考究事实的根据。但元稹寄给白居易的《梦游春》诗，有自题的序；白居易《和梦游春》诗，也有自序。两人的序显然是至友间的私房话。① 据此二序，可知元稹《梦游春》是叙述自己的"梦游"以及结婚、做官的经历，白居易认为"大抵悔既往而悟将来也"，但说元稹不够彻悟，所以"重为足下陈梦游之中所以甚感者，叙婚仕之际所以至感者"；诗里劝诫说："艳色即空花"，"合是离之始"，"魔须慧刀戮"等语。这就可见元稹未能挥慧剑斩断情丝。元稹艳诗如《梦昔时》《古决绝词》《所思》《莺莺诗》《离思》《赠双文》《杂忆》等作，② 尽管没指明情人是谁，显然都是写他本人的爱情。

　　大抵诗人所谓"游仙""会真"，无非寻花问柳而有所遇。"灵境"的"仙"，"花丛"的"花"，就是美人，或者干脆说，就是

---

①　元稹的序上说："斯言也，不可使不知吾者知，知吾者亦不可使不知。乐天知吾〔者〕也，吾不敢不使吾子知……"白居易序上说："微之微之，予斯言也，尤不可使不知吾者知，幸藏之云尔。"
②　见《全唐诗》卷15，元稹16。

妓女。①《梦游春》叙他遇见一个中意的美人，但和她不久分手，思念甚苦，觉得其他美人不复值得顾盼。所以"觉来八九年，不向花回顾……我到看花时，但作怀仙句……"《离思》"取次花丛懒回顾，半缘修道半缘君"，显然也是为这位美人所作。《莺莺诗》亦作《离思》第一首，所以这位美人就名莺莺——很可能是假名。《古决绝词》写一对别多会少的情人。第一首女方说，她宁愿彼此是天上牵牛织女星，"七月七日一相见，相见故心终不移"，但她只是朝开暮落、随风四飞的红槿花。她怨叹说："君情既决绝，妾意亦参差，借如生死别，安得常苦悲。"第二首男方说自己心怀郁结，因为"有美一人，于焉旷绝"。这位美人年纪很小（"水得风兮，小而已波，笋在苞兮，高不见节"），她像桃李当春，众人竞相攀折（"矧桃李之当春，竞众人而攀折"）。所以男的说：我走后怎保得住你的清白（"安能保君皑皑之如雪"）；我虽是你第一个情人，但怎能叫你不给别人抢去（"幸他人之既不我先，又安能使他人之终不我夺"）；末了慨叹说：罢了，牛女一年一见，别后彼此什么事不干（"彼此隔河何事无"）。第三首合男女双方说："夜夜相抱眠，幽怀尚沉结，那堪一年事，长遣一宵说……一去又一年，一年何可彻。有此迢递期，不如生死别，天公隔是妒相怜，何不便教相决绝。"这首诗题目是《古决绝词》，写的是这一对情人决绝不下，只好怨老天爷忌妒他们相爱，给他们无限苦恼。《所思》"相逢相失还如梦，为雨为云今不知……"；《梦昔时》"……山川已永隔，云雨两无期，何事来相感，又成新别离。"都可见作者情思缠绵，睡梦里都撩拨不开。不论元稹迷恋的是一个莺莺，或者还有别人，他

---

① 见陈寅恪《元白诗笺证稿》第 107 页。

杨绛散文

并不像秉性坚贞、不近女色的张生；他的用情和张生的忍情也不一样。

　　众人竞相攀折的桃李花，"一任东西南北飞"的红槿花，指什么女人，可想而知。《莺莺诗》有"频动横波嗔阿母，等闲教见小儿郎"句。阿母可"等闲教见小儿郎"的莺莺，若不是那个比做红槿和桃李的美人，也是一流人物。《赠双文》"有时还暂笑，闲坐爱无嫽"的双文，《杂忆》中打秋千、捉迷藏的双文，都是娇憨美人。按名字，莺莺就是双文。即使不是一人，据诗里的形容，身份还是一样。元稹赠当代才妓薛涛和刘采春的诗，① 都称赞她们的文采，但他为自己思念的美人所作的诗，没有只字说到她或她们的才艺，或对诗书的喜好。《会真记》里的莺莺，却是大家闺秀。张生若不是表兄又加恩人，老夫人决不会"等闲教见"。她又多才多艺，善属文，善鼓琴，而才华不露，喜怒亦罕形见。可见传奇里的莺莺，无论身份、品格、才华，都超出元稹所恋爱的美人。

　　张生和崔莺莺很可能是借用《游仙窟》里张文成、崔十娘的姓。② 但是不仅借用姓氏，两个人物都是虚构；尽管取材于真人，传奇里的人已不是真人。但看崔莺莺写的情书，若没有元稹的才学，很难写得那么典雅；莺莺的才艺显然是作者赋予她的。这篇传奇写的是缠绵悱恻的男女私情。情虽深，未能有始有终；一霎欢爱只造成无限哀怨、不尽惆怅。传奇里着重写张生秉性坚贞，非礼勿乱，无非显得他对莺莺的迷恋不同于一般好色之徒的猎艳。莺莺能使张生颠倒，也衬出了莺莺不同于寻常美人。莺莺是个端重的才女。她爱张生的才，感张生的痴情。她把张生深夜哄到西厢私会却

---

① 　见《全唐诗》卷 15，元稹 28。
② 　见陈寅恪《元白诗笺证稿》第 107 页。

又训斥一番，也许是临时变卦，也许真是要和他见一面、谈几句。反正她"言则敏辩"，一席话振振有辞。而她这番举动，完全合乎"或然"、"必然"的规律。张生无言以对，绝望而去，想必加添了她的怜念，说不定还带几分歉意。她终于委身相就，是出于深情所感。假如莺莺是个妓女，张生是个寻花问柳的老手，他们的相爱就不像张生和莺莺之间的情意那么希罕而值得记载。但张生既是个孤介书生，凭他的封建道德观和男女不平等的贞操观，必然会对莺莺有鄙薄的看法：她能为自己失身，也能为别人失身；能颠倒他，也能颠倒别人。传奇里的莺莺虽是大家闺秀，在这点上就和"等闲教见小儿郎"的莺莺，或众人竞相攀折的"桃李花"身份相近，都是"尤物"罢了。张生无意娶她，却又恋恋于她，就和元稹不能与所欢偕老而决绝不下、感情略有相似。假如元稹的《会真记》正是要写他这种情怀，那么，张生的忍情，不仅适合人物的个性，也适合故事的要求。因为老夫人知道木已成舟，不会阻挠婚事，张生和莺莺尽可欢喜收场，不必两下里怨恨惆怅。婚事不成，只为张生忍情。张生忍情不是元稹的主张，只是由小说自身的规律、小说内在的要求造成。传奇里"坐者皆为深叹"云云，无非大家都深为惋惜，亦见作者本人并不赞许。作者只说，写这部传奇是要"使知之者不为，为之者不惑"，但张生并不能"不惑"。他后来求见莺莺不得，"怨念之诚，动于颜色"，可见张生很矛盾。莺莺婉转的言辞、凄恻的琴韵、怨而不怒的情书，都不能使张生始终其情；她虽然赋诗谢绝张生，还是余情未断，一腔幽怨郁结在心，赢得读者深切的同情。元稹这个始乱终弃的故事，分明不是旨在宣扬什么"忍情"的大道理，而是要写出这一段绵绵无尽的哀怨惆怅。这不仅是张生和莺莺两人的不如意事，也是人世间未能尽如人意的

杨绛散文

苦幹劇團 演出
楊絳編劇 ※ 姚克導演
三幕鬧劇
遊戲人間
巴黎大戲院

遊戲人間

本事

王庭燧才從學校畢業，在工廠實習，一方面又抵不住環境逼迫，答應了嫁給吳潤卿，他把自己輕易出賣，也勸學昭回頭，決絕了彩雲，也勸學昭回頭，沒知道學昭這天早上已經和吳潤卿草草的結了婚。

吳潤卿是個好色之徒。正妻早死了，蓄了娥太太瓜飛，又在看想了頭髮想，現在又娶了菁學昭。瓜飛為遺產，正在死覓活的吃醋間。吳潤卿還有個老相好老虎火吵一頓，待信從鄉下趕上城來，和吳潤卿深悟以往的錯誤，趕忙離開這幾多事多的吳家，再也不敢遊戲人間了。

王庭燧才從學校畢業，在工廠實習了他的影響，一方面又抵不住環境逼迫，譬著一肚子不合時宜，覺得生活太約束了自己理想，抑屈了自己才能，卻又沒有毅力，自找出路，便做出一付玩世不恭的態度，自命為不同凡俗的聰明人，人間只是他的遊戲場，什麼事都不值得認真。可巧有一個豪富翁吳潤卿的女兒彩雲在登報徵婚，王庭燧恰似英雄得了用武之地，便趕去應徵，小試身手，居然高中符選。

吳彩雲的家庭教師曹學昭是王庭燧的好朋友，曾經感化動阻他庭燧的父親，一位道學夫子，尤其不贊成兒子這種行為。可是庭燧他的玩世觀念，認為他的出賣自己，正以解放自己，告，讓若罔聞。可是意外的，曹學昭受

▽
△

上海苦干剧团 1944 年在上海巴黎大戏院上演杨绛所编话剧《游戏人间》(姚克导演)的说明书封面

说明书内文

常事；并且也体现了人类理智和情感的矛盾。理智认识到是不可弥补的缺陷，情感却不肯驯服，不能甘休，却又无可奈何。此类情感是人生普遍的经验。这就证明了西方文论家所谓："一件虚构的事能表达普遍的真理"（a particular fiction can lead towards a general truth），[①] 所以这个小小的故事很动人，后世不仅歌咏它，[②] 还改成了团圆收场的《西厢记》。

　　虚构的故事是要表达普遍的真理，真人真事不宜崭露头角，否则会破坏故事的完整，有损故事的真实性。例如《红楼梦》里人物的年龄是经不起考订的。作者造成的印象是流年在暗中偷换；当时某人几岁只偶尔点出。林黛玉第一天到贾府会见贾家姊妹时，迎春"肌肤微丰，身材合中"；探春"削肩细腰，长挑身材"；惜春身量未足，形容尚小。其钗环裙袄，三人皆是一样的妆束。[③] 这三位小姐，好像描写得各如其分。但林黛玉那时才六岁，宝玉才七岁。（据说满人和汉人同样都用虚岁计算年龄）探春是宝玉的异母妹，至大也不过和宝玉同岁。六七岁的小女孩，只怕还在没有腰身只有肚子的阶段，还须过十年、八年，身量才会长足。惜春小于黛玉，当时还未留头，恐怕是才穿上满裆裤的小娃子呢，远未到及笄之年，叫她戴上钗环，穿上裙子，岂不令人失笑。但宝玉和黛玉若不是六七岁的小孩子，就不能一床上睡觉。宝玉日常在女孩儿队中厮混，年龄不能过大。我们只算宝玉、黛玉异常乖觉早熟就行；他们的年龄，不考也罢。但有时却叫人不能不想到他们的年龄。第三十回宝玉说："你死了，我做和尚。""黛玉两眼直瞪瞪的瞅了他半

---

① 见勒纳（Laurence·Lerner）著《最真的诗》（*The truest Poetry*），1960 年版第 4 页。
② 例如赵令畤《侯鲭录》卷 5，蝶恋花商调 12 首。
③ 见《红楼梦》第 24 页。

天，气的'嗳'了一声，说不出话来。见宝玉憋的脸上紫涨，便咬着牙，用指头狠命在他额上戳了一下，哼了一声，说道：'你这个——'刚说了三个字，便又叹了一口气，仍拿起绢子来擦眼泪。"① 上文二十五回，王夫人屋里的丫头彩霞咬着牙把贾环戳了一指头，骂他没良心，② 那是很传神的。林黛玉对贾宝玉也这般行径吗？好像不合黛玉的身份，也不合黛玉的年龄——按这是宝玉逢五鬼同年的事，宝玉十三周岁，③ 黛玉十二周岁。是否因为黛玉的行为不合身份，连带唤起了年龄的问题呢？令人不禁猜想，是否有什么事实，在小说里没有消融。

小说家笔下的人物，有作者赋予的光彩。假如真身出现，也许会使读者大失所望。《老残游记》第十三回，翠环议论作诗的老爷们老是夸自己的才情，或者"就无非说那个姐儿长的怎么好……那些说姐儿们长得好的，无非却是我们眼前的几个人，有的连鼻子眼睛还没有长的周全呢，他们不是比他西施，就是比他王嫱，不是说他沉鱼落雁，就是说他闭月羞花。王嫱俺不知道他老是谁，有人说就是昭君娘娘。我想，昭君娘娘跟那西施娘娘，难道都是这种乏样子吗？一定靠不住了。"④ 这段议论和近代意大利美学大师克罗齐的话几乎相同。克罗齐说，他忘了哪位作家说的，诗里形容的那些天仙化身的美人，事实上都是不怎么地；"她们真人的言谈举止，和小丫头子没多大分别。"⑤ 他又引大批评家德·桑克蒂斯

① 见《红楼梦》第 312 页。
② 同上书，第 250 页。
③ 同上书，第 258 页。
④ 见刘鹗著《老残游记》(人民文学出版社) 第 123—124 页。
⑤ 克罗齐 (B. Croce)《论诗》(*La Poésie*)，德莱夫斯 (D. Dreyfus) 法文译本，法国大学版第 81 页。

杨绛散文

(De Sanctis)的话说："那些虚构的人物不能近看。你如果问我雷欧帕狄笔下的内莉娜究竟是车夫的女儿，还是帽贩子的女儿，哎呀！你给我把内莉娜毁了。"①

莎士比亚的剧中人说，"最真的诗是最假的话。"② 这话和《红楼梦》太虚幻境前的对联上所说："假作真时真亦假"，③ 涵义不知是否相同。明容与堂刻《水浒传》卷首《水浒一百回文字优劣》劈头说："世上先有《水浒传》一部，然后施耐庵、罗贯中借笔墨拈出，若夫姓某名某，不过凭空捏造，以实其事耳。"这段话把事实、故事、真实的关系，说得最醒豁。"凭空捏造，以实其事"就是说，虚构的故事能体现普遍的真实。

若是从虚构中推究事实，那就是以假为真了。堂吉诃德看木偶戏，到紧要关头拔剑相助。④ 这类以假为真的事，中外文学史上都有。法国十八世纪有个主张重返自然也赞成革命的军事工程师拉克洛。⑤ 他痛恨当时法国上流社会的荒淫腐朽，用书信体写了一部小说《危险的私情》(Les Liaisons dangereuses)。小说风行一时，后来列入法国文学的经典。拉克洛"是一个标准的君子和模范丈夫，却写了一部最为邪恶得可怕的书"。⑥ 读者把小说里专引诱女人的坏蛋和作者本人等同或混淆为一；拉克洛终身以至身后被人称为"邪恶的拉克洛"(l'infernal Laclos)。元稹写了《会真记》，也成了始乱

---

① 见《论诗》第 213 页。雷欧帕狄(Giacomo Leopardi，1798—1837)是十九世纪意大利最大的抒情和哲理诗人。

② 见《如愿》(As You Like it)第三景第三幕。

③ 见《红楼梦》第 5 页。

④ 见塞万提斯《堂吉诃德》下册第 26 章。

⑤ 拉克洛(Pierre Choderlos Laaclos，1741—1803)是卢梭的学生，唐东(Danton)的好友。《红与黑》作者斯汤达所崇拜的小说家。

⑥ 普鲁斯特(Marcel Proust，1871—1922)著《追忆逝水年华》(A la Recherche du Temps perdu)，七星丛书版第 3 册第 381 页。

终弃的薄幸人；有人搜求崔氏家谱来寻找崔莺莺的父亲，又有人伪造了《郑氏墓志》来证明崔莺莺的母亲是元稹的姨母。① 《会真记》竟成了元稹的自供状。若说元稹此作是"直叙其始乱终弃之事迹"，为自己的"忍情"辩护，② 又安知他不是正为多情，所以美化了情人的身份，提升了他们的恋爱，来舒泻他郁结难解的怅恨呢？

霍姆士只顾虑到写小说会暴露自己的秘密。但是，写小说的人还得为他虚构的故事蒙受不白之冤，这一点，霍姆士却没有想到。

一九八〇年二月

---

① 见陈寅恪《元白诗笺证稿》第 110 页。
② 同上书，第 112—113 页。

有什么好？

——读奥斯丁的《傲慢与偏见》

议论一部作品"有什么好"，可以有不同的解释：或是认真探索这部作品有什么好，或相当干脆的否定，就是说，没什么好。两个说法都是要追问好在哪里。这里要讲的是英国十九世纪初期的一部小说《傲慢与偏见》。女作者简·奥斯丁是西洋小说史上不容忽视的大家，近年来越发受到重视。[1] 爱好她的读者，要研究她的作品有什么好；不能欣赏她的人，也常要追问她的作品有什么好。[2]《傲慢与偏见》在我国知道的人比较多；没读过原文的读过译本，没读过译本的看过由小说改编的电影，至少知道个故事。本文就是要借一部国内读者比较熟悉的西洋小说，探索些方法，试图品尝或鉴定一部小说有什么好。

小说里总要讲个故事，即使是没头没尾或无条无理的故事。故事总是作者编的。怎样编造——例如选什么题材，从什么角度写，着重写什么，表达什么思想感情，怎么处理题材，就是说，怎样布局，怎样塑造人物等等，都只能从整部小说里去领会，光从一个故

---

[1] 恰普曼（R. W. Chapman）著《简·奥斯丁：事迹与问题》（*Jane Austen: Facts and Problems*, 1948）第 211 页；

沃特（I. Watt）辑《评论简·奥斯丁文选》（*Jane Austen: A Collection of Critical Essays*, 1963）引言第 13 页；

堵丹（B. C. Southam）辑《评论简·奥斯丁文选》（*Critical Essays on Jane Austen*, 1968）引言 XI—XII 页。

[2] 小说家康拉德（J. Conrad）就曾诧怪简·奥斯丁"有什么好？"（What is there in her?）——参看堵丹《评论简·奥斯丁文选》引言 XIII 页。

事里捉摸不出。这个故事又是用文字表达的。表达的技巧也只看文字本身，不能从故事里寻求。要充分了解一部小说，得从上述各方面一一加以分析。

一

小说里往往有个故事。某人何时何地遭逢（或没遭逢）什么事，干了（或没干）什么事——人物、背景、情节组成故事。故事是一部小说的骨架或最起码的基本成分，也是一切小说所共有的"最大公约数"。① 如果故事的情节引人，角色动人，就能抓住读者的兴趣，捉搦着他们的心，使他们放不下，撇不开，急要知道事情如何发展，人物如何下场。很多人读小说不过是读一个故事——或者，只读到一个故事。

《傲慢与偏见》的故事，讲十八世纪末、十九世纪初英国某乡镇上某乡绅家几个女儿的恋爱和结婚。主要讲二女儿伊丽莎白因少年绅士达西的傲慢，对他抱有很深的偏见，后来怎样又消释了偏见，和达西相爱，成为眷属。

这个故事平淡无奇，没有令人回肠荡气、惊心摄魄的场面。情节无非家常琐碎，如邻居间的来往、茶叙、宴会、舞会，或驾车游览名胜，或到伦敦小住，或探亲访友等等，都是乡镇上有闲阶级的日常生活。人物没有令人崇拜的英雄或模范，都是日常所见的人，有的高明些、文雅些，有的愚蠢些、鄙俗些，无非有闲阶级的先生、夫人、小姐之流。有个非洲小伙子读了这本书自己思忖："这

---

① 福斯特（E. M. Forster）《小说的面面观》（*Aspects of the Novel*，1927）第47—48页、130页。

些英国的夫人小姐，和我有什么相干呢？"[1] 我们也不禁要问，十九世纪外国资产阶级的爱情小说，在我们今天，能有什么价值呢？

可是我们不能单凭小说里的故事来评定这部小说。

二

故事不过是小说里可以撮述的主要情节，故事不讲作者的心思。但作者不可能纯客观地反映现实，也不可能在作品里完全隐蔽自己。[2] 他的心思会像弦外之音，随处在作品里透露出来。

写什么样的故事，选什么样的题材。《傲慢与偏见》是一部写实性的小说（novel），而不是传奇性的小说（romance）。这两种是不同的类型。写实性的小说继承书信、日记、传记、历史等真实记载，重在写实。传奇性的小说继承史诗和中世纪的传奇故事，写的是令人惊奇的事。世事无奇不有，只要讲来合情合理，不必日常惯见。司各特（W. Scott）写的是传奇性的小说，奥斯丁写的是写实性的小说。[3] 奥斯丁自己说不能写传奇性的小说，除非性命交关，万不得已；只怕写不完一章就要失声而笑。[4] 为什么呢？她在另一部小说《诺桑觉寺》里故意摹仿恐怖性浪漫故事（gothic romance）的情调打趣取笑。我们由此可以看出，她笑那种令人惊奇的故事脱不了

---

[1] 见沃生（G. Watson）《话说小说》（*The Story of the Novel*，1979）第 11 页。

[2] 见步斯（W. C. Booth）《小说的修辞学》（*The Rhetoric of Fiction*，1961）第 19—20 页。

[3] 见威雷克与沃仑合著《文学理论》（1976）第 216 页；克登（J. A. Cuddon）《文学辞典》（*A Dictionary of Literary Terms*，1979）第 434 页引康格里夫（William Congreve）语。

[4] 见恰普曼（R. W. Chapman）搜辑《简·奥斯丁书信集》（下简称《奥斯丁书信集》）第二版（1952）第 452—453 页。

有什么好？

老一套，人物也不免夸张失实。她在家信里说，小说里那种十全十美的女主角看了恶心，使她忍不住要调皮捣蛋。[①] 她指导侄女写作的信上一再强调人物要写得自然，[②] 要避免想象失真，造成假象。[③] 她喜欢把故事的背景放在有三四家大户的乡镇上。[④] 奥斯丁并不是一个闭塞的老姑娘。她读书看报，熟悉当代有名的作品，来往的亲戚很多，和见世面的人物也有交接，对世界大事和城市生活并非毫无所知。[⑤] 可是她一部又一部的小说，差不多都取材于有三四家大户的乡镇上。看来她和《傲慢与偏见》里伊丽莎白的见解相同。乡镇上的人和大城市的人一样可供观察研究；不论单纯的或深有城府的，都是有趣的题材，尤其是后者。尽管地方小，人不多，各人的面貌却变化繁多，观察不到的方面会层出不穷。[⑥] 奥斯丁显然是故意选择平凡的题材，创造写实的小说。

三

通常把《傲慢与偏见》称为爱情小说。其实，小说里着重写的是青年男女选择配偶和结婚成家。从奥斯丁的小说里可以看出她从来不脱离结婚写恋爱。男人没有具备结婚的条件或没有结婚的诚意而和女人恋爱，那是不负责任，或玩弄女人。女人没看到男方有求

---

① 见恰普曼(R. W. Chapman)搜辑《简·奥斯丁书信集》(下简称《奥斯丁书信集》)第二版(1952)第486页。

② 同上书，第388、394、402、403、422页。

③ 同上书，第395页。

④ 同上书，第401页。

⑤ 《简·奥斯丁：事迹与问题》第115—116页；谭纳(Tony Tanner)《简·奥斯丁和"娴静的小姑娘"》(*Jane Austen and "The Quiet Thing"*)。——堢丹辑《简·奥斯丁评论文选》第139页。

⑥ 见《傲慢与偏见》——《简·奥斯丁全集》(1933纽约版)第255页。

　　　　　　　　　　　　　　杨绛散文

婚的诚意就流露自己的爱情，那是有失检点、甚至有失身份；尽管私心爱上了人，也得深自敛抑。恋爱是为结婚，结婚是成家，得考虑双方的社会地位和经济基础。门户不相当还可以通融，经济基础却不容忽视。因为乡绅家的子女不能自食其力，可干的职业也很有限。长子继承家产，其他的儿子当教士，当军官，当律师，地位就比长子低；如果经商，就在本阶级内部又下落一个阶层。老姑娘自己没有财产，就得寄人篱下；如果当女教师，就跌落到本阶级的边缘上或边缘以外去了。[①] 一门好亲事，不但解决个人的终身问题，还可以携带一家子沾光靠福。为了亲事，家家都挣扎着向上攀附，惟恐下落。这是生存竞争的一个重要关头，男女本人和两家老少都全力以赴，虽然只有三四家大户的乡镇上，矛盾也够复杂，争夺也够激烈，表现的世态人情也煞是好看。《傲慢与偏见》就是从恋爱结婚的角度，描写这种世态人情。

奥斯丁认为没有爱情的婚姻是难以忍受的苦恼。[②] 她小说里的许多怨偶，都是结婚前不相知而造成的。结婚不能不考虑对方的人品，包括外表的相貌、举止、言谈，内在的才德品性。外表虽然显而易见，也需要对方有眼光，才能由外表鉴别人品高下。至于才德品性，就得看他为人行事。这又得从多方面来判定，偶然一件事不足为凭，还得从日常生活里看日常的行为。知人不易，自知也不易，在激烈的生存竞争中，人与人之间的误解和纠纷就更难免。《傲慢与偏见》写女主角的偏见怎样造成，怎样消释，是从人物的浮面逐步深入内心，捉摸他们的品性、修养和心理上的种种状态。

---

① 《奥斯丁书信集》483 页谈到老姑娘的穷困；《艾玛》（Emma）——《简·奥斯丁全集》第 946 页谈到女教师的地位。
② 见《奥斯丁书信集》第 410、418 页。

有什么好？

可以说，奥斯丁所写的小说，都是从恋爱结婚的角度，写世态人情，写表现为世态人情的人物内心。

四

《傲慢与偏见》开章第一句："家产富裕的单身汉，准想娶个妻子，这是大家公认的必然之理。"接下说："这点道理深入人心。地方上一旦来了这么个人，邻近人家满不理会他本人的意愿，就把他看做自己某一个女儿应得的夫婿了。"① 奥斯丁冷眼看世情，点出这么两句，接着就引出一大群可笑的人物，一连串可笑的情节。评论家往往把奥斯丁的小说比做描绘世态人情的喜剧（comedy of manners），因为都是喜剧性的小说。

喜剧虽然据亚里士多德看来只供娱乐，柏拉图却以为可供照鉴，有教育意义。② 这和西塞罗所谓"喜剧应该是人生的镜子……"见解相同，西班牙的塞万提斯、英国的莎士比亚都曾引用；菲尔丁在他自称"喜剧性的小说"里也用来阐说他这类小说的功用。这些话已经是论喜剧的常谈。所谓"镜子"，无非指反映人生。一般认为镜子照出丑人丑事，可充针砭，可当鞭挞，都有警戒的作用。

可是《傲慢与偏见》警戒什么呢？对愚蠢的柯林斯牧师、贝奈特太太、凯塞林夫人等人，挖苦几句，讽刺几下，甚至鞭挞几顿，能拔除愚蠢的钝根吗？奥斯丁好像并没有这个企图。她挖苦的不是

---

① 这是我自己的翻译，下面引文同。
② 见布切（S. H. Butcher）著《亚里士多德有关诗与艺术的理论》(*Aristotle's Theory of Poetry and Fine Art*)，麦克密仑版第200、205页。

牧师、或乡绅太太、或贵妇人，不是人为的制度或陋习恶俗造成的荒谬，而是这样的几个笨人。她也不是只抓出几个笨蛋来示众取笑，聪明人并没有逃过她的讥消。伊丽莎白那么七窍玲珑的姑娘，到故事末尾才自愧没有自知之明。达西那么性气高傲的人，惟恐招人笑话，一言一动力求恰当如分，可是他也是在故事末尾才觉悟到自己行为不当。奥斯丁对她所挖苦取笑的人物没有恨，没有怒，也不是鄙夷不屑。她设身处地，对他们充分了解，完全体谅。她的笑不是针砭，不是鞭挞，也不是含泪同情，而是乖觉的领悟，有时竟是和读者相视目逆，会心微笑。试举例说明。

第十一章，伊丽莎白挖苦达西，说他是取笑不得的。达西辩解说：一个人如果一味追求笑话，那么，就连最明智、最好的人——就连他们最明智、最好的行为，也可以说成笑话。

伊丽莎白说："当然有人那样，我希望自己不是那种人。我相信，明智的、好的，我从不取笑；愚蠢、荒谬、任性、不合理的，老实说，我觉得真逗乐，只要当时的场合容许我笑，我看到就笑了。不过，那类的事，大概正是你所没有的。"

"谁都难保吧。不过我生平刻意小心，不要犯那一类的毛病，贻笑大方。"

"譬如虚荣和骄傲。"

"对啊，虚荣确是个毛病；骄傲呢，一个真正高明的人自己会有分寸。"

伊丽莎白别过脸去暗笑。[1]

伊丽莎白当面挖苦了达西，当场捉出他的骄傲、虚荣，当场就

---

[1] 见《简·奥斯丁全集》第264—265页。

　　　　　　　有什么好？

笑了。可是细心的读者会看到，作者正也在暗笑。伊丽莎白对达西抱有偏见，不正是因为达西挫损了她的虚荣心吗？她挖苦了达西洋洋自得，不也正是表现了骄傲不自知吗？读者领会到作者的笑而笑，正是梅瑞狄斯（George Meredith）所谓"从头脑里出来的、理智的笑"。[1]

笑，包含严肃不笑的另一面。刘易斯（C. D. Lewis）在他《略谈简·奥斯丁》一文里指出，坚持原则而严肃认真，是奥斯丁艺术的精髓。[2] 心里梗着一个美好、合理的标准，一看见丑陋、不合理的事，对比之下会忍不住失笑。心里没有那么个准则，就不能一眼看到美与丑、合理与不合理的对比。奥斯丁常常在笑的背面，写出不笑的另一面。例如《傲慢与偏见》里那位笨伯柯林斯向伊丽莎白求婚是个大笑话；他遭到拒绝，掉头又向伊丽莎白的好友夏洛特求婚而蒙允诺，又是个大笑话。贝奈特太太满以为阔少爷宾雷已经看中自己的长女吉英，得意忘形，到处吹牛；不料宾雷一去音信杳然。这又是个笑话。伊丽莎白想不到她的好友夏洛特竟愿嫁给柯林斯那么一个奴才气十足的笨蛋，对她大失所望。她听了达西一位表亲的一句话，断定宾雷是听信了达西的话，嫌她家穷，所以打消了向她姐姐吉英求婚的原意。为这两件事，她和吉英谈心的时候气愤地说："我真心喜爱的人不多，看重的更少；经历愈多，对这个世界愈加不满了。人的性格是没准的，外表看来品性不错，颇有头脑，也不大可靠；我向来这么想，现在越发觉得不错了。"吉英劝她别那么牢骚，毁了自己愉快的心情：各人处境不同，性情也不同；夏洛特家姊妹多，她是个慎重的人，论财产，这门亲事是不错

---

① 见梅瑞狄斯《论喜剧》(An Essay on Comedy, 1919) 第 88 页。
② 见沃特辑《评论简·奥斯丁文选》第 33 页。

的，说不定她对柯林斯也多少有点儿器重。伊丽莎白认为不可能，除非夏洛特是个糊涂虫。她不信自私就是慎重，盲目走上危途就是幸福有了保障。她不能放弃了原则和正义来维护一个朋友。吉英怪妹妹说话偏激，又为宾雷辩护，说他不是负心，活力充沛的青年人免不了行为不检；女人出于虚荣，看到人家对自己倾倒就以为他有意了。伊丽莎白说，男人应当检点，不能随便对女人倾倒。尽管宾雷不是存心不良，尽管他不是蓄意干坏事或叫人难堪，也会做错事情，对不起人。没头脑，不理会别人的心情，又拿不定主意，就干下了坏事。①

　　姊妹两各有见地，据下文来看，妹妹的原则不错，姐姐的宽容也是对的。从这类严肃认真的文字里，可以看出奥斯丁那副明辨是非、通达人情的头脑（common sense）。她爱读约翰生（Samuel Johnson）博士的作品，对他钦佩之至，称为"我的可爱的约翰生博士"。② 她深受约翰生的影响，承袭了他面对实际的智慧（practical wisdom），③ 评论者把她称为约翰生博士精神上的女儿。④ 奥斯丁对她所处的世界没有幻想，可是她宁愿面对实际，不喜欢小说里美化现实的假象。⑤ 她生性开朗，富有幽默，看到世人的愚谬、世事的参差，不是感慨悲愤而哭，却是了解、容忍而笑。沃尔波尔（Horace Walpole）有一句常被称引的名言："这个世界，凭理智来领会，

---

① 见《简·奥斯丁全集》第312—313页。
② 见《奥斯丁书信集》第181页。
③ 见赖赛尔斯（Mary Lascelles）著《简·奥斯丁和她的艺术》（*Jane Austen and her Art*，1939）第7页，43页。关于约翰生的实际智慧，贝特（W. J. Bate）的巨著《撒缪尔·约翰生》（*Samuel Johnson*，1978）第18章296—314页有详明的阐述。
④ 见刘易斯《略谈简·奥斯丁》——沃特辑《评论简·奥斯丁文选》第34页。
⑤ 见赖赛尔斯《简·奥斯丁和她的艺术》第70、143页。

是个喜剧；凭感情来领会，是个悲剧。"[1] 奥斯丁是凭理智来领会，把这个世界看做喜剧。

这样来领会世界，并不是把不顺眼、不如意的事一笑置之。笑不是调和；笑是不调和。内心那个是非善恶的标准坚定不移，不肯权宜应变，受到外界现实的冲撞或磨擦，就会发出闪电般的笑。奥斯丁不正面教训人，只用她智慧的聚光灯照出世间可笑的人、可笑的事，让聪明的读者自己去探索怎样才不可笑，怎样才是好的和明智的。梅瑞狄斯认为喜剧的笑该启人深思。奥斯丁激发的笑就是启人深思的笑。

五.

《傲慢与偏见》也像戏剧那样，有一个严密的布局。小说里没有不必要的人物(无关紧要的人物是不可少的陪衬，在这个意义上也是必要的)，没有不必要的情节。事情一环紧扣一环，都因果相关。读者不仅急要知道后事如何，还不免追想前事，探究原因，从而猜测后事。小说有布局，就精练圆整，不致散漫芜杂。可是现实的人生并没有什么布局。[2] 小说有布局，就限制了人物的自由行动、事情的自然发展。作者在自己世界观的指导下，不免凭主观布置定局。[3] 把人物纳入一定的运途；即使看似合情合理，总不免显出人为的痕迹——作者在冒充创造世界的上帝。

---

① 见《论喜剧》第88页。
② 见谭纳(Tony Tanner)著《奇迹的领域》(*The Reign of Wonder*, 1965)，第209页。
③ 见威雷克与沃仑合著《文学理论》第217页。

可是《傲慢与偏见》的布局非常自然，读者不觉得那一连串因果相关的情节正在创造一个预定的结局，只看到人物的自然行动。作者当然插手安排了定局，不过安排得轻巧，不着痕迹。比如故事里那位笨伯牧师柯林斯不仅是个可笑的人物，还是布局里的关键。他的恩主是达西的姨母凯塞林夫人，他娶的是伊丽莎白的好友夏洛特。伊丽莎白访友重逢达西就很自然。布局里另一个关键人物是伊丽莎白的舅母，她未嫁时曾在达西家庄园邻近的镇上居住。她重游旧地，把伊丽莎白带进达西家的庄园观光，也是很自然的事。这些人事关系，好像都不由作者安排而自然存在。一般布局的转折往往是发现了隐藏已久的秘密；这里只发现了一点误会，也使故事显得自然，不见人为的摆布安排。奥斯丁所有的几部小说——包括她生前未发表的早年作品《苏珊夫人》(Lady Susan)都有布局，布局都不露作者筹划的痕迹。是否因为小乡镇上的家常事容易安排呢？这很耐人寻味。

奥斯丁也像侦探小说的作者那样，把故事限于地区不大、人数不多的范围以内。每个人的一言一行和内心的任何波动，都筹划妥帖，细枝末节都不是偶然的。奥斯丁指导她侄女写作，要求每一事都有交代，[1] 显然是她自己的创作方法。这就把整个故事提炼得精警生动，事事都有意义。小小的表情，偶然的言谈，都加深对人物的认识，对事情的了解。精研奥斯丁的恰普曼(R. W. Chapman)说，奥斯丁的《艾玛》(Emma)也可说是一部侦探小说。[2] 其实奥斯丁的小说里，侦探或推理的成分都很重。例如《傲慢与偏见》里达西碰见了他家账房的儿子韦翰，达西涨得满面通红，韦翰却面如死

---

[1] 见《奥斯丁书信集》第 402 页。
[2] 见《简·奥斯丁：事迹与问题》第 205 页。

　　　　　　　　　有什么好？

灰。为什么呢？宾雷为什么忽然一去不返呢？韦翰和莉蒂亚私奔，已经把女孩子骗上手，怎么倒又肯和她结婚呢？伊丽莎白和吉英经常像福尔摩斯和华生那样，一起捉摸这人那人的用心，这事那事的底里。因为社交活动里，谁也不肯"轻抛一片心"，都只说"三分话"；三分话保不定是吹牛或故弄玄虚，要知道真情和真心，就靠摸索推测——摸索推测的是人心，追寻的不是杀人的凶犯而是可以终身相爱的伴侣。故事虽然平淡，每个细节都令人关切。

奥斯丁只说她喜欢把故事的背景放在有三四家大户的乡镇上，却没有说出理由。可是我们可以从作品里，看到背景放在乡镇上所收的效果。

六

奥斯丁的侄儿一次丢失了一份小说稿。奥斯丁开玩笑说：反正她没有偷；她工笔细描的象牙片只二寸宽，她侄儿大笔一挥的文字在小象牙片上不合用。[1] 有些评论家常爱称引这句话，说奥斯丁的人物刻画入微，但画面只二寸宽。其实奥斯丁写的人物和平常人一般大小，并不是小象牙片上的微型人物。《红楼梦》里的大观园并不比奥斯丁笔下的乡镇大，我们却从不因为大观园面积不大而嫌背景狭窄。奥斯丁那句话不过强调自己的工笔细描罢了，评论家很不必死在句下，把她的乡镇缩成二寸宽。

奥斯丁写人物确是精雕细琢，面面玲珑。创造人物大概是她最感兴趣而最拿手的本领。她全部作品（包括未完成的片段）写的都

---

[1] 见《奥斯丁书信集》第468—469页。

杨绛散文

是平常人，而个个特殊，没一个重复；极不重要的人也别致得独一无二，显然都是她的创造而不是临摹真人；据说她小说里的地名无一不真，而人物却都是虚构的。① 一个人的经历究竟有限，真人真事只供一次临摹，二次就重复了。可是如果把真人真事充当素材，用某甲的头皮、某乙的脚跟皮来拼凑人物，就取之无尽、用之不竭，好比万花筒里的几颗玻璃屑，可以幻出无穷的新图案。小说读者喜欢把书中人物和作者混同。作者创造人物，当然会把自己的精神面貌赋予精神儿女。可是任何一个儿女都不能代表父母。《傲慢与偏见》里的伊丽莎白和作者有相似的地方，有相同的见解；吉英也和作者有相似的地方和相同的见解。作者其他几部小说里的角色，也代表她的其他方面。

她对自己创造的人物个个设身处地，亲切了解，比那些人物自己知道得还深、还透。例如《傲慢与偏见》第五十九章，吉英问伊丽莎白什么时候开始爱上达西。伊丽莎白自己也说不上来。可是细心的读者却看得很明白，因为作者把她的情绪怎样逐渐改变，一步步都写出来了。伊丽莎白嫌达西目中无人。她听信韦翰一面之辞，认为达西亏待了他父亲嘱他照顾的韦翰。她又断定达西破坏了她姐姐的婚姻。达西情不自禁向她求婚，一场求婚竟成了一场吵架。这是转折点。达西写信自白，伊丽莎白反复细读了那封信，误解消释，也看到自己家确也有叫人瞧不起的地方。这使她愧怍。想到达西情不自禁的求婚，对他又有点儿知己之感。这件不愉快的事她不愿再多想。后来她到达西家庄园观光，听到佣仆对达西的称赞，不免自愧没有知人之明，也抱歉错怪了达西。她痴看达西的画像，心

---

① 见赖赛尔斯《简·奥斯丁和她的艺术》第 128 页。

有什么好？

上已有爱慕的意思。达西不记旧嫌，还对她殷勤接待，她由感激而惭愧而后悔。莉蒂亚私奔后，她觉得无望再得到达西的眷顾而暗暗伤心，这就证实了自己对达西的爱情。

奥斯丁经常为她想象的人物添补细节。例如吉英穿什么衣裳，爱什么颜色，她的三妹四妹嫁了什么人等等，小说里虽然没有写，奥斯丁却和家里人讲过，就是说，她都仔细想过。[①] 研究小说的人常说，奥斯丁的人物是圆的立体，不是扁的平面；即使初次只出现一个平面，以后也会发展为立体。[②] 为什么呢？大概因为人物在作者的头脑里已经是面面俱全的立体人物，读者虽然只见到一面，再有机缘相见，就会看到其他方面。这些立体的人物能表现很复杂的内心。有的评论家说，奥斯丁写道德比较深入，写心理只浮光掠影；[③] 有的却说她写心理非常细腻，可充亨利·詹姆斯（Henry James）和普鲁斯特（Marcel Proust）的先驱。[④] 这两个说法应该合起来看。奥斯丁写人物只写浮面，但浮面表达内心——很复杂的内心，而表达得非常细腻。她写出来的人，不是一般人，而是"那一个"。

按照西洋传统理论，喜剧不写个人；因为喜剧讽刺一般人所共有的弱点、缺点，不打击个别的人。英国十七世纪喜剧里的人物都是概念化的，如多疑的丈夫，吃醋的老婆，一钱如命的吝啬鬼，吹牛撒谎的懦夫等。十七世纪法国大戏剧家莫里哀剧本里的人物，如

---

① 见《奥斯丁书信集》第 310 页；恰普曼《简·奥斯丁：事迹与问题》第 122—123 页。
② 出自福斯特《小说的面面观》第 113 页。
③ 见步斯《小说的修辞学》第 163 页。
④ 见沃尔芙（Virginia Woolf）著《简·奥斯丁》——沃特辑《评论简·奥斯丁文选》第 24 页。

杨绛 散文

达尔杜弗(Tartuffe)和阿尔赛斯特(Alceste),都还带些概念化。[1]

戏剧里可以有概念化的角色,因为演员是有血有肉的人,概念依凭演员而得到了人身。小说里却不行。公式概念不能变成具体的人。人所共有的弱点如懦怯、懒惰、愚昧、自私等等,只是抽象的名词,表现在具体人物身上就各有不同,在穷人身上是一个样儿,在富人身上又是一个样儿;同是在穷人身上,表现也各各不同。所以抽象的概念不能代表任何人,而概念却从具体人物身上概括出来。人物愈具体,愈特殊,愈有典型性,愈可以从他身上概括出他和别人共有的根性。上文说起一个非洲小伙子读了《傲慢与偏见》觉得书里的人物和他毫不相干。可是他接着就发现他住的小镇上,有个女人和书里的凯塞林夫人一模一样。[2] 我们中国也有那种女人,也有小说里描写的各种男女老少。奥斯丁不是临摹真人,而是创造典型性的平常人物。她取笑的不是个别的真人,而是很多人共有的弱点、缺点。她刻画世态人情,从一般人身上发掘他们共有的根性;虽然故事的背景放在小小的乡镇上,它所包含的天地却很广阔。

七

以上种种讲究,如果仅仅分析一个故事是捉摸不到的。而作者用文字表达的技巧,更在故事之外,只能从文字里追求。

小说家尽管自称故事真实,读者终归知道是作者编造的。[3] 作

---

[1]　见布切著《亚里士多德有关诗与艺术的理论》第385页。
[2]　见沃生著《话说小说》第11页。
[3]　同上书,第7页。

有什么好?

者如要吸引读者，首先得叫读者暂时不计较故事只是虚构，而姑妄听之（That willing suspension of disbelief），① 要使读者姑妄听之，得一下子摄住他们的兴趣。② 这当然和故事的布局分割不开，可是小说依靠文字的媒介，表达的技巧起重要作用。《红楼梦》里宝玉对黛玉讲耗子精的故事，开口正言厉色，郑重其事，就是要哄黛玉姑妄听之。《傲慢与偏见》开卷短短几段对话，一下子把读者带进虚构的世界；这就捉住读者，叫他们姑妄听之。有一位评选家认为《傲慢与偏见》的第一章可算是英国小说里最短、最俏皮、技巧也最圆熟的第一章。③

但姑妄听之只是暂时的；要读者继续读下去，一方面不能使读者厌倦，一方面还得循循善诱。奥斯丁虽然自称工笔细描，却从不烦絮惹厌。④ 她不细写背景，不用抽象的形容词描摹外貌或内心，也不挖出人心摆在手术台上细细解剖。她只用对话和情节来描绘人物。生动的对话、有趣的情节是奥斯丁表达人物性格的一笔笔工致的描绘。

奥斯丁创造的人物在头脑里孕育已久，生出来就是成熟的活人。他们一开口就能使读者如闻其声，如见其人，并且看透他们的用心，因为他们的话是"心声"，便是废话也表达出个性来。用对话写出人物，奥斯丁是大师。评论家把她和莎士比亚并称，⑤ 就因为她能用对话写出丰富而复杂的内心。奥斯丁不让她的人物像戏台

---

① 见柯尔律治（S. T. Coleridge）著《文学传记》（*Biographia Literaria*）（人人丛书版）十四章第 161 页。
② 见谭纳著《奇迹的领域》第 195 页。
③ 引自凯恩斯（Huntington Cairns）选《艺术的边际》（*The Limits of Art*，1948）第 1074 页。
④ 她曾警戒侄女。见《奥斯丁书信集》第 401 页。
⑤ 见沃特《评论简·奥斯丁文选》引言第 4—5 页。

上或小说里的角色，[①] 她避免滥套，力求人物的真实自然。他们口角毕肖，因而表演生动，摄住了读者的兴趣。

奥斯丁的小说，除了《苏珊夫人》用书信体，都由"无所不知的作者"（the omniscient author）叙述。她从不原原本本、平铺直叙，而是按照布局的次序讲。可以不叙的不叙，暂时不必叙述的，留待必要的时候交代——就是说，等读者急要了解的时候再告诉他。这就使读者不仅欲知后事如何，还要了解以前的事，瞻前顾后，思索因果。读者不仅是故事以外的旁听者或旁观者，还不由自主，介入故事里面去。

奥斯丁无论写对话或叙述事情都不加解释。例如上文伊丽莎白挖苦达西的一段对话，又如伊丽莎白对达西的感情怎么逐渐改变，都只由读者自己领会，而在故事里得到证实。奥斯丁自己说，她不爱解释；读者如果不用心思或不能理解，那就活该了。[②] 她偶尔也向读者评论几句，如第一章末尾对贝奈特夫妇的评语，但不是解释，只是评语，好比和读者交换心得。她让读者直接由人物的言谈行为来了解他们；听他们怎么说，看他们怎么为人行事，而认识他们的人品性格。她又让读者观察到事情的一点苗头，从而推测事情的底里。读者由关注而好奇，而侦察推测，而更关心、更有兴味。因为作者不加解释，读者仿佛亲自认识了世人，阅历了世事，有所了解，有所领悟，觉得增添了智慧。所以虽然只是普通的人和日常的事，也富有诱力；读罢回味，还富有意义。

奥斯丁文笔简练，用字恰当，为了把故事叙述得好，不惜把作

---

① 见《奥斯丁书信集》第388、403页。
② 同上书，第298页。

有什么好？

品反复修改。《傲慢与偏见》就是曾经大斫大削的。^①"文章千古事，得失寸心知"，奥斯丁虽然把《傲慢与偏见》称为自己的宠儿，^②却嫌这部小说太轻松明快，略欠黯淡，没有明暗互相衬托的效果。^③它不如《曼斯斐尔德庄园》沉挚，不如《艾玛》挖苦得深刻，不如《劝导》缠绵，可是这部小说最得到普遍的喜爱。

小说"只不过是一部小说"吗？奥斯丁为小说张目，在《诺桑觉寺》里指出小说应有的地位。"小说家在作品里展现了最高的智慧；他用最恰当的语言，向世人表达他对人类最彻底的了解。把人性各式各样不同的方面，最巧妙地加以描绘，笔下闪耀着机智与幽默。"^④用这段话来赞赏她自己的小说，最恰当不过。《傲慢与偏见》就是这样的一部小说。

一部小说如有价值，自会有读者欣赏，不依靠评论家的考语。可是我们如果不细细品尝原作，只抓住一个故事，照着框框来评断：写得有趣就是趣味主义，写恋爱就是恋爱至上，题材平凡就是琐碎无聊，那么，一手"拿来"一手又扔了。这使我记起童年听到的故事：洋鬼子吃铁蚕豆，吃了壳，吐了豆，摇头说："肉薄、核大，有什么好？"洋鬼子煮茶吃，滗去茶汁吃茶叶，皱眉说："涩而无味，有什么好？"

一九八二年

---

① 见《奥斯丁书信集》第 297 页。
② 同上书，第 297 页。
③ 同上书，第 299 页。
④ 见《奥斯丁全集》第 1078 页。

堂吉诃德与《堂吉诃德》

　　《堂吉诃德》是举世闻名的杰作，没读过这部小说的，往往也知道小说里的堂吉诃德。这位奇情异想的西班牙绅士自命为骑士，骑着一匹瘦马，带着一个侍从，自十七世纪以来几乎走遍了世界。据作者塞万提斯的戏语，他当初曾想把堂吉诃德送到中国来，因没有路费而作罢论①。可是中国虽然在作者心目中路途遥远，堂吉诃德这个名字在中国却并不陌生，许多人都知道；不但知道，还时常称道；不但称道堂吉诃德本人，还称道他那一类的人。因为堂吉诃德已经成为典型人物，他是西洋文学创作里和哈姆雷特、浮士德等并称的杰出典型②。

　　但堂吉诃德究竟是怎样的人，并不是大家都熟悉，更不是大家都了解。他有一个非常复杂的性格，各个时代、各个国家的读者对他的理解都不相同。堂吉诃德初出世，大家只把他当做一个可笑的疯子。但是历代读者对他认识渐深，对他的性格愈有新的发现，愈觉得过去的认识不充分，不完全。单就海涅一个人而论，他就说，他每隔五年读一遍《堂吉诃德》，印象每次不同③。这些形形色色的见解，在不同的时代各有偏向。堂吉诃德累积了历代读者对他的见

---

① 《堂吉诃德》第二部献辞里的戏语。
② 例如法国十九世纪批评家艾米尔·蒙泰居（Émile Montégut）在他的《文学典型和美学幻想》（Types littéraires et Fantaisies esthétiques）（1833）里，把堂吉诃德、哈姆雷特、少年维特、维尔海姆·麦斯特四个角色称为合乎美学标准的四种典型；屠格涅夫在他的《哈姆雷特与堂吉诃德》（1860）里把哈姆雷特和堂吉诃德作为两个对立的典型。
③ 《精印〈堂吉诃德〉引言》（1873）。——见《文学研究集刊》第二册第 165 页。

解，性格愈加复杂了。我们要认识他的全貌，得认识他的各种面貌。

读者最初看到的堂吉诃德，是一个疯癫可笑的骑士。《堂吉诃德》一出版风靡了西班牙，最欣赏这部小说的是少年和青年人。据记载，西班牙斐利普三世在王宫阳台上看见一个学生一面看书一面狂笑，就说这学生一定在看《堂吉诃德》，不然一定是个疯子。果然那学生是在读《堂吉诃德》①。但当时文坛上只把这部小说看做一个逗人发笑的滑稽故事，小贩叫卖的通俗读物②。十七世纪西班牙批评家瓦尔伽斯(Tomás Tomayo de Vargas)说："塞万提斯不学无术，不过倒是个才子，他是西班牙最逗笑的作家。"虽然现代西班牙学者把塞万提斯奉为有学识的思想家和伟大的艺术家，"不学无术"这句考语在西班牙已被称引了将近三百年③。可见长期以来西班牙人对塞万提斯和《堂吉诃德》是怎样理解的。

《堂吉诃德》最早受到重视是在英国④，英国早期的读者也把堂吉诃德看做可笑的疯子。艾狄生把《堂吉诃德》和勃特勒(Samuel Butler)的《胡迪布拉斯》(*Hudibras*)并称为夸张滑稽的作品⑤，谭坡

---

① 保尔·阿萨(Paul Hazard)《塞万提斯的〈堂吉诃德〉》(*Don Quichotte de Cervantes*)，梅岳泰(Mellottée)版第 37 页。

② 沃茨(H. E. Watts)《塞万提斯的生平和著作》(*Life and Writings of Miguel de Cervantes*)，沃尔特·司各特(Walter Scott)版第 167 页。

③ 保尔·阿萨《塞万提斯的〈堂吉诃德〉》第 159—160 页。沃茨《塞万提斯的生平和著作》第 90 页。

④ 英国最早把《堂吉诃德》作为经典作品。1612 年，英国出版了谢尔登(Thomas Shelton)的英译本，这是《堂吉诃德》的第一部翻译本，1738 年出版家汤生(Jacob Tonson)印行了最早的原文精装本；1781 年，英国出版了博尔(John Bowle)的注译本，这是最早的《堂吉诃德》注译本。——见费茨莫利斯–凯利(James Fitzmaurice-Kelly)《塞万提斯在英国》(*Cervantes in England*)第 17 页。

⑤ 《旁观者》(*Spectator*)二四九期，《每人丛书》版第二册第 299 页。夏夫茨伯利(Shaftesbury)也把《堂吉诃德》看做夸张的讽刺，见《论特性》(*Characteristics*)，罗伯生(J. M. Robertson)编注本第二册第 313 页。

杨绛散文

尔（William Temple）甚至责备塞万提斯的讽刺用力过猛，不仅消灭了西班牙的骑士小说，连西班牙崇尚武侠的精神都消灭了。[①] 散文家斯蒂尔（Richard Steele）、小说家笛福、诗人拜伦等对塞万提斯都有同样的指责。

英国小说家菲尔丁强调了堂吉诃德的正面品质。堂吉诃德是疯子么？菲尔丁在《咖啡店里的政治家》（The Coffee-House Politician）那个剧本里说，世人多半是疯子，他们和堂吉诃德不同之处只在疯的种类而已。菲尔丁在《堂吉诃德在英国》那个剧本里，表示世人比堂吉诃德还疯得厉害。戏里的堂吉诃德对桑丘说："桑丘，让他们管我叫疯子吧，我还疯得不够，所以得不到他们的赞许。"[②] 这里，堂吉诃德不是讽刺的对象，却成了一个讽刺者。菲尔丁接着在他的小说《约瑟·安德鲁斯》（Joseph Andrews）里创造了一个亚当斯牧师。亚当斯牧师是个心热肠软的书呆子，瞧不见目前的现实世界，于是干了不少傻事，受到种种欺负。菲尔丁自称他这部小说模仿塞万提斯，英国文坛上也一向把亚当斯牧师称为"堂吉诃德型"。英国文学作品里以后又出现许多亚当斯牧师一类的"堂吉诃德型"人物，如斯特恩创造的托贝叔叔，狄更斯创造的匹克威克先生，萨克雷创造的牛肯上校等。这类"堂吉诃德型"的人物虽然可笑，同时又叫人同情敬爱。他们体现了英国人对堂吉诃德的理解。约翰生说："堂吉诃德的失望招得我们又笑他，又怜他。我们可怜他的时候，会想到自己的失望；我们笑他的时候，自己心上明白，他并不比我

---

① 谭坡尔《论古今学术》（On Ancient and Modern Learning）。——斯宾冈（J. E. Spingarn）编《十七世纪批评论文集》（Critical Essays of the Seventeenth Century）第三册第71页。

② 泰甫（Stuart Tave）《可笑可爱的人》（The Amiable Humorist）第156、157页引。

们更可笑。"① 可笑而又可爱的傻子是堂吉诃德的另一种面貌。

　　法国作家没有像英国作家那样把堂吉诃德融化在自己的文学里，只是翻译者把这位西班牙骑士改装成法国绅士，引进了法国社会。《堂吉诃德》的法文译者圣马丁（Filleau de Saint-Martin）批评最早的《堂吉诃德》法文译本②一字字紧扣原文，太忠实，也太呆板；所以他自己的译文不求忠实，只求适合法国的文化和风尚③。弗洛利安（Jean-Pierre Claris de Florian）的译本更是只求迎合法国人的喜好，不惜牺牲原文。他嫌《堂吉诃德》的西班牙气味太重，因此把他认为生硬的地方化为软熟，不合法国人口味的都改掉，简略了重复的片段，删削了枝蔓的情节。他的译本很简短，叙事轻快，文笔干净利落。他以为《堂吉诃德》虽然逗笑，仍然有他的哲学；作者一方面取笑无益的偏见，对有益的道德却非常尊重；堂吉诃德的言论只要不牵涉到骑士道，都从理性出发，教人爱好道德，堂吉诃德的疯狂只是爱好道德而带上偏执。他说读者对这点向来没有充分理解，他翻译的宗旨就是要阐明这一个道理④。可以设想，弗洛利安笔下的堂吉诃德是一位有理性、讲道德的法国绅士。以上两种漂亮而不忠实的译本早已被人遗忘，可是经译者改装的堂吉诃德在欧洲当时很受欢迎，1682 年的德文译本就是从圣马丁的法文译本转译的。

---

① 《漫步者》（*Rambler*）第二期，《每人丛书》版第 7 页。
② 最早的《堂吉诃德》法文本，第一部由乌丹（César Oudin）翻译，1614 年出版；第二部由洛赛（F. de Rosset）翻译，1618 年出版。
③ 保尔·阿萨《塞万提斯的〈堂吉诃德〉》第 337 页。
④ 保尔·阿萨《塞万提斯的〈堂吉诃德〉》第 339—340 页。勒萨日（A. R. Lesage）翻译假名阿维利亚内达（Avellaneda）恶意歪曲《堂吉诃德》的《堂吉诃德续集》，也把原文任意增删修改。阿维利亚内达的续集受尽唾骂，勒萨日的译本却有人称赏，因为和原文面貌大不相同。

杨绛 散文

英国诗人蒲柏也注意到堂吉诃德有理性、讲道德的方面。他首先看到堂吉诃德那副严肃的神情①，并且说他是"最讲道德、最有理性的疯子，我们虽然笑他，也敬他爱他，因为我们可以笑自己敬爱的人，不带一点恶意或轻鄙之心"②。寇尔列支说，堂吉诃德象征没有判断、没有辨别力的理性和道德观念；桑丘恰相反，他象征没有理性、没有想象的常识；两人合在一起，就是完整的智慧③。他又说，堂吉诃德的感觉并没有错乱，不过他的想象力和纯粹的理性都太强了，感觉所证明的结论如果不符合他的想象和理性，他就把自己的感觉撇开不顾④。寇尔列支强调了堂吉诃德的道德观念、他的理性和想象力。我们又看到了堂吉诃德的另一个面貌：他是严肃的道德家，他有很强的理性和想象，他是一个深可敬佩的人⑤。

在十九世纪浪漫主义的影响下，堂吉诃德又变成一个悲剧性的角色。在十九世纪的浪漫主义者看来，堂吉诃德情愿牺牲自己，一心要求实现一个现实世界所不容实现的理想，所以他又可笑又可悲。这类的见解，各国都有例子。英国十九世纪批评家海兹利特（William Hazlitt）认为《堂吉诃德》这个可笑的故事掩盖着动人的、伟大的思想感情，叫人失笑，又叫人下泪⑥。按照兰姆（Charles

---

① 《笨伯咏》（*Dunciad*）卷一，21 行。
② 舍本（George Sherburn）编《蒲柏书信集》（*Correspondence*）第四册第 208 页。
③ 《论文与演说选》，《每人丛书》版第 251 页。
④ 艾许（T. Ashe）编《谈话录》（*Table Talk*），1794 年版第 179 页。
⑤ 法国近代小说家法朗士（Anatole France）也把堂吉诃德看做一个值得敬佩的人。他说："我们每人心里都有一个堂吉诃德，一个桑丘·潘沙；我们听从的是桑丘，但我们敬佩的却是堂吉诃德。"——见《西尔维斯特·博纳的罪行》（*Le Crime de Sylvestre Bonnard*），加尔曼-雷维（Calmann-Lévy）版第 150 页。
⑥ 《论英国小说家》（*On the English Novelists*），郝欧（P. P. Howe）编《海兹利特全集》第六册第 108 页。

Lamb）的意见，塞万提斯创造堂吉诃德的意图是眼泪，不是笑①。拜伦慨叹堂吉诃德成了笑柄。他在《唐璜》（*Don Juan*）里论到堂吉诃德，大致意思说：他也愿意去锄除强暴——或者阻止罪恶，可是塞万提斯这部真实的故事叫人知道这是徒劳无功的；堂吉诃德一心追求正义，他的美德使他成了疯子，落得狼狈不堪，这个故事之可笑正显示了世事之可悲可叹，所以《堂吉诃德》是一切故事里最伤心的故事；要去申雪冤屈，救助苦难的人，独力反抗强权的阵营，要从外国统治下解放无告的人民——唉，这些崇高的志愿不过是可笑的梦想罢了②。法国夏都布里昂说，他只能用伤感的情绪去解释塞万提斯的作品和他那种残忍的笑③。法国小说家福楼拜塑造的包法利夫人，一心追求恋爱的美梦，她和堂吉诃德一样，要教书本里的理想成为现实，有些评论家就把她称为堂吉诃德式的人物④。德国批评家弗利德利许·希雷格尔（Friedrich Schlegel）把堂吉诃德所表现的精神称为"悲剧性的荒谬"（Tollheit）或"悲剧性的傻气"（Dummheit）⑤。海涅批评堂吉诃德说："这位好汉骑士想教早成陈迹的过去死里回生，就和现在的事物冲撞，可怜他的手脚以至脊背都擦痛了，所以堂吉诃德主义是个笑话。这是我那时候的意见。后

---

① 《现代艺术创作的缺乏想象力》，鲁加斯（E. V. Lucas）编《兰姆全集》第二册第233页。

② 第十三章，八、九、十节。——斯蒂芬（T. G. Steffan）普拉德（W. W. Pratt）集注本，第三册第363页。

③ 《身后回忆录》（*Mémoires d'Outre-Tombe*）第一部第五卷，比瑞（Biré）编注本，第一册259—260页。

④ 雷文（H. Levin）《文学批评的联系》（*Contexts of Criticism*），1958年哈佛大学版96页。雷内·吉哈（René Girard）《浪漫的谎言与小说的真实》（*Mensonge Romantique et Vérité Romanesque*），1961年版第13—14，17—18，25—26页。

⑤ 艾契纳（Hans Eichner）编希雷格尔手稿《文学笔记》二○五○条，第202—203页。

杨 绛 散 文

来我才知道还有桩不讨好的傻事，那便是要教未来赶早在当今出现，而且只凭一匹驽马，一副破盔甲，一个瘦弱残躯，却去攻打现时的紧要利害关头。聪明人见了这一种堂吉诃德主义，像见了那一种堂吉诃德主义一样，直把他那乖觉的头来摇……"但是堂吉诃德宁可舍掉性命，决不放弃理想。他使得海涅为他伤心流泪，对他震惊倾倒①。俄罗斯小说家屠格涅夫也有同样的看法。堂吉诃德有不可动摇的信仰，他坚决相信，超越了他自身的存在，还有永恒的、普遍的、不变的东西；这些东西须一片至诚地努力争取，方才能够获得。堂吉诃德为了他信仰的真理，不辞艰苦，不惜牺牲性命。在他，人生只是手段，不是目的。他所以珍重自己的性命，无非为了实现自己的理想。他活着是为别人，为自己的弟兄，为了锄除邪恶，为了反抗魔术家和巨人等压迫人类的势力。只为他坚信一个主义，一片热情地愿意为这个主义尽忠，人家就把他当做疯子，觉得他可笑②。十九世纪读者心目中那个可笑可悲的堂吉诃德，是他的又一种面貌。

以上只是从手边很有限的材料里，略举十七、十八、十九世纪以来对于堂吉诃德的一些代表性的见解。究竟哪一种面貌，哪一种解释是正确的呢？还是堂吉诃德一身兼有各种面貌，每种面貌不过表现他性格的一个方面呢？我们且撇开成见，直接从《堂吉诃德》里来认认堂吉诃德。

堂吉诃德是个没落的小贵族或绅士地主（hidalgo），因看骑士小说入迷，自命为游侠骑士，要遍游世界去除强扶弱，维护正义和

---

① 《文学研究集刊》第二册第 166，163—165 页。
② 《哈姆莱特与堂吉诃德》。——《文艺理论译丛》1958 年第三期第 107、108、109 页。

公道，实行他所崇信的骑士道。他单枪匹马，带了侍从桑丘，出门冒险，但受尽挫折，一事无成，回乡郁郁而死。

据作者一再声明，他写这部小说，是为了讽刺当时盛行的骑士小说。其实，作品的客观效果超出作者主观意图，已是文学史上的常谈。而且小说作者的声明，像小说里的故事一样，未可全信。但作者笔下的堂吉诃德，开始确是亦步亦趋地模仿骑士小说里的英雄；作者确是用夸张滑稽的手法讽刺骑士小说。他处处把堂吉诃德和骑士小说里的英雄对比取笑。骑士小说里的英雄武力超人，战无不胜。堂吉诃德却是个哭丧着脸的瘦弱老儿，每战必败，除非对方措手不及。骑士小说里的英雄往往有仙丹灵药。堂吉诃德按方炮制了神油，喝下却呕吐得搜肠倒胃。骑士小说里的英雄都有神骏的坐骑、坚固的盔甲。堂吉诃德的驽骍难得却是一匹罕有的驽马，而他那套霉烂的盔甲，还是拼凑充数的。游侠骑士的意中人都是娇贵无比的绝世美人。堂吉诃德的杜尔西内娅是一位像庄稼汉那么壮硕的农村姑娘；堂吉诃德却又说她尊贵无比、娇美无双。那位姑娘心目中压根儿没有堂吉诃德这么个人，堂吉诃德却模仿着小说里的多情骑士，为她忧伤憔悴，饿着肚子终夜叹气。小说里的骑士受了意中人的鄙夷，或因意中人干了丑事，气得发疯；堂吉诃德却无缘无故，硬要模仿着发疯。他尽管苦恼得作诗为杜尔西内娅"哭哭啼啼"，他和他的情诗都只成了笑柄。

但堂吉诃德不仅是一个夸张滑稽的闹剧角色。《堂吉诃德》也不仅是一部夸张滑稽的闹剧作品。单纯的闹剧角色，不能充当一部长篇小说的主人公，读者对他的兴趣不能持久。塞万提斯当初只打算写一个短短的讽刺故事。他延长了故事，加添了一个侍从桑丘，人物的性格愈写愈充实，愈生动。塞万提斯创造堂吉诃德并不像宙斯孕育智慧的女神那样。智慧的女神出世就是个完全长成的女神；她浑身披挂，从宙斯裂开的脑袋里一跃而出。堂吉诃德出世时虽然也浑身披挂，他却像我国旧小说里久死还魂的人，沾得活人生气，骨骼上渐渐生出肉来，虚影渐渐成为实体。塞万提斯的故事是随写随编的，人物也随笔点染。譬如桑丘这个侍从是临时想出来的，而桑丘是何形象，作者当初还未有确切的观念。又如故事里有许多疏漏脱节的地方，最显著的是灰驴被窃一事。我大胆猜测，这是作者写到堂吉诃德在黑山苦修，临时想到的，借此可以解决驽骍难得没人照料的问题。所以1605年马德里第一版上，故事从这里起才一次次点出灰驴已丢失。这类疏失不足减损一部杰作的伟大，因为都是作者所谓"无关紧要的细节"，他只求"讲来不失故事的真实就行"。我们从这类脱节处可以看出作者没有预定精密的计划，都是一面写，一面创造，情节随时发生，人物逐渐成长。

塞万提斯不是把堂吉诃德写成佛尔斯塔夫（Falstaff）式的懦夫，来和他主观上的英勇骑士相对比，却是把他写成夸张式的模范骑士。凡是堂吉诃德认为骑士应有的学识、修养以及大大小小的美德，他自己身上都有；不但有得充分，而且还过度一点。他学识非常广博，常使桑丘惊佩倾倒。他不但是武士，还是诗人；不但有诗才，还有口才，能辩论，能说教，议论滔滔不断，振振有辞。他的忠贞、纯洁、慷慨、斯文、勇敢、坚毅，都超过常人；并且坚持真理，性命都不顾惜。

堂吉诃德虽然惹人发笑，他自己却非常严肃。小丑可以装出严肃的面貌来博笑，所谓冷面滑稽。因为本人不知自己可笑，就越发可笑。堂吉诃德不止面貌严肃，他严肃入骨，严肃到灵魂深处。他要做游侠骑士不是做着玩儿，却是死心塌地、拚舍生命地做。他表面的夸张滑稽直贯彻他的思想感情。他哭丧着脸，披一身杂凑破旧的盔甲，待人接物总按照古礼，说话常学着骑士小说里的腔吻；这是他外表的滑稽。他的思想感情和他的外表很一致。他认为最幸福的黄金时代，人类只像森林里的素食动物，饿了吃橡实，渴了饮溪水，冷了还不如动物身上有毛羽，现成可以御寒。他所要保卫的童女，作者常说是"像她生身妈妈那样童贞"。他死抱住自己的一套理想，满腔热忱，尽管在现实里不断地栽筋斗，始终没有学到一点乖。堂吉诃德的严肃增加了他的可笑，同时也代他赢得了更深的同情和尊敬。

也许塞万提斯在赋予堂吉诃德血肉生命的时候，把自己品性、思想、情感分了些给他。这并不是说塞万提斯按着自己的形象创造堂吉诃德。他在创造这个人物的时候，是否有意识地从自己身上取材，还是只顺手把自己现有的给了创造的人物，我们也无从断言。我们只能说，堂吉诃德有些品质是塞万提斯本人的品质。

譬如塞万提斯曾在基督教国家联合舰队重创土耳其人的雷邦多战役里充当一名小兵。当时他已经病了好多天，但是他奋勇当先，第一个跳上敌舰，受了三处伤，残废了一只左手。《堂吉诃德》里写堂吉诃德看见三四十架风车，以为是巨人，独自一人冲杀上去拼命。尽管场合不同，两人却是同样的奋不顾身。又譬如塞万提斯被土耳其海盗俘虏，在阿尔及尔做了五年奴隶。他的主人是杀人不眨眼的魔君，常把奴隶割鼻子、割耳朵或活活地剥皮。塞万提斯曾四次带着俘虏一起逃亡，每次事败，他总把全部罪责独自承当，拼着抽筋剥皮，不肯供出同谋。他的主人慑于他的气魄，竟没有凌辱他。塞万提斯的胆量，和堂吉诃德向狮子挑战的胆量，正也相似。可以说，没有作者这种英雄胸怀，写不出堂吉诃德这种英雄气概。

塞万提斯在这部小说里时时称颂兵士的美德，如勇敢、坚毅、吃苦、耐劳等等，这也都是骑士的美德，都是他所熟悉的道德和修养，也是他和堂吉诃德共有的品质。

塞万提斯有时把自己的识见分给了堂吉诃德。小说里再三说到堂吉诃德只要不涉及骑士道，他的头脑很清楚，识见很高明。塞万提斯偶尔喜欢在小说里发发议论，常借小说里的人物作自己的传声筒。例如神父对骑士小说的"裁判"，教长对骑士小说的批评，以及史诗可用散文写的这点见解，教长对于戏剧的一套理论，分明都是作者本人的意见。但神父和教长都不是小说里主要的角色，不常出场。堂吉诃德只要不议论骑士道，不模仿骑士小说，他就不是疯人，借他的嘴来发议论就更为方便。例如堂吉诃德论教育子女以及论诗和诗人，论翻译，论武职的可贵、当兵的艰苦，以及随口的谈论，如说打仗受伤只有体面并不丢脸，鄙夫不指地位卑微的人，王公贵人而没有知识都是凡夫俗子等等，都像塞万提斯本人的话。堂吉诃德拾了他的唾余，就表现为很有识见的人。

也许塞万提斯把自己的情感也分了一些给堂吉诃德。塞万提斯一生困顿。《堂吉诃德》第一部出版以后，他还只是个又老又穷的军士和小乡绅①。塞万提斯曾假借堂吉诃德的话说："这个世界专压抑才子和杰作。"他在《巴拿索神山瞻礼记》里写诗神阿波罗为每个诗人备有座位，单单塞万提斯没有，只好站着。诗神叫他把大衣

---

① 1615年西班牙大主教为皇室联姻的事拜会法国大使，大使的几位随员向大主教手下的教士探问塞万提斯的身世。听说他"老了，是一位兵士，一位小绅士，很穷"。法国随员很诧怪，感叹这样的人才，西班牙不用国库的钱去供养他。其中一人说："假如他是迫于穷困才写作，那么，愿上帝一辈子别让他富裕，因为他自己穷困，却丰富了所有的人。"——沃茨《塞万提斯的生平和著作》第148—150页。

堂吉诃德与《堂吉诃德》

叠起，坐在上面。塞万提斯回答说："您大概没注意，我没有大衣。"他不但没有座位，连大衣都没有一件。这正是海涅说的："诗人在作品里吐露了隐衷。"① 塞万提斯或许觉得自己一生追求理想，原来只是堂吉诃德式的幻想；他满腔热忱，原来只是堂吉诃德一般的疯狂。堂吉诃德从不丧气，可是到头来只得自认失败，他那时的失望和伤感，恐怕只有像堂吉诃德一般受尽挫折的塞万提斯才能为他描摹。

堂吉诃德的侍从桑丘，也是逐渐充实的。我们最初只看到他傻，渐渐看出他痴中有黠。可是他受到主人的恩惠感激不忘，明知跟着个疯子不免吃亏倒霉，还是一片忠心，不肯背离主人。我们通常把桑丘说成堂吉诃德的陪衬，其实桑丘不仅陪，不仅衬，他是堂吉诃德的对照，好比两镜相对，彼此交映出无限深度。堂吉诃德抱着伟大的理想，一心想济世救人，一眼只望着遥远的过去和未来，竟看不见现实世界，也忘掉了自己是血肉之躯。桑丘念念只在一身一家的温饱，一切从经验出发，压根儿不懂什么理想。这样一个脚踏实地的人，只为贪图做官发财，会给眼望云天的幻想者所煽动，跟出去一同冒险。他们尽管日常相处而互相影响②，性格还是迥不相同。堂吉诃德从理想方面，桑丘从现实方面，两两相照，他们的言行，都增添了意义，平凡的事物就此变得新颖有趣。堂吉诃德的所作所为固然滑稽，却不如他和桑丘主仆俩的对话奇妙逗趣而耐人寻味。

《堂吉诃德》里历次的冒险，无非叫我们在意想不到的境地，

---

① 《文学研究集刊》第二册第 168 页。
② 参看马达利亚加（Salvador de Madariaga）《〈堂吉诃德〉读法》（*Guía del lector del Quijote*），1978 年马德里版第 137—159 页。

杨绛散文

看到堂吉诃德一些新的品质，从他的行为举动，尤其和桑丘的谈论里，表现出他的奇情异想，由此显出他性格上意想不到的方面。我们对堂吉诃德已经认识渐深，他的勇敢、坚忍等等美德使人敬重，他的学识使人钦佩，他受到挫折也博得同情。作者在故事的第一部里，有时把堂吉诃德作弄得很粗暴，但他的嘲笑，随着故事的进展，愈变愈温和。

堂吉诃德究竟是可笑的疯子，还是可悲的英雄呢？从他主观出发，可说他是个悲剧的主角。但主观上的悲剧主角，客观上仍然可以是滑稽的闹剧角色。塞万提斯能设身处地，写出他的可悲，同时又客观地批判他，写出他的可笑。堂吉诃德能逗人放怀大笑，但我们笑后回味，会尝到眼泪的酸辛。作者嘲笑堂吉诃德，也仿佛在嘲笑自己。

作者已把堂吉诃德写成有血有肉的活人。堂吉诃德确是个古怪的疯子，可是我们会看到许多人和他同样的疯，或自己觉得和他有相像之处；正如桑丘是个少见的傻子，而我们会看到许多人和他同样的傻，或自己承认和他有相像之处。堂吉诃德不是怪物，却是典型人物；他的古怪只增进了他性格的鲜明生动。

我们看一个具体的活人，不易看得全，也不能看得死，更不能用简单的公式来概括。对堂吉诃德正也如此。这也许说明为什么《堂吉诃德》出版近四百年了，还不断地有人在捉摸这部小说里人物的性格。

一九八五年十月